COME & Get Me

EMMA BERTHET

COME & Get Me

ROMAN

&H

HARPERCOLLINS FRANCE
83-85, boulevard Vincent-Auriol, 75646 PARIS CEDEX 13.

www.harlequin.fr

ISBN 978-2-2804-7694-2 — ISSN 2271-0256

Chapitre 1

Tobias

Je vais la tuer, ce n'est pas possible autrement. Je vais la tuer ! Ce sont les premiers mots qui me viennent en tête lorsque j'ouvre le courrier de Jessica, la mère de ma fille. Elle a décidé de me faire chier comme ce n'est pas permis, pourtant elle n'a pas bronché quand je lui ai dit que je voulais divorcer. Sauf qu'entre-temps elle a lu l'enveloppe du labo qui contenait les résultats du test ADN que j'ai fait à la suite du décès de ma mère, et a compris l'héritage qu'il impliquait.

Depuis que j'ai appris qu'elle a tenté de fricoter avec le mec de ma sœur, je ne peux plus voir ma femme en peinture. J'aurais pu passer au-dessus de ça si elle n'avait pas récidivé sous notre propre toit, et en présence de ma sœur, que je venais de retrouver après dix-huit ans de séparation. Comme si ça ne suffisait pas, cette garce m'envoie une liste de réclamations longue comme le bras et complètement farfelue, mais ce qui m'a sauté aux yeux, c'est la demande numéro quatorze, « la garde exclusive de Sydney ».

Hébété par ses requêtes, je me laisse choir sur le canapé, qu'elle souhaite également récupérer en numéro douze. Comment Jessica peut-elle exiger ça ? Elle sait que ma fille est ce que j'ai de plus cher, je pourrais lui donner toutes les parts de mon restaurant si ça me permettait de garder Sydney auprès de moi. D'autant plus que notre fille n'est que numéro quatorze pour elle, même ce foutu canapé l'intéresse davantage. Peut-être que cet élément jouerait en ma faveur devant le juge. Il est déjà 10 heures, je téléphone à mon avocat pour le mettre au parfum et file au boulot.

Le restaurant dont je suis l'heureux propriétaire se situe à quinze minutes de chez moi, en plein cœur de Chicago. Je l'ai ouvert il y a deux ans, car je voulais proposer ma propre cuisine et non continuer à préparer celle des autres. C'est l'œuvre d'un travail acharné et de nuits blanches à répétition. Il ne désemplit pas depuis son lancement, et les critiques ont toujours été positives. Voilà encore une chose que veut me prendre ma future ex-femme, c'est sa première revendication, cinquante pour cent de l'entreprise. Autant dire un moyen de me faire chier tout au long de ma vie. Je ne reconnais pas celle dont je suis tombé fou amoureux et à qui j'ai demandé de m'épouser, pour le meilleur et pour le pire. Aujourd'hui on est face au pire et à la fin de ce mariage, qui pourtant a été heureux jusqu'au retour de Cathlyn accompagnée de Tyler Ross. J'en ai voulu à son petit ami les premiers temps, j'ai eu l'impression que toute mon existence s'effondrait. Maintenant ma colère est passée, ou plutôt elle s'est redirigée vers la véritable fautive.

Je dépasse le restaurant sans m'y arrêter. J'ai besoin de marcher encore quelques minutes pour me calmer et ne pas massacrer ma brigade en plein service. Mes gars sont vraiment au top, ils bossent comme des acharnés et avec une rigueur exemplaire. Je ne veux pas leur montrer mes mauvais côtés, pour eux je dois rester le chef de cuisine qui maîtrise autant son travail que ses émotions.

Annabelle

Quand il pénètre dans le restaurant, je remarque tout de suite que quelque chose ne va pas. Tobias a le visage fermé et ses traits habituellement si doux sont d'une dureté qui me fend le cœur. Ses yeux noisette sont rivés vers le sol. Sa démarche est plus raide, c'est les poings serrés qu'il passe devant moi sans me voir.

— Bonjour, chef, lancé-je pour tenter de le dérider.

Il me regarde et glisse la main dans ses cheveux blonds déjà en pagaille avant de souffler :

— Salut.

Sa réponse manque d'entrain, toutefois il m'adresse un sourire aussi timide que faux, puis se dirige vers les vestiaires. Ça fait deux ans que je connais Tobias, j'étais avec lui lorsqu'il a ouvert le restaurant. Il est très vite passé du statut de patron à celui d'ami grâce à son naturel souriant et bienveillant. À ses côtés, j'ai appris à aimer mon métier, bien plus que tous ceux que j'ai pu exercer auparavant. Depuis le premier jour, je joue le rôle de réceptionniste et cheffe de salle, prenant plaisir à échanger avec les clients.

Je m'engouffre dans le couloir du personnel et m'appuie contre le mur face au vestiaire des hommes, attendant que mon patron daigne en sortir. Il ne lui faut pas plus de cinq minutes pour réapparaître.

— Balance ce qui ne va pas, Tobias.

Je suis bien la seule de l'équipe à pouvoir parler au grand patron ainsi, je suis également la seule à être aussi proche de lui. Tobias Turner est mon meilleur ami. Je ne suis pas une fille qui s'ouvre facilement et je peux compter mes véritables amis sur les doigts d'une seule main. Tobias en fait partie.

— Je vais très bien, ose-t-il répondre comme si j'étais aussi dupe que les autres.

— C'est mal me connaître si tu crois que je vais lâcher l'affaire. Tu arrives en retard, toi, Tobias Turner, le mec le plus ponctuel du monde, et avec une tête de six pieds de long.

Il souffle et capitule dans la foulée face à mon entêtement.

— Ma femme me fait chier.

— Pour changer.

— Annabelle, me réprimande-t-il.

— Quoi ? éructé-je en haussant les épaules. C'est le cas tous les jours depuis que vous êtes séparés.

— C'est compliqué, dit-il comme si ça expliquait tout.

— Comme tous les divorces. Tobias, écoute, je sais que c'est la merde pour toi en ce moment, que ta femme est une salope et qu'elle n'a pas fini de te pourrir la vie. Ma grand-mère était le même genre de femme, sauf que je t'interdis de devenir le même genre de type que mon grand-père. Alors tu vas te secouer, retrouver la force de sourire et te donner à fond pour ton équipe, qui est déjà au travail.

À la fin de ma tirade, Tobias esquisse un sourire, un vrai cette fois. C'est ma plus belle récompense, j'ai réussi ma mission ; mon cœur se réchauffe instantanément.

— Tu sais, Anna, tu es une chouette fille.

Je ne le sais que trop bien, mais pas suffisamment chouette pour être autre chose qu'une amie et collègue. Je suis une fille bien, qui se traîne un paquet de boulets aux chevilles et qui ne pourra jamais charmer son patron, car lui aussi a ses propres fardeaux. Les miens ne doivent jamais reposer sur d'autres épaules que les miennes.

Chapitre 2

Annabelle

Je retrouve Maëlle à la fac aux alentours de 15 heures. Ma petite sœur est l'intello de la famille, elle s'est lancée dans un cursus qui la mènera au doctorat de physique. Son objectif : devenir physicienne et résoudre des théories qui n'effleurent même pas le cerveau des êtres humains normaux, mais paraît-il que ça fera avancer la science. Ça fait déjà trois ans qu'elle est sur les bancs de l'université, et elle a toujours été major de promo. Elle est amoureuse des études depuis aussi longtemps que je m'en souvienne. À tout juste vingt et un ans, elle se consacre à la science et délaisse sa vie sociale et tout ce qui ne porte pas le nom de proton, électron ou je ne sais quoi. C'est un miracle que j'aie réussi à obtenir une heure de son temps aujourd'hui.

Je l'attends sur le trottoir en bas des marches menant au bâtiment des sciences, les yeux alertes chaque fois que sort un étudiant. Je reconnais ma sœur à l'instant où elle franchit la porte : son jean usé jusqu'à la corde, trop grand de deux tailles, et son sweat bordeaux qui fait ressortir la blondeur de ses cheveux. Je fais des gestes dans tous les sens pour qu'elle m'aperçoive. Maëlle me repère et presse le pas pour me rejoindre.

— Tu pourrais arrêter de remuer comme un poisson hors de l'eau ? Tu me fais honte.

Je la serre dans mes bras et l'embrasse sur la joue sans m'offusquer.

— Depuis quand Maëlle Mahoney fait-elle attention au regard des autres ?

— Jamais, répond-elle. Je voulais juste dire un truc d'étudiant normal pour te faire plaisir, sœurette.

J'attrape sa main, et nous avançons bras dessus, bras dessous. Je profite de ce moment d'insouciance et de la compagnie de ma sœur, car, bien que nous habitions ensemble, c'est à peine si on se croise. Elle ne quitte que rarement la bibliothèque avant la fermeture, et mon boulot ne me permet pas de rentrer pour le dîner ; je suis plutôt de retour au milieu de la nuit. Nous partageons notre appartement de soixante mètres carrés avec Kyle et Colton, mon couple de hippies préféré totalement gay. Je les adore, bien qu'ils soient accros à la marijuana, ils font toujours en sorte que Maëlle ne les voie pas défoncés, et lorsque je suis absente, elle ne manque de rien. Ils font office de grands frères. Le jour où elle a refusé les avances d'un sportif de la fac en première année et que ce dernier s'est montré insistant, nos colocs n'ont pas hésité deux secondes avant de se rendre sur le campus offrir une bonne leçon à ce type. Depuis ce jour, ils ont mon respect et ma reconnaissance éternelle.

— Tu m'emmènes où ? demande Maëlle.

— Tu as mangé quelque chose ce matin ? l'interrogé-je tout en connaissant pertinemment la réponse.

Elle secoue la tête, et je grimace. Je me retiens de faire une remarque bien que ça ne me fasse pas plaisir. Maëlle doit faire attention à sa santé, et ne surtout pas sauter de repas ou du moins le plus rarement possible, sauf que ma sœur est une tête de mule et se moque bien des recommandations du médecin.

— Starbucks ?

— Starbucks, approuve-t-elle.

Comme dans toute ville universitaire qui se respecte, l'enseigne qui distribue du café se situe à moins de cinq minutes à pied de la fac. À cette heure il n'y a pas foule, et notre commande est servie rapidement. J'opte pour un café serré et une part de cheese-cake tandis que Maëlle prend un latte avec un brownie. Nous nous installons face à face, chacune sur une banquette. Ma sœur dévore son gâteau en moins de temps qu'il n'en faut pour le dire.

— Qu'est-ce que ça fait du bien d'avaler un truc !

— Tu serais moins à l'agonie si tu mangeais aux heures des repas.

— Et louper l'occasion de vivre un orgasme culinaire ? Jamais !

— Je suis sérieuse, Maëlle.

— Je trouvais ça trop beau que tu n'aies pas fait de remarque tout à l'heure, dit-elle en soupirant.

Je n'ai pas pu m'en empêcher. Ma sœur ne mange pas bien, et cela risque d'empirer son diabète. Du fait de son insulinodépendance, Maëlle pense que ne pas apporter de sucre à son organisme est la solution miracle, si bien qu'elle s'affame pour pouvoir ensuite avaler n'importe quoi sans que son corps soit en surdose. Ce comportement n'est pas recommandé, et on le lui a répété. Toutefois, s'il y a bien quelque chose que j'ai appris depuis que j'ai la garde de ma sœur, c'est que rien ne sert de lutter contre elle. Maëlle est du genre impulsive et risque de se braquer. Si je la contrariais, elle serait capable de ne plus m'adresser la parole des jours durant et de ne plus rien manger. Alors je dis la seule chose qui ne déclenchera pas une troisième guerre mondiale dans l'immédiat.

— Je m'inquiète pour toi.

— Tu ne devrais pas, je n'ai plus douze ans, Anna.

— Je sais, mais j'ai tendance à l'oublier.

— Essaye de t'en souvenir, car ce serait gênant que tu te ramènes avec des ballons et un gâteau à l'effigie d'une licorne lorsqu'on me remettra le prix Nobel.

Nous éclatons de rire, laissant derrière nous un sujet sensible qui reviendra éternellement sur le tapis. Je crois que même lorsqu'elle obtiendra le prix Nobel, car je suis sûre qu'elle l'aura, je continuerai à protéger ma petite sœur, envers et contre tout.

Je redépose Maëlle devant son bâtiment bien trop vite à mon goût, il est tout juste 16 heures. J'ai encore un peu de temps avant de devoir retourner au travail et préparer ma salle pour le service du soir. Toute femme approchant la trentaine saurait quoi faire de son temps libre, une virée shopping, un verre entre copines, une séance en institut. Dans mon cas, rien de tout ça n'est possible, je compte chaque cent, alors toute dépense superflue, j'évite. Une fois par mois, je m'autorise un extra avec ma sœur, comme cet après-midi, mais rarement plus. Je reprends donc la route du restaurant en espérant trouver un bouquin intéressant dans la boîte à livres au coin de la rue. Je n'en reviens pas quand je tombe sur une pépite, *Lux. Obsidienne* ; je n'ai pas encore eu l'occasion de découvrir ce roman de mon auteure favorite. C'est le sourire aux lèvres que je franchis la porte du restaurant.

Je m'apprête à aller derrière mon comptoir quand je repère la toque de chef sur une table reculée. Tobias est installé avec les livres de comptes et un café, il a l'air de s'arracher les cheveux. Son moral, que j'ai eu tant de mal à faire remonter ce matin, est visiblement à nouveau au plus bas. J'abandonne l'idée de savourer mon livre et prends place en face de lui.

— Je peux t'aider à quelque chose ?

Tobias cligne des yeux plusieurs fois, si bien que je me demande s'il avait remarqué ma présence. C'est souvent qu'il est perdu dans ses pensées ces temps-ci.

— Oh ! Anna. Non, ne t'en fais pas, disons que je me suis laissé distraire, les calculs ne m'emballent pas vraiment.

— J'imagine.

— Et toi, qu'est-ce que tu fais là ? Il est encore tôt.

— Je me suis dit que j'allais venir te surveiller, pour que tu ne recommences pas à déprimer.

Je préfère mentir à Tobias plutôt que d'avouer que je n'ai pas de vie sociale en dehors de mon boulot et mes colocs. Déjà au lycée, je réinventais mon quotidien pour qu'on ne me pose aucune question.

— Tu ne devrais pas te soucier de moi, Annabelle.

J'aime l'entendre prononcer mon prénom, tout le monde m'appelle Anna, sauf lui. Chaque fois qu'il m'appelle de sa voix douce et chantante, mon cœur s'emballe. J'essaye d'ignorer ce que ça provoque en moi, mais je ne peux m'empêcher de sourire. Le silence s'étend entre nous, et lorsque je m'apprête à le rompre, Tobias me devance.

— Jessica demande la garde exclusive de Sydney, avoue-t-il soudain.

— Quoi ?

— Elle veut me prendre ma fille.

À cet instant, je vois le cœur de l'homme devant moi se briser et se fracasser sur le sol pour être piétiné par le fantôme de sa connasse de femme.

Chapitre 3

Tobias

Il est 3 heures du matin quand je rentre chez moi, éreinté. Le vendredi n'est qu'une préparation au rush qu'on vit le samedi tout au long de la journée. Le week-end n'a pas encore commencé que je n'ai plus d'énergie. Je traîne des pieds jusqu'à ma chambre sans prendre la peine d'allumer. Je me déshabille et abandonne mes fringues sur le sol, c'est au moment de me glisser sous les draps que je découvre que le lit est déjà occupé.

— C'est une blague ! Une putain de blague !

Jessica est là, assoupie comme si elle n'avait jamais quitté la maison, faisant comme si notre rupture n'était qu'un cauchemar duquel on pouvait s'échapper en ouvrant les yeux. Malheureusement pour moi, ce cauchemar est toujours réel, et il est inconcevable de partager mon lit et d'entrer dans son jeu. En gentleman, je récupère mon oreiller et redescends dormir sur le canapé. Bien qu'intrigué par le retour de ma femme au domicile, je ne tarde pas à trouver le sommeil, qui je l'espère me videra l'esprit.

— Putain ! crié-je en me réveillant en sursaut, trempé.

Il est tout juste 8 heures et Jessica a décidé de me tirer du sommeil à coups d'eau glacée. Elle est derrière le canapé, les bras croisés sur la poitrine et le regard assassin. Dans une main, elle tient un verre vide à présent.

— Qu'est-ce que tu fous là, Tobias ?

— Pardon ? demandé-je avec incompréhension.

— Ne me force pas à me répéter, je ne suis pas d'humeur.

Je sens la colère me gagner peu à peu. Plus le temps passe et moins je peux supporter ma femme.

— Parce que tu penses que j'étais d'humeur à me faire réveiller à coups d'eau sur le visage ?

— Je n'en ai rien à faire, tu es chez moi.

— C'est aussi chez moi, réponds-je du tac au tac.

— Je croyais avoir été claire dans ma lettre, je veux garder la maison.

— Qu'est-ce que tu t'imagines ? Que ce que femme veut, femme l'obtient ? Tu pensais que ton courrier minable serait suffisant pour que j'accède à la moindre de tes exigences ?

Jessica balance le verre qu'elle tient directement sur la table basse. Il explose dans un bruit assourdissant. Elle ne s'attendait pas à me voir prêt à combattre de bon matin, sauf qu'il va falloir qu'elle s'y fasse, après son coup tordu d'hier je resterai sur mes gardes chaque heure du jour et de la nuit.

— Dégage de là ! me hurle-t-elle au visage.

— Sinon quoi ?

— J'appelle les flics.

— Pour leur dire quoi au juste, Jess ? Que ton mari est dans votre maison ? Ne sois pas ridicule.

J'observe ma femme bouillir et devenir rouge de colère. Je sais que j'ai eu le dernier mot pour cette manche, et ça ne lui plaît pas du tout. Le temps qu'elle trouve un nouveau reproche à me faire, je me demande comment on en est arrivés là si rapidement. Je nous revois il y a deux mois arpenter les rues de Chicago en donnant chacun une main à Sydney. Je me souviens aussi que nous faisions l'amour tendrement quand notre petit ange dormait depuis longtemps. Nous parlions même d'un deuxième enfant, et maintenant on se déchire. Je regarde ma femme, celle que j'ai aimée et pour qui aujourd'hui je n'éprouve que du dégoût.

— Où est Syd ?

— Chez ma mère, dit-elle sèchement.

— Je veux la voir.

— C'est hors de question.

Je serre les poings et fronce les sourcils.

— Ce n'est pas une demande, Jess, c'est ma fille autant que la tienne. J'ai le droit de la voir.

— Pas tant qu'un juge n'aura pas statué là-dessus.

Je n'ai jamais voulu ressembler à mon père, plutôt mourir que d'être semblable à ce connard. Sauf qu'à cet instant, je crève d'envie de gifler ma femme.

Annabelle

J'ai fait les comptes et je suis dans le rouge, la fuite d'eau du mois dernier a occasionné un trou dans mon budget. Il va falloir que je fasse plus d'heures, c'est la pensée qui me traverse l'esprit au réveil.

Je jette un œil à mon téléphone, il affiche 9 heures. Je rejette la couverture et me traîne jusqu'à la cuisine pour une tasse de café chaud.

— Merde, Anna, habille-toi, j'ai mon groupe de travail qui arrive dans trente minutes, lance ma sœur.

Je regarde mes jambes nues et remonte jusqu'à ma culotte Batman. Il est vrai que je ne peux pas accueillir les amis de ma sœur comme ça. Je dors dans la tenue la plus minimaliste possible, Maëlle et nos colocs sont du genre à mettre le chauffage à fond presque toute l'année, alors j'ai dû m'adapter.

J'emporte ma tasse dans la salle de bains, où je commence ma routine matinale. L'eau chaude me fait du bien, et je profite d'avoir un peu de temps devant moi pour me faire un shampooing, ma tignasse rousse en a bien besoin. Je me sèche avec une serviette trop rêche avant d'enfiler le jean le moins usé de ma garde-robe et un top noir. Je souligne mes yeux d'un trait de crayon et de mascara. Je suis prête en une demi-heure et quitte l'appartement dans la foulée.

Sur la route du restaurant, je réfléchis à ce que je vais bien pouvoir dire à Tobias pour qu'il accepte de me faire travailler le dimanche et le lundi, sans lui parler de l'état de mes finances. Actuellement ce sont mes jours de repos, mais j'ai plus besoin d'argent que de temps pour récupérer.

Après une heure de marche, j'entre dans un restaurant sens dessus dessous et trouve Tobias au milieu de tout ce bazar, assis à même le sol, la tête entre les mains. Les chaises sont renversées partout autour des tables, les nappes sont froissées, et il y a de la vaisselle brisée. Mon patron est tellement occupé à se frotter le visage et s'arracher les cheveux qu'il ne fait pas attention à ce qui l'entoure. S'il bouge, la porcelaine ne manquera pas de l'écorcher. Je m'approche et pose la main sur son épaule voûtée. Tobias semble porter un lourd fardeau qui l'écrase, lui qui mesure un bon mètre quatre-vingt-cinq a l'air d'être minuscule.

— Tobias ? l'interrogé-je.

Son regard transperce mon âme. J'ai envie de le prendre dans mes bras, de lui dire que tout ira bien, sauf que je ne peux pas. Je ne veux pas lui mentir, et si Tobias Turner tire une tête de six pieds de long, ce n'est pas sans raison. Alors au lieu de sortir une formule toute prête sans substance, je préfère me taire.

— Rentre chez toi, Anna.

— On est censés ouvrir dans une heure.

— Pas aujourd'hui.

Jamais le restaurant n'a été fermé, pas un jour depuis son lancement. Si Tobias décide de ne pas ouvrir, c'est qu'il se passe quelque chose de grave. Comme chaque fois que ça ne tourne pas rond dans sa vie, je suis là, et nous allons trouver une solution ensemble.

Je prends place près de lui, m'asseyant en tailleur à mon tour après avoir déblayé un petit espace.

— Parle-moi, Tobias.

— Sydney est en Floride. Jess l'a emmenée loin de moi.

Les larmes coulent de ses yeux pour venir s'échouer sur ses cuisses. J'aimerais ne pas ressentir ça pour lui, n'être rien de plus que son amie. Je n'ai pas envie de craquer pour mon patron, de rêver qu'il me serre contre lui alors que je suis là à le consoler des malheurs que lui cause sa femme. La plaie d'être une éternelle célibataire amoureuse d'un homme marié.

Tobias

Je pleure comme ça ne m'est pas arrivé depuis le dernier coup que mon père m'a flanqué dans le ventre. Le fait qu'on me retire ma fille me provoque la même sensation. Je ne suis pas fier de m'effondrer devant Annabelle, c'est loin d'être viril. Depuis que j'ai disparu en laissant ma petite sœur sur le bord d'une plage il y a dix-huit ans, je fais attention à ce que les autres peuvent penser de moi. Mon père, Sam Turner, était un homme sans cœur qui savait manipuler les esprits pour faire croire à la terre entière que nous étions une famille parfaite. Pour ma part, je souhaite simplement ne pas paraître faible, renvoyer l'image de l'homme qu'on ne peut plus briser, tout l'inverse de mon état actuel.

— Anna, écoute, je suis désolé, mais je ne me sens pas la force de faire comme si tout allait bien pour assurer le service.

— Ce n'est pas comme si tu avais le choix, Tobias. On est samedi, c'est notre plus grosse journée, et toute l'équipe va s'affairer d'ici quelques minutes. Tu ne peux pas renvoyer tout le monde chez soi, certains sont là pour mettre du beurre dans les épinards ce soir et d'autres pour pouvoir s'acheter des épinards. Je sais que ta vie n'est pas toute rose en ce moment, sauf qu'elle ne peut pas affecter celle de tes collègues. Eux aussi ont leurs difficultés.

Ses yeux océan me supplient de ne pas fermer aujourd'hui. J'y discerne une lueur de panique, et je me demande pourquoi une journée de repos supplémentaire en serait la cause. Néanmoins, je reste silencieux, je ne fais rien d'autre que contempler ma meilleure amie qui, une fois encore, a su trouver les mots justes. Je m'attarde sur sa crinière de lionne, relevée en queue-de-cheval haute, dont quelques boucles rousses s'échappent. Il me suffirait de tendre la main pour les replacer derrière son oreille.

— Tobias ? ajoute-t-elle, autant pour avoir une réponse que me ramener à l'instant présent.

— OK, on va bosser, dis-je en m'arrachant à son regard.

— Tu me feras le plaisir de remettre la salle en ordre, déclare-t-elle avant de se lever, affichant un sourire taquin après sa victoire, et de me tourner le dos pour rejoindre le vestiaire.

Cette femme sait y faire, et je ne peux retenir mes lèvres qui s'étirent à leur tour. Quand elle disparaît, je pivote vers la salle.

J'y ai foutu un sacré bordel !

L'espace d'un instant, j'ai dû extérioriser la rage que ma femme a déclenchée en moi ce matin. J'ai vu rouge lorsqu'elle a dit avoir emmené ma fille à l'autre bout du pays simplement pour me faire du mal. J'ai subi tout type de violence au cours de ma vie, les mains de mon père, ses mots et pire encore, chaque fois je me suis relevé et je suis devenu plus fort et fier. Pourtant, cette fois je doute. Si ma fille m'est enlevée définitivement, je ne serai qu'un homme à terre que rien ni personne ne pourra redresser. De plus, je commence à entrevoir la mesquinerie de Jessica, et elle est prête aux pires horreurs pour obtenir ce qu'elle veut.

Chapitre 4

Annabelle

La salle n'a pas désempli de la soirée, chaque fois qu'une table s'est libérée, de nouveaux clients y ont été installés après que celle-ci a été dressée de nouveau. J'ai les jambes en compote lorsque je tourne sur la porte le panneau informant que nous tirons notre révérence pour aujourd'hui. Je me laisse choir sur une banquette aux côtés de Kyle, l'un des commis. J'attrape la bouteille de bière posée devant lui et en bois une grande rasade.

— Vas-y, je t'en prie, je crois que tu as soif, plaisante mon compagnon.

— Peut-être un peu, avoué-je en lui rendant sa boisson.

— C'était le feu ce soir, un rush digne des soirs de Saint-Valentin.

— M'en parle pas, c'est dans un mois.

Le 14 février est une soirée où toute l'équipe est réquisitionnée. Nous installons une dizaine de tables supplémentaires, une carte spéciale est proposée et l'heure de la fermeture repoussée. Heureusement, cette fête n'a lieu qu'une fois par an, car il nous faut trois jours pour nous en remettre. Mais on s'y fait de nombreux pourboires, alors je ne me plains pas trop.

Tobias finit par nous rejoindre, accompagné d'Alex, son second. Il pose sa toque sur la table et passe la main dans ses cheveux blonds collés par la transpiration. Ses yeux sombres et fatigués sont braqués sur moi, et il m'offre un sourire si léger que je pourrais douter de son existence. Je rougis et j'ai envie de me donner des claques pour ça. Mon cœur s'accélère à la vue de mon patron, et il s'emballe carrément au moindre signe d'attention, maudits soient mes sentiments.

— Vous avez été super, tous, nous félicite-t-il. Merci pour ce soir, vous méritez quelque chose de bien plus fort qu'une bière.

À peine assis, Tobias se relève et va dans la réserve. On entend des bruits de bouteilles en verre qui claquent les unes contre les autres, avant de voir notre patron sortir avec un whisky de quinze ans d'âge.

— Je pense que c'est l'occasion d'ouvrir ce grand cru, les amis.

Il dépose l'or brun sur la table et récupère des verres. Tobias convie le reste de l'équipe à se joindre à nous, ceux restés en retrait par timidité ne seront pas épargnés par la gentillesse de leur patron. C'est ce qu'il est, gentil. Cet homme n'a pas une once de noirceur en lui, malgré ce qu'il a vécu. Les journaux le présentent comme un martyr, lui n'en a que faire et se montre doux et bienveillant avec ses employés.

J'enraye immédiatement mon esprit prêt à partir dans un éloge à rallonge. Je ne veux pas penser à tout ce que j'aime chez Tobias, ça serait me faire du mal inutilement. Je dois rester à jamais son amie, pour notre bien à tous les deux.

Tobias

— Je lève mon verre à vous, mon équipe, mes amis.

Ces mots franchissent mes lèvres pour tous mais mes yeux n'en regardent qu'une.

— Vous êtes mes piliers, ceux sans qui rien ne serait possible.

Il y a maintenant deux ans, j'ouvrais ce restaurant avec pour seuls compagnons Alex et Anna. Depuis, la famille a grandi, et je suis heureux de partager cette aventure avec vous tous. Je ne le dis pas assez, peut-être parce qu'en réalité, je suis un mec réservé, mais merci. Santé !

J'avale un peu de whisky qui me brûle la gorge avant d'apaiser mes neurones prêts à disjoncter. Je ne sais pas comment je tiens encore debout, toute la journée je n'ai eu de cesse de ressasser mes problèmes. Anna ne m'a jamais laissé seul. Quand nous avons fermé durant l'après-midi, elle est restée avec moi, nous n'avons pas parlé outre mesure, néanmoins elle était là. Mes yeux se perdent sur elle tandis que la petite bande discute joyeusement. Annabelle n'entre pas dans les stéréotypes de la femme parfaite, pourtant ses hanches fines, sa poitrine galbée, son regard aiguisé et son mètre soixante-cinq la rendent divine. Je suis complètement déstabilisé par cette nana depuis quelque temps, elle ne cesse de me surprendre. Elle a un certain pouvoir sur moi, celui de me comprendre et de me pousser toujours plus loin. Le rôle de la meilleure amie lui va comme un gant, j'aurais clairement merdé sans elle aujourd'hui. Depuis que nous nous connaissons, elle fait en sorte que je ne déraille pas, cette femme est un roc, et j'espère un jour pouvoir lui rendre la pareille.

— Arrête de la mater comme ça, mec, t'es encore marié, me chuchote Alex pour que je sois le seul à entendre.

— Je la regarde comment ?

— Comme si tu étais prêt à te jeter sur elle. En plus, laisse tomber, je l'ai vue recaler tous ceux qui ont essayé.

Je ne proteste pas, bien qu'intérieurement je m'insurge. Je ne pense pas du tout à avoir ce genre de relation avec Annabelle, mais l'avouer tout haut ne ferait qu'alimenter la conversation. Je ne dis pas que l'idée de coucher avec elle m'est insupportable, loin de là, c'est une femme magnifique qui peut avoir n'importe quel homme à ses pieds. Avec sa chevelure rousse, son sourire rayonnant, elle les fait tous tomber, et je suis aux premières loges pour voir nos clients se pavaner devant elle comme des mâles en rut. Ce spectacle est aussi affligeant qu'il fait monter une certaine colère en moi. Toutefois, elle n'a pas besoin de preux chevaliers pour la défendre.

— Ça vous dit qu'on termine la soirée dans un club ? lance Kyle.

L'ensemble du groupe répond par l'affirmative ; je suis le premier à décliner l'offre. Mon commis fait ses yeux de chien battu pour me persuader de venir, en vain.

— Je suis claqué, je n'ai plus ta jeunesse.

— Tu as quoi ? Trente ans ?

— Un peu plus, mais peu importe, allez vous amuser, je finalise la fermeture et je vais me pieuter.

Il n'insiste pas, mais ne manque pas de me faire promettre de les accompagner la prochaine fois. Tous rejoignent le vestiaire pendant que je nettoie les verres que nous avons utilisés. Je brique encore la cuisine comme l'exige mon côté maniaque et salue de loin mes collègues qui partent profiter des quelques heures restantes avant le lever du jour.

Le silence m'apaise, et je savoure cet instant de calme. Je n'ai pas envie de rentrer chez moi de peur de trouver Jess dans mon lit. Elle a décrété qu'elle ne quitterait plus la maison, alors je doute qu'elle me facilite les choses ce soir. Je pourrais très bien dormir sur l'une des banquettes du restaurant, sauf que j'ai besoin d'une nuit complète. J'envisage de prendre une chambre d'hôtel en me rendant au vestiaire, toutefois ma réflexion est interrompue par un corps frêle qui vient s'écraser contre le mien. Par réflexe, mes mains se posent sur les hanches d'Annabelle. Elle a troqué sa jupe crayon pour un jean délavé et troué offrant à ma vue une bande de chair blanche, ainsi qu'un top noir qui laisse peu de place à l'imagination à propos de sa poitrine.

Je n'ai jamais eu aussi chaud en sa présence, et mes yeux se posent là où ils ne se sont jamais posés.

Annabelle

Ses bras autour de moi me rendent toute molle. Comment se fait-il qu'en deux ans d'amitié Tobias ne m'ait jamais tenue ainsi ? Cette sensation est nouvelle et je suis aussi émoustillée qu'une adolescente recevant son premier baiser. Je me fustige intérieurement pour mes pensées. Lui songe seulement à m'empêcher de tomber tandis que moi, je l'imagine déjà sans le moindre vêtement, avide qu'il m'ôte les miens. Jamais je n'ai été en manque de sexe, je n'ai pas le temps pour ça, pourtant à cet instant je ressens un vide.

— Annabelle…

Sa voix… Je suis obligée de mordre ma lèvre pour ne pas l'embrasser sur-le-champ. J'en meurs d'envie, et sa bouche m'appelle.

Qu'est-ce qui t'arrive, Anna ?

Une prise de conscience me sauve, alors que je suis à deux doigts de commettre l'irréparable. Je me détache de lui sans lever les yeux et me dirige vers la sortie en me confondant en excuses.

Chapitre 5

Annabelle

Je n'ai pas fermé l'œil de la nuit, j'ai quitté le club que nous avions rejoint à peine deux heures après y être arrivés. Alex payait sa tournée, et je me suis dit que pour une fois, profiter avec les collègues n'était pas une mauvaise idée. Sauf que le cœur n'y était pas, sans doute resté dans le couloir du restaurant, collé contre le torse de mon patron. Tobias a occupé mon esprit toute la nuit, si bien que ce matin je décide de me rendre dans la banlieue de Chicago pour voir mon père. C'est la seule chose qui me remettra les idées en place.

Ce dimanche, il n'est même pas 9 heures lorsque je quitte l'appartement et monte dans le bus qui me mènera au plus près de ce qui devrait être « le foyer familial ». Il n'y a pas si longtemps, faire ce trajet me retournait l'estomac, j'avais les larmes aux yeux quand les bus passaient devant le panneau Brookfield. Aujourd'hui, je n'éprouve rien, si ce n'est une certaine lassitude. Je n'espère plus retrouver quelque chose de différent, je sais que rien n'aura changé, que mon père a toujours des dettes qu'il n'est pas capable de rembourser, qu'il y a peu de chances que je ne le trouve pas ivre ou en train de cuver sur le canapé du salon. Mon père est le cliché de l'Américain dépressif.

J'ai un quart d'heure de marche lorsque je descends du bus pour rejoindre l'appartement de mon enfance. Je grimpe les trois étages sans utiliser l'ascenseur de peur qu'il se coince entre deux paliers. Ça m'est déjà arrivé quand j'avais huit ans et que je remontais de la pâtisserie. J'ai paniqué, si bien que je me suis cassé le bras en tapant contre les parois métalliques. Depuis ce jour, je n'ai jamais remis les pieds dedans ; en plus, monter l'escalier, c'est bon pour la ligne.

Une fois à mon étage, je tire le trousseau de clés de ma poche et déverrouille la porte. J'entre sans frapper. À quoi bon ? Je sais pertinemment que personne ne viendra m'ouvrir.

Mon père est là, allongé sur le canapé, les yeux dans le vague. Son T-shirt remonte sur son ventre, offrant à ma vue sa silhouette bedonnante. Son odeur me laisse deviner qu'il n'a pas dû quitter sa place du week-end, même pas pour aller aux toilettes, à en croire les taches qui maculent le tapis. Je ne suis plus en colère de le découvrir ou dégoûtée, j'éprouve simplement de la pitié pour lui. Avant je ne pouvais pas franchir le seuil sans fondre en larmes, je le suppliais des heures durant de me donner un mince espoir que les choses changent. Mais je me suis fait une raison et aujourd'hui je ressens seulement le manque de mon père.

— Salut, papa, lancé-je sans attendre qu'il me réponde.

Il grogne en s'agitant sur le canapé, je continue comme si tout était normal.

— Je suis venue voir si tu étais encore en vie et si tu avais besoin de quelque chose en particulier. Je vais faire un brin de ménage et un tour dans le frigo, puis je repartirai.

Je commence par le salon, ramasse les cadavres de bouteilles : de la bière, du gin et un fond de vodka qui se déverse à même le sol. Je dépose le tout dans un grand sac-poubelle, puis m'attelle à la pile de linge sale qui traîne dans un coin. Ça fait un moment que je ne suis pas venue, alors j'ai de quoi remplir trois machines entières. Pendant que je fais le ménage, je lui donne des nouvelles de ma sœur, car peut-être que quelque part dans son demi-sommeil il m'entend et est heureux de savoir ce que deviennent ses filles.

— Maëlle s'en sort super bien à la fac, elle qui a toujours été si absorbée par les études, je crois qu'elle a trouvé sa voie. En tout cas, elle a l'air épanouie. Je ne lui ai pas proposé de venir aujourd'hui, elle prépare un dossier important, alors il lui faut le moins de distractions possible et te voir ainsi, ce n'est pas bon pour elle. D'ailleurs, je ne sais pas si un jour je le lui proposerai.

Infliger cette vision à ma sœur m'est insupportable. Malgré les airs qu'elle se donne, elle est plutôt du genre sensible et ses examens doivent rester sa priorité.

— Pour moi, c'est la routine, je bosse au restaurant tous les jours, ou presque, continué-je. Je vais demander à mon patron de me rajouter le dimanche, car tu sais que la fac coûte une fortune et vivre à Chicago aussi.

Aucune réponse. Je suis surprise d'espérer encore.

Il me faut bien trois heures avant que l'appartement soit propre, et pendant tout ce temps, mon père n'a pas cessé de ronfler. Je ne prends pas la peine de lui dire au revoir en partant et claque la porte, sachant que je ne la rouvrirai que dans plusieurs semaines.

Tobias

— Maître Andrews, merci de me recevoir.

— Installez-vous et parlez-moi des éléments à ajouter à votre dossier.

Je déglutis, refoulant la colère qui monte en moi à la simple pensée des manigances de Jessica. Je dois peser mes mots pour ne pas déraper. L'ancien avocat de ma mère attend patiemment que je lui fasse le récit de ces derniers jours.

— Ma femme m'a envoyé cette lettre de revendications dont nous avons parlé, mais en plus de demander la garde exclusive de notre fille, elle l'a emmenée à l'autre bout du pays, dans sa famille, pour m'interdire de passer du temps avec elle.

— Je vois, répond-il de sa voix stoïque.

— C'est tout ce que vous avez à dire ?

— Non, je peux vous conseiller de porter plainte pour enlèvement.

Quoi ?

J'ai dû mal entendre, ce type ne peut pas avoir suggéré ça. Pourtant, son expression traduit le sérieux de sa proposition.

— Faire ça reviendrait à priver ma fille de sa mère.

— Comme elle est actuellement privée de son père, contre mon avocat.

Je me passe une main lasse sur le visage. Je n'imagine pas une seule seconde porter plainte contre ma femme. Ce divorce est une histoire d'adultes ; pourtant, aujourd'hui, c'est Sydney qui se retrouve au cœur de tout ça, cette petite fille innocente qui ne demande rien d'autre que l'amour inconditionnel de ses deux parents. Peu importe la solution que nous trouvons, nos choix se répercuteront forcément sur elle. Je ne peux pas me résoudre à faire du mal à Sydney pour atteindre sa mère.

— Je ne peux pas faire ça, soufflé-je.

— Monsieur Turner, permettez-moi d'émettre un avis professionnel. Votre femme n'a pas de scrupules et demande plus que de raison. En plus de ça, elle est en quelque sorte maltraitante envers votre enfant en lui interdisant de voir son père. De tels actes sont punissables par la loi.

— Il faut que je parle à ma fille, je ne peux pas prendre la moindre décision sans l'avoir eue au téléphone.

Mon avocat hoche la tête et se lève pour me serrer la main. Je quitte son cabinet sans avoir réellement avancé. Je tire mon téléphone de ma poche et compose le numéro de mes beaux-parents. J'attends trois tonalités avant que quelqu'un décroche.

— Allô ?

— Steve, c'est Tobias. Excusez-moi de vous déranger, mais je voudrais parler à Sydney.

— Ah, Tobias, comment vas-tu, mon garçon ?

Mal !

Comment peut-il poser cette question dans une telle situation, comme si les choses pouvaient aller bien alors que ma fille est à des milliers de kilomètres et que mon cœur se brise un peu plus chaque minute ? Pourtant, ma réponse reste évasive. Je ne veux pas m'épancher auprès d'un homme faisant partie du camp adverse, même si on s'est toujours bien entendus.

— On fait aller. Je peux avoir Sydney ?

— Bien sûr.

Il appelle ma fille à travers la maison. Ce n'est qu'une histoire de secondes pour qu'elle arrive, mais ça me semble durer des heures.

— Papa ?

Sa voix fluette relance mon cœur qui s'était arrêté. Les larmes me montent aux yeux, et je ne parviens pas à les retenir. Toutefois je fais mon maximum pour que ma petite fille ne les entende pas quand je m'adresse à elle.

— Coucou, ma chérie. Comment tu vas ?

— Super bien, je suis en train de faire des cookies avec mamie, dit-elle joyeusement.

— Ta recette spéciale avec les pépites de chocolat blanc ?

— Oui !

C'est la recette que nous faisons tous les dimanches pour le goûter. Je la lui ai écrite dans son carnet qu'elle apporte partout. Elle ne sait pas encore lire, mais j'ai usé de mes talents d'artiste, plus que limités, pour lui faire des illustrations. Je suis certain qu'aujourd'hui elle la connaît par cœur et qu'elle a pu donner les instructions à sa grand-mère comme un vrai petit chef.

— Sydney, tu es bien chez papi et mamie ? demandé-je, inquiet.

Je ne sais pas ce que sa mère lui a dit pour justifier ce départ précipité, mais je ne veux pas que Sydney se retrouve malheureuse à cause d'une guerre entre les deux personnes censées l'aimer le plus au monde.

— Oui ! Ce sont les meilleures vacances de tout l'Univers. En plus, on fait plein de photos, je pourrai te les montrer quand je reviendrai à la maison.

— Oui, chérie, je serai content que tu me les montres.

— Je dois y aller, papa, mamie dit que les cookies sont prêts.

— Je t'aime, Sydney, conclus-je alors qu'elle est déjà partie.

Je raccroche avec la certitude que je ne mettrai pas ma fille au cœur de ce divorce. Je ne porterai pas plainte contre sa cinglée de mère, mais je ferai tout pour que le juge statue en ma faveur.

Chapitre 6

Annabelle

— Anna, magne-toi, je vais être en retard ! beugle ma sœur à travers l'appartement.

Je tiens à l'accompagner à sa présentation ce matin. Maëlle est stressée, c'est la première fois qu'elle va passer devant un grand jury pour parler de son travail. La salle est ouverte au public, alors je n'ai pas hésité une seconde, je serai là pour soutenir ma sœur.

Nous nous mettons en route après que j'ai retrouvé ma seconde chaussure qui jouait à cache-cache. Le métro nous dépose vingt minutes plus tard au pied de la faculté, et je laisse Maëlle me guider jusqu'au bon bâtiment. Avant que nous franchissions la porte, ma sœur marque un temps d'arrêt et se tourne vers moi.

— Je sais que tu te saignes pour que je puisse réaliser mes rêves, Anna. Je m'en veux de te priver de ta vie, dit-elle, soudain sérieuse.

— Tu ne me prives de rien, mens-je en lui attrapant la main. Qu'est-ce que je ferais si je ne m'occupais pas de toi ? Je serais peut-être en train de regarder mes copines se marier et me supplier par la suite de garder leurs enfants.

— Peut-être que c'est toi qui serais mariée et avec des enfants.

Ça fait un moment que j'ai tiré un trait sur cette vie, sauf que je ne lui avoue pas. Aujourd'hui, c'est sa journée, et je veux qu'elle se concentre uniquement sur ce qu'elle a à faire.

— Je te promets de ne pas tout foirer, affirme-t-elle en plongeant ses yeux clairs dans les miens.

— Tu vas tout déchirer comme d'habitude.

Son sourire à cet instant vaut bien tous les sacrifices du monde. Elle entre la première tandis que j'attends que les visiteurs soient appelés. Ensuite, je passe quarante minutes à écouter tout un charabia sur l'antimatière ou quelque chose comme ça. Je ne comprends rien, mais suis fascinée par les connaissances de ma sœur et son aisance à parler de ce sujet sur lequel elle a beaucoup travaillé. Je redécouvre Maëlle autrement : je connaissais la Maëlle studieuse, la Maëlle énergique, colérique, voire ambitieuse, aujourd'hui je rencontre la Maëlle passionnée.

À la fin de sa présentation, elle me rejoint à l'extérieur, et je ne peux m'empêcher de l'applaudir. Elle est loin l'adolescente que j'ai dû sortir d'un environnement familial nocif et qui n'était pas certaine de son avenir. Maintenant, elle a trouvé sa voie et elle excelle dans son domaine, je suis si fière d'elle que les larmes me montent aux yeux.

— Tu en fais trop, m'indique ma sœur en me prenant dans ses bras.

— Jamais, tu as été époustouflante.

— Attends de voir quand je leur présenterai ma thèse.

— Je serai là, lui promets-je.

Je l'embrasse une dernière fois avant de la laisser filer. À peine sortie d'un examen, elle part déjà en préparer un autre. Quant à moi, je me dirige vers le restaurant, prête à prendre mon service.

À mon arrivée, je suis surprise de trouver Tobias allongé sur une banquette, enroulé dans un duvet. Je m'approche sans faire de bruit, il est endormi. C'est la première fois depuis plus d'un mois que je le vois aussi détendu. Je n'ai pas envie de troubler cette quiétude. Malheureusement, le reste de l'équipe ne tardera pas à nous rejoindre. Je pose la main sur son épaule et le secoue doucement.

— Tobias ?

— Hum… Encore cinq minutes, marmonne-t-il.

— Lève-toi, gros bébé, car dans cinq minutes ta brigade sera là.

Il se redresse et s'étire, laissant ainsi tomber le duvet sur ses jambes. Je manque l'arrêt cardiaque en découvrant qu'il ne porte rien d'autre qu'un boxer. Je ne rate pas une miette du spectacle. Ses abdos sont légèrement dessinés, pas comme un homme qui passe ses soirées à la salle de sport, mais plutôt comme un cuisinier qui s'entretient pour qu'on ne remarque pas qu'il goûte ses plats. Le chaos de ses cheveux, associé à ses yeux encore embués de sommeil, offre un style carrément sexy. Si je n'avais pas un minimum de tenue, je baverais devant cette image.

Tobias finit par émerger et prendre conscience que je l'ai trouvé presque nu. Il paraît un peu gêné, non pas par son corps, il ne cherche pas à se couvrir, mais davantage par la posture dans laquelle nous sommes.

— Annabelle ? Qu'est-ce que tu fais ici ? m'interroge-t-il, ne semblant pas se rappeler où il est.

— C'est à toi que je devrais le demander. Pour ma part, je viens travailler.

Il consulte sa montre et grimace. Il rassemble ses affaires sans me regarder. Je ne sais pas trop quoi dire de peur d'accentuer son malaise. Il n'a jamais été question d'embarras ou de pudeur entre nous, sans doute parce que nous ne nous sommes jamais retrouvés dans ce genre de situation complexe. Sauf que beaucoup de choses changent ces derniers temps, et notre relation en fait partie.

— Anna, on peut…

Je n'entends pas la suite, car au même moment le reste de l'équipe arrive. Tobias disparaît à toute vitesse en direction des vestiaires. Je pense que personne ne l'a remarqué, mais je décide d'entamer la conversation avec mes collègues pour lui laisser un peu d'avance. Bien qu'il n'ait pas eu le temps de me le demander, je sais qu'il veut que je reste discrète sur ce que j'ai vu. L'équipe n'a pas besoin d'être au courant que le patron dort sur place.

Ce midi, c'est plutôt calme, nous avons quelques habitués qui viennent déjeuner chez nous, mais ça s'arrête là. Pas la peine de courir ni de redresser une table immédiatement après l'avoir desservie. L'heure de la pause sonne, et tout le monde se donne rendez-vous à 17 heures. Je m'apprête à partir moi aussi lorsque Tobias me retient par le bras.

— Je peux te parler ?

Sa voix n'est qu'un murmure suppliant. J'accepte et rebrousse chemin. Mes pensées se bousculent dans ma tête, je me pose mille et une questions. Je devine que Tobias veut discuter de ce matin, mais la distance qu'il nous impose m'inquiète. Tout a toujours été facile entre nous, pourtant aujourd'hui le malaise est palpable. J'essaye de me calmer en respirant amplement. Nous nous installons face à face, chacun devant un café. Je constate que Tobias est aussi stressé que moi, il se triture les mains sans me regarder. J'attends qu'il se lance, sauf que rien ne vient ; je tente de le mettre à l'aise pour abréger notre calvaire.

— Tobias, tu peux me parler, tu le sais, je te le répète assez souvent.

— C'est compliqué…, répond-il en fourrageant dans ses cheveux.

— Encore ? m'écrié-je. Écoute, je ne vais pas te forcer à te confier, si tu veux dire quelque chose, il faut que ça vienne de toi, mais tu ne peux pas débuter toutes tes conversations par « C'est compliqué ».

— Je sais, mais qu'est-ce que tu veux que je dise d'autre ?

— Tu pourrais commencer par m'avouer pourquoi tu dors sur une banquette du restaurant.

— Je pourrais.

— Arrête de tourner autour du pot, m'impatienté-je.

— Jessica ne quitte plus la maison et refuse la cohabitation.

J'aurais dû m'y attendre, tout concerne son divorce en ce moment. Sa femme est une vraie peau de vache, et je ne suis pas surprise qu'elle l'ait mis à la porte, pas après qu'elle a envoyé sa fille à l'autre bout du pays.

— Je ne peux pas prendre une chambre d'hôtel pour une durée indéterminée, pas avec les frais d'avocat qui vont me tomber dessus.

— Et l'héritage de ta mère ?

Je me souviens qu'à son décès, celle-ci lui a tout laissé. C'est à cette même période qu'il a retrouvé sa sœur et que tout a changé. Cathlyn est une photographe d'exception et une femme adorable, mais également très fragile. Du peu que j'ai vu, elle aussi a eu son lot de merdes dans la vie.

— Cet argent est pour Sydney. Ma mère était dépensière, et tout ce qu'elle avait, elle le tenait de mon père, alors je veux que cet argent soit en lieu sûr pour que ma fille puisse faire ce qu'elle en veut quand elle sera plus grande.

Si seulement mon père avait réfléchi ainsi avant de dépenser tout l'argent de la famille dans des choses futiles dont nous n'avons même pas vu la couleur. Je ne me laisse pas aller à penser à ce qu'aurait pu être mon existence si la situation avait été différente. Je regarde l'homme assis en face de moi, dont la vie est en train de s'effondrer morceau par morceau. Je fais la première chose qui me passe par la tête.

— Tu peux venir habiter chez moi.

Les mots sont sortis naturellement, je n'ai rien fait pour les retenir. Sauf que c'est la pire idée du monde. J'ai demandé au mec qui me plaît autant qu'il est inaccessible de s'installer chez moi, je me mets toute seule en difficulté.

On dirait mon père !

— Tu es sérieuse ?

— Oui, affirmé-je.

Enfonce-toi, ma fille, au point où tu en es !

— Waouh, je ne sais pas quoi dire, hormis merci.

— Je me contenterai d'un merci alors.

Chapitre 7

Tobias

Mon sac sur l'épaule, j'ai suivi Annabelle jusqu'à son appartement au cœur de la ville, après notre deuxième service de la journée. Je m'attendais à trouver une décoration *girly*, teintée de rose, avec des pièces rangées à la perfection. C'est l'idée que je me faisais d'une colocation entre sœurs. La réalité est tout autre, je débarque dans un vrai capharnaüm. La pièce principale est sens dessus dessous ; les murs sont clairs, mais habillés de posters en tous genres, il y a même un tableau blanc fixé sur l'un d'entre eux. Un sourire étire mes lèvres, je me reconnais dans ce désordre. Au restaurant tout est impeccable, carré, j'ai donc tendance à me rattraper une fois chez moi.

— Sympa chez toi, commenté-je.

— Je n'avais pas prévu d'accueillir un quatrième coloc aujourd'hui.

— C'est sincère, Anna, ton chez-toi paraît si vivant, joyeux, tempétueux… Complètement toi.

Elle rougit. Je remarque que ses réactions changent ces derniers temps. J'ai le sentiment que mes mots et mes gestes la touchent davantage, comme si les choses avaient évolué entre nous, ou alors peut-être que j'y prête plus attention. Je refuse de m'avouer que de mon côté je ne vois plus mon amie de la même manière, qu'elle n'est plus seulement une confidente, une épaule, un roc, mais une femme.

— Je récupère de quoi m'habiller demain et mon ordinateur, et je te laisse ma chambre, précise Anna tout en me ramenant à la réalité.

— Tu n'es pas obligée, le canapé me va très bien.

— Je t'assure que c'est mieux ainsi. Ici, on a tous des rythmes bien différents.

Je hoche la tête, et Annabelle me fait faire le tour du propriétaire. Nous terminons par sa chambre. À l'image du reste de l'appartement, il y a des vêtements partout, des livres de cours çà et là et des feuilles volantes qui se baladent entre les meubles. Je découvre l'univers de ma meilleure amie. Puis-je vraiment la qualifier ainsi alors que je réalise que je n'ai jamais mis les pieds chez elle ?

— C'est normal que je ne sois jamais venu chez toi en deux ans ? m'entends-je prononcer à voix haute.

— Personne n'est jamais venu en réalité, répond-elle, gênée. À vingt-huit ans, je ne suis pas fière d'être en coloc avec un couple de hippies et ma petite sœur. Ce n'est pas ce qu'on appelle une vie accomplie.

— Qu'est-ce que tu en as à faire du jugement d'autrui ? demandé-je, surpris. Tu sembles te foutre de ce que pensent les autres et je croyais que c'était ton état d'esprit. Tout ce qui est important, c'est toi.

Annabelle

En disant ces mots, Tobias fait un pas vers moi.

J'ai chaud !

Mon corps réagit au quart de tour, interprétant les paroles de mon ami. Quand il tend la main pour remettre une mèche folle derrière mon oreille, j'ai un mouvement de recul automatique. Les doigts de Tobias restent en suspens devant moi, figés sans savoir quoi faire. Mes yeux rencontrent les siens, et j'y lis de la peine mêlée à l'incompréhension, cela me fait mal au cœur. En vitesse, j'attrape un jean qui traîne sur le lit et un pull en laine couleur moutarde, puis je me précipite à l'extérieur de la chambre en bégayant une formule de politesse pour lui souhaiter une bonne nuit. Je m'engouffre dans la pièce voisine, le souffle court. Je m'adosse à la porte un instant pour reprendre mes esprits. Mon comportement, alors que Tobias ne m'a même pas touchée, était complètement disproportionné. J'ai si souvent rêvé que ses doigts glissent sur ma peau et me provoquent des frissons… Pourtant, le jour où il fait un pas vers moi, je m'enfuis en courant. Il doit croire que je suis une folle furieuse. Je l'ai blessé, et c'est tout ce que je souhaite éviter en me tenant loin de lui.

Je progresse dans la chambre sans allumer afin de ne pas réveiller Maëlle. J'ôte mon pantalon et mon sweat pour me retrouver en culotte et débardeur, avant de me glisser sous les draps aux côtés de ma sœur.

— Qu'est-ce que tu fais là, Anna ? murmure celle-ci d'une voix ensommeillée.

— Disons qu'il y a actuellement un homme dans mon lit.

Maëlle se redresse, plus du tout endormie, et allume la lampe sur la table de chevet.

— Tu peux répéter ?

— Il y a un homme dans mon lit.

— Du coup, je comprends encore moins ce que tu fais dans le mien, se moque ma sœur.

— C'est mon patron, Maëlle.

— Ah, pardon, tu n'as pas un homme, mais CET HOMME dans ton lit.

De peur que Tobias nous entende, je la bouscule pour qu'elle baisse d'un ton. J'ai toujours beaucoup parlé avec ma sœur, à défaut de pouvoir encore le faire avec ma mère, ce qui explique qu'elle soit au courant du fait que Tobias est « cet homme ». Telle que je connais ma sœur, elle va jouer les entremetteuses. Depuis que nous avons déménagé, Maëlle se sent comme un poids pour ma vie amoureuse, comme si elle était l'unique raison de mon célibat. Sauf qu'elle ne comprend pas qu'il n'est pas question d'elle, mais de moi, je ne souhaite pas être un fardeau pour qui que ce soit.

— Anna, dégage de mon lit, m'ordonne ma sœur.

— Maëlle…

— Non, il n'y a pas de Maëlle qui tienne. Tu as l'homme de tes rêves dans la pièce d'à côté, sans doute en boxer, alors je ne comprends pas pourquoi tu viens te coller à moi.

— Il est marié !

— Mais célibataire !

Elle a réponse à tout, pour autant je ne céderai pas sur ce sujet. Je lui tourne le dos, rabattant la couette sur mes épaules.

— Tu comptes jouer à la gamine encore longtemps et m'ignorer ? demande-t-elle.

— Tout dépend si tu t'entêtes à me pousser dans les bras de mon patron alors que je ne veux pas.

— Que tu ne veux pas ou que tu ne *peux* pas ? Tu sais, j'ai deviné depuis un moment que tu te prives d'énormément de choses, car tu penses ne pas y avoir droit. Sauf que l'amour, ce n'est pas quelque chose qu'on a le droit ou non d'obtenir ou de donner.

Ce n'est pas une chose sur laquelle on a du pouvoir. Profite, Anna, saisis ta chance. Ton cœur te dira merci.

Sur ces paroles, Maëlle me tourne le dos et ne tarde pas à se rendormir. Pour ma part, je suis hantée par ses mots et l'idée que Tobias se trouve dans la pièce voisine. J'aimerais trouver en moi le courage de me lever et me glisser dans ses bras pour sentir sa chaleur tout contre moi. Sauf que je n'ai pas cette force, et que tout n'est pas aussi simple que Maëlle semble le penser. Mes responsabilités passent avant mes sentiments amoureux.

Au petit matin, j'ai du mal à ouvrir les yeux, le manque de sommeil se fait sentir. Maëlle est probablement partie il y a déjà plusieurs heures, et je m'en suis à peine rendu compte. Kyle et Colton doivent travailler ce matin, alors je prie pour qu'il reste un fond de café. Cette idée me fait sortir du lit et enfiler un pantalon, je ne tiens pas particulièrement à me retrouver en sous-vêtements devant Tobias. Toutefois, quand je quitte la chambre, je constate que lui n'a aucune gêne à exposer son corps aux yeux de tous. Habillé simplement d'un bas de survêtement et d'une paire de chaussettes de Noël, il est à tomber par terre. Sauf que…

— Ce sont mes chaussettes ?

N'est-ce pas la femme qui porte les vêtements de son homme en temps normal ? *Sauf que ce n'est pas mon homme !*

— Tu réagirais comment si je disais oui ? me questionne Tobias, un air à la fois innocent et taquin sur le visage.

— Je ferais un scandale, cela va de soi, réponds-je, le sourire jusqu'aux oreilles.

— Alors disons que non, je les ai simplement trouvées, l'ancienne propriétaire de ma chambre actuelle les a oubliées lors de son déménagement.

Nous rions de bon cœur. Le voir au réveil et partager ce moment particulier me fait ressentir des choses que je ne souhaite pas nommer. Nier me permettra peut-être de passer au-dessus.

Chapitre 8

Tobias

Putain, ce rire !

Je ne sais pas si c'est parce que je viens de me réveiller et que les derniers chamboulements me travaillent encore, mais mon corps est tout émoustillé lorsque Annabelle laisse entendre ce son harmonieux. Je reste face au plan de travail afin qu'elle ne voie pas ce qui se trame sous mon pantalon, nous n'avons pas besoin d'une raison supplémentaire pour être gênés.

— Tu as su trouver le café ? demande-t-elle en prenant un mug dans le placard au-dessus de l'évier, dévoilant par la même occasion la peau blanche de son ventre.

— Heu… Ouais, j'ai fouillé un petit peu. Tu me connais, je ne peux pas démarrer la journée sans ma dose d'excitant, finis-je par répondre après avoir retrouvé mes esprits.

Elle attrape la cafetière et se sert une tasse fumante, qu'elle tient à deux mains. Annabelle souffle consciencieusement sur sa boisson sans jamais me regarder.

Pour ma part, je la dévore du regard, la redécouvrant, dans son univers cette fois. Je m'attarde sur chaque détail qui jusqu'alors m'avait échappé. Ses yeux bleu lagon qui ont une étincelle particulière, mais avec une ombre qui ne plane jamais bien loin. Sa taille menue contrebalancée par des postures qui forcent le respect. Ce tic nerveux qu'elle a de remettre sans cesse une mèche derrière son oreille.

— Je peux te poser une question ? demande-t-elle après un long moment de silence.

Je m'apprête à lui répondre par l'affirmative, quand nous sommes coupés par la sonnerie de mon portable. Je m'excuse avant de le tirer de ma poche et de grimacer en voyant ce qu'il affiche : « Jessica ». L'espace d'un instant, j'ai arrêté de penser à ce qui m'a mené dans cet appartement, je me suis centré uniquement sur le présent, me délectant d'un matin sans drame avec une jolie femme pour simple compagnie.

— Tu devrais répondre, dit Anna au bout d'un moment.

— Je ne sais pas si j'en ai vraiment envie, avoué-je.

— Tu n'as pas le choix, Tobias, c'est encore ta femme.

Dur retour à la réalité.

Mes traits s'affaissent tandis qu'Annabelle tente de maintenir son sourire, qui paraît faux désormais. J'appuie sur le téléphone vert et m'éclipse vers la chambre pour mon quart d'heure de souffrance.

— Tobias, où es-tu ? braille mon ex.

— Bonjour à toi aussi. Je suis ravi d'entendre ta douce voix de bon matin.

— Je t'ai posé une question, insiste-t-elle. Je suis passée au restaurant, et tu n'y es pas. D'ailleurs, tu as changé les serrures, j'en ferai part à mon avocate.

Qu'elle le fasse, ce n'est pas cette bataille que je veux mener. Ce restaurant est à nos deux noms, mais je suis le seul à y mettre les pieds tous les jours de la semaine, c'est ma seconde maison, mon repère. Alors oui, je lui refuse l'accès à sa propriété, sauf que c'est un moindre mal quand elle me refuse l'accès à ma fille.

— Qu'est-ce que tu veux, Jess ? la questionné-je d'un ton sec.

— Tu as eu ma liste, il me semble.

— Arrête de jouer à la maligne. Qu'est-ce que tu veux, là maintenant, pour m'appeler de si bonne heure ?

— Ta charmante sœur vient de débarquer chez moi en exigeant de voir son frère.

— J'arrive.

Je raccroche sans laisser à Jess le temps de répondre. Je récupère des vêtements dans mon sac de voyage et me dirige vers la salle de bains. Quand je rejoins le salon, la pièce est vide ; Annabelle a dû retourner dans la chambre de sa sœur pendant que j'étais au téléphone. Je passe sous l'eau en quatrième vitesse sans cesser de me questionner sur la visite de ma sœur. Qu'est-ce qui peut la ramener à Chicago aussi vite ? Pourquoi ne m'a-t-elle pas prévenu ? Est-ce que Sam lui a encore fait du mal ? Il a été arrêté il y a plusieurs semaines, toutefois cette enflure a le bras long, même derrière les barreaux, il est en mesure de pourrir la vie de sa fille.

Chaque fois que je pense à ma sœur, je ne peux m'empêcher de me sentir coupable de l'avoir abandonnée. Je n'avais que quinze ans quand j'ai fui les coups, les humiliations, la souffrance quotidienne, sans me retourner. J'ai prié pour qu'il ne s'en prenne jamais à elle, j'avais l'espoir débile qu'il ne toucherait pas sa petite princesse. Malheureusement, il ne l'a pas que touchée, il l'a brisée et chaque jour du reste de ma vie, je m'en voudrai. Il m'est impossible d'effacer les années de douleur et d'absence, de ce fait je compense depuis que je l'ai retrouvée en étant disponible à chaque instant. Alors si Cathlyn est à Chicago, je ne dois pas perdre une seconde.

Je quitte la salle de bains et me dirige vers la porte close de la jeune Maëlle. Je frappe, et Anna ouvre, déjà changée et prête à partir.

— Ma sœur est là, je vais faire un détour avant d'aller au restau. D'ailleurs, tu n'es pas obligée de toujours être la première à arriver.

— Oh ! ça te gêne que j'arrive tôt ? demande-t-elle.

— Non, simplement, ne te tue pas au travail. Tu es jeune, belle et pétillante, offre-toi du bon temps.

Annabelle rougit, et je me rends compte que ma phrase porte un double sens.

— Je ne suis pas prude, j'ai vingt-huit ans. Pour autant, je ne passe pas mon temps libre nue dans un lit avec un apollon.

— Tu pourrais, je suis certain qu'il y a une file d'attente dans nos habitués du restaurant.

— Pardon ?

— Ne me dis pas que tu ne prêtes pas attention à ces gars qui te font la cour.

— Tobias, plus personne ne fait la cour au XXIe siècle, se moque-t-elle.

Je ressens une envie de lui prouver le contraire. Si aucun homme n'a courtisé la jolie Annabelle, c'est qu'elle n'est jamais tombée sur un qui en valait la peine. Pour ma part, j'ai réellement courtisé Jessica avant de la faire mienne charnellement, pour la demander en mariage un an après.

— Tu devrais te laisser courtiser, Anna, soufflé-je en la regardant droit dans les yeux.

— Et si je ne veux pas ?

Ses yeux sont rivés sur le sol, fuyant les miens.

— Alors, c'est ça ton secret ? Tu ne veux pas que la gent masculine t'approche.

— Quand on voit où ça t'a mené, ça ne fait pas envie, rétorque-t-elle.

C'est un coup dur, mais je tente de ne rien laisser paraître. Je ne veux pas entrer dans un débat sur mon divorce alors je serre les dents. Je marmonne un « À plus tard » avant de m'éclipser.

Le métro est bondé ce matin, les costards-cravates sont agacés par le bébé en train de pleurer dans les bras de sa mère, les étudiants ont des écouteurs dans les oreilles afin de se couper du monde extérieur et il y a les autres, un mélange de genres et d'attitudes.

Je descends six stations plus loin et arrive au restaurant en quelques minutes. Une grande brune élancée avec un sourire de trois kilomètres de long m'attend appuyée contre la porte. Elle est mon double au féminin. C'est d'ailleurs nos traits similaires qui m'ont sauvé d'une dérouillée certaine lorsque je me suis présenté à la villa Ross à Las Vegas il y a déjà trois mois.

Quand Cathlyn m'aperçoit, elle se jette dans mes bras, et je suis surpris, car avant de s'envoler pour l'Europe, elle m'a assuré qu'il lui faudrait du temps pour guérir de mon absence et accepter mon retour dans sa vie. Mais je ne suis pas un mec du genre à se plaindre lorsque les choses se passent bien, alors je referme les bras autour d'elle et la serre en retour.

— Salut, Cath Baby Cath. Qu'est-ce que tu fais ici ?

— Je n'ai pas le droit de venir voir mon grand frère ? contre-t-elle.

— Évidemment que si, tu es toujours la bienvenue. Tyler est avec toi ?

— Il est à l'hôtel en train de ronfler comme ce n'est pas permis à cause de tout l'alcool qu'il a ingurgité hier. En plus, je n'avais pas forcément envie que ta femme repose ses mains sur lui.

— Future ex-femme, précisé-je.

Cet événement a signé la fin de notre mariage. Jessica a fait un numéro de charme digne des plus grandes salopes au mec de ma sœur dans notre cuisine. J'aurais pu lui pardonner son attirance physique pour un autre homme, mais pas le fait qu'elle soit prête à détruire le peu de stabilité qu'avait retrouvé Cathlyn à ce moment-là.

— Je reformule, je ne veux pas que ta future ex-femme repose les mains sur mon futur mari.

— Pardon ?

— Quelle partie tu n'as pas comprise ? m'interroge-t-elle, un sourire satisfait sur le visage.

— C'est vrai ? Tu vas te marier ?

— Oui, dans un an, une fois le procès de Sam derrière nous et le temps que les beaux jours reviennent, quoique le soleil brille toujours à Los Angeles.

Je la serre à nouveau dans mes bras, jusqu'à la soulever et la faire tournoyer, je suis si heureux pour elle. Je la repose au sol et lui embrasse le front.

— Il faut fêter ça, venez au restau ce soir, je vous offre le dîner, et après on sort !

— Marché conclu, répond la fêtarde en elle.

— Tu as encore le temps pour un café ? lui demandé-je en déverrouillant la porte du restaurant.

— Non, je dois retourner auprès de mon fiancé avant qu'il se réveille et soit grognon de ne pas avoir son rituel matinal.

— Je ne veux rien savoir ! lancé-je en la regardant s'échapper, rayonnante.

Chapitre 9

Annabelle

Toute la journée, j'ai tenté d'éviter Tobias, ce qui s'est révélé être assez simple, compte tenu du fait qu'il n'a pratiquement pas quitté sa cuisine. Ses seuls passages dans la salle ont été à la demande des clients qui souhaitaient le féliciter pour ses plats. Tobias n'est pas connu dans le milieu gastronomique, néanmoins sa cuisine n'a rien à envier à celle des grands chefs. J'imagine qu'il a voulu rester anonyme à cause de son père. Depuis le début de notre amitié, il ne s'était jamais confié sur son passé, jusqu'au jour où Sam Turner est tombé. Là, il a vidé son sac, autour d'une bouteille de tequila. Aujourd'hui il n'a plus besoin de se cacher, son père est entre les mains de la justice et, dans l'attente de son procès, la libération sous caution n'est pas envisageable. Maintenant, il a d'autres problèmes à affronter et, moi, j'ai mis les pieds en plein dedans ce matin en utilisant son divorce comme parade pour ne pas faire évoluer ma vie amoureuse. Je lui dois des excuses, sauf que je retarde sans cesse le moment, sans doute par fierté ou alors par honte d'avoir blessé celui qui a toujours été un ami en or.

Le dernier service touche à sa fin, il ne reste que quelques clients dans la salle, mais aucun ne requiert mon attention. Je veux profiter de cette accalmie pour me rendre en cuisine et enfin parler à Tobias, mais au même instant la porte d'entrée s'ouvre sur Cathlyn Turner et son petit ami, le célèbre acteur Tyler Ross. Je rebrousse chemin, laissant ma chance de discuter avec Tobias s'envoler, pour accueillir sa sœur comme il se doit.

— Cathlyn, comment vas-tu ? demandé-je en affichant un sourire de façade.

— Salut, Annabelle. Plutôt bien, je dois dire. Tobias nous a invités à passer ce soir, histoire qu'on grignote un truc avant de sortir. Tu te joins à nous, j'espère ?

— Heu… C'est que…

— Bien sûr qu'elle nous accompagne, lance une voix dans mon dos.

— Tobias !

Cathlyn s'éloigne en courant vers son frère, comme s'ils ne s'étaient pas vus le matin même. Je les contemple en souriant, le lien entre eux me fait penser à Maëlle et moi. Ma sœur est mon univers, ma raison de vivre, je ne serais pas là sans elle. Pendant ce temps, Tyler se balance d'un pied sur l'autre à côté de moi, gêné, en regardant sa chère et tendre dans les bras de son frère sans savoir quoi faire. Il est immense et son corps musclé attire les yeux dégoulinants d'envie de toute la gent féminine. Une paire de lunettes posée sur son nez ajoute une touche de charme, autant que sa coupe de cheveux coiffée-décoiffée. Il est sexy. Pourtant, il ne me fait pas le moindre effet, contrairement à un autre…

— Elle le rend heureux, tu sais ? Dans tout le merdier qu'est sa vie en ce moment, Cathlyn est celle qui le fait sourire.

— Ce qui m'importe, c'est que lui la rende heureuse, répond-il sans jamais quitter sa belle des yeux. Cathlyn a été malheureuse pendant dix-huit ans de sa vie, en partie par sa faute. Il y a peu de temps encore elle pleurait un frère qui n'a jamais été mort. Je n'ai rien contre Tobias, je sais qu'il n'est pas un mauvais gars et qu'il n'a jamais souhaité faire de mal à Cath. Simplement, je ne veux plus qu'elle souffre. Jamais.

Je reste silencieuse, les mots me manquent.

Alors c'est ça, être vraiment amoureux ?

L'amour de Tyler transpire par tous ses pores. Il est fou de Cathlyn, je le sens prêt à soulever des montagnes pour elle sans jamais rien demander en retour. Ce serait mentir que de dire que je n'envie pas ces deux-là, d'autant que ce sentiment s'intensifie lorsque Tyler se rend aux côtés de Cathlyn et la serre contre lui tandis qu'elle montre sa main à son frère. Ou plutôt sa bague. L'espace d'un instant, je m'autorise à rêver que les rôles sont inversés et que c'est moi qu'on a demandée en mariage. J'imagine que je ne suis plus prisonnière de ma famille, que les choses sont simples, que j'ai le droit de parler robe blanche et bouquet. Sauf qu'en réalité, je dois penser aux échéanciers de payement qui s'entassent dans ma boîte aux lettres, aux billets qui me restent dans ma poche pour faire les courses et à mon père qui cuve sans doute encore sur le canapé de son appartement.

— Anna, viens nous rejoindre, m'appelle Tobias en me sortant de mes pensées.

J'avance vers eux, et nous nous asseyons à une table. Cathlyn nous décrit le romantisme dont Tyler a fait preuve en s'agenouillant dans leur nouvelle maison. Je les félicite et leur demande s'ils ont déjà fixé une date.

— Dans un an, nous n'avons pas déterminé le jour exact, mais ça ne va pas nous empêcher de fêter ça ! lance Cathlyn avec un sourire rayonnant.

Nous trinquons à l'heureuse nouvelle et convenons du club dans lequel nous allons passer la soirée. Avant que je conteste leur choix hors budget, Tyler annonce qu'il réglera la note. J'ai horreur qu'on paye à ma place, ça me rappelle chaque fois que je suis fauchée et à quel point notre monde est différent. Pourtant, aujourd'hui, et pour la deuxième fois ce mois-ci, je ne dis rien, j'ai envie de profiter avec eux.

— Le restaurant ferme dans vingt minutes. Il nous en faudra quinze de plus pour être présentables, après, la nuit nous appartient, annoncé-je, enthousiaste.

Je tire mes affaires de mon casier et examine ce que contient mon sac à main. Ma tenue est plutôt banale, alors je vais devoir jouer d'artifices pour la sublimer. Un rouge à lèvres carmin comme pièce maîtresse, assorti à un fard à paupières champagne et un trait d'eye-liner étudié. Le cumul parfait pour passer de la jeune femme décontractée à la femme branchée qui se prépare pour sortir avec des amis. Je glisse le maquillage dans mon sac, m'apprête à quitter les lieux quand mon portable sonne. Je décroche sans regarder le nom, la sonnerie étant le générique de *The Big Bang Theory*, ça ne peut être que Maëlle.

— Allô !

— Tu es une menteuse, Anna !

Mon cœur palpite, mes mains tremblent. Ma sœur ne m'a encore jamais crié dessus ainsi, sa voix empreinte de colère laisse entendre une fêlure qui ne présage rien de bon. Elle a l'air complètement déboussolée.

— Calme-toi, Maëlle, et explique-moi ce qu'il se passe. Où es-tu ? Il faut que je vienne te chercher ?

— Bon Dieu, non, Anna ! Je n'ai pas envie de te voir, pas maintenant. Tu m'as menti.

— De quoi tu parles, Maëlle ? m'énervé-je.

— De papa ! Tu m'as dit que ça allait, qu'il vivait bien. Tu as dit qu'il s'en sortait.

— Je…

— Tu es une menteuse, Anna.

C'est vrai, je n'ai pas dit toute la vérité à Maëlle. Je voulais la protéger de notre père, des souffrances que son état peut lui causer. La réalité est moche, car Arthur Mahoney ne va pas mieux, et ça ne sera jamais le cas. Il ne guérira tout simplement pas, parce qu'il ne le veut pas. On ne peut pas se débarrasser d'une addiction si on n'en a pas envie, même s'il faut plus que de la volonté pour se soigner. Sauf que je n'ai pas pu me résoudre à briser les espoirs de ma sœur et sa foi en un avenir meilleur. Malgré la misère financière dans laquelle notre père nous a mises, je sais qu'elle l'aime et le croit capable de redevenir celui qu'il était.

— Maëlle, on peut en discuter ? lui demandé-je.

— Non. En tout cas, pas ce soir, je reste avec lui.

Je grimace en apprenant qu'elle s'est rendue à Brookfield sans que je puisse l'en empêcher.

— D'accord, abdiqué-je, ne voulant pas la contrarier davantage. On se voit demain ?

— Oui, seulement après les cours.

Puis elle raccroche. Je souffle un coup et claque la porte de mon casier avant de quitter le vestiaire.

Ce soir, je ne rentre pas tant que je tiens encore debout !

Chapitre 10

Annabelle

La musique envahit mes oreilles dès que la porte s'ouvre, je fais un pas et c'est tout mon corps qui ressent l'atmosphère du club : une chaleur omniprésente créée par les danseurs remuant les uns contre les autres. Le mélange de transpiration et d'alcool emplit mon nez, et les lumières psychédéliques forcent mes yeux à s'y accommoder. Tyler a beau être de passage à Chicago, son statut d'acteur-réalisateur lui ouvre les portes de n'importe quel club en ville, donc nous avons pu entrer sans attendre, et maintenant nous nous dirigeons vers le carré VIP où on nous libère une table. Je suis gênée par toutes ces marques d'attention, moi la fille de banlieue qui a pour habitude d'être de l'autre côté de la balustrade. Je zieute la foule tandis que notre groupe s'installe sur les banquettes. Je n'ai aucune envie de m'asseoir, si je suis là ce soir, c'est pour danser. Je n'ai pas le temps d'avertir mes amis que je descends sur la piste, une serveuse arrive avec des flûtes et une bouteille de champagne.

Je ne serais pas contre un petit verre avant de me déhancher.

La blondinette nous fait un numéro très étudié qui ne sert qu'à remplir nos verres. Pendant toute la durée de son show, ses yeux sont braqués sur les deux hommes qui nous accompagnent. Toutefois, l'air féroce de Cathlyn la dissuade de s'attarder sur son fiancé, alors elle se rabat sur Tobias et lui fait ouvertement du rentre-dedans. Sa poitrine est à peine couverte, et elle glisse sa paire de seins sous le nez de mon patron en jouant avec le mouvement de ses cheveux à l'excès. Je ne dis rien, car je n'ai aucun droit sur lui, pourtant un sentiment de jalousie ou de possessivité s'empare de moi, et je ne parviens pas à le refouler. Mes poings se serrent, si fort que je suis prête à parier que mes ongles auront laissé des marques en demi-lunes dans mes paumes. Je saisis mon verre et le vide d'un trait avant de me lever et rejoindre la piste. Plus vite je m'éloigne de ce spectacle, plus vite je retrouverai mon état normal.

Mes pieds foulent la piste alors que *Dangerous* de David Guetta retentit dans les baffles. C'est l'une de mes chansons préférées, celle que j'écoute quand je veux me redonner un coup de fouet, celle que je lance quand je fais le ménage, celle qui me réveille tous les matins. Je ferme les yeux et laisse la musique m'emporter, mes bras se lèvent au-dessus de ma tête, mes hanches ondulent en rythme, et je ne pense plus à rien d'autre que la musique. Les notes s'enchaînent, et mes mouvements se bousculent tandis que mon esprit se vide. Les corps se frôlent sur la piste, la température grimpe en flèche. Je m'abandonne complètement, à cet instant, je me concentre uniquement sur moi. Plus de Tobias, plus de Maëlle. Plus de père irresponsable.

Tobias

Je la regarde au milieu de la foule, elle ne sait pas que mes yeux sont rivés sur elle, incapables de s'en détacher. Annabelle nous a quittés précipitamment, ressentant sans doute le besoin d'évacuer le stress de la journée. Elle bouge en harmonie avec la musique, ne prêtant aucune attention aux autres danseurs, aux hommes qui rêvent de la raccompagner ce soir, elle est seule au monde. Moi aussi, dans un sens, je suis seul dans ma bulle à observer ma meilleure amie danser.

— Tu devrais lui dire.

La voix de Cathlyn me coupe dans ma contemplation, je redirige mon regard vers elle. Ma sœur est collée à son fiancé, mais ses yeux sont braqués sur moi.

— Lui dire quoi ?

— Ce que tu ressens pour elle, répond-elle avec un sourire qui prouve qu'elle n'est pas dupe.

Ce que je ressens pour Annabelle ?

C'est une bonne question. Je n'ai jamais vu en elle davantage qu'une amie. Je suis toujours marié et pendant toute la durée de notre union, je n'ai eu d'yeux que pour Jessica. Aujourd'hui, ma femme est ma pire ennemie, celle que je méprise, et mon cœur ne lui appartient plus. J'ai toujours été un homme romantique, un amoureux de l'amour. Maintenant que je ne suis plus lié à Jessica, je regarde de nouveau Annabelle et me demande si ça ne pourrait pas être elle, celle qu'il me faut. Sauf que son cœur à elle est barricadé, elle a été claire à ce sujet ce matin. Annabelle Mahoney est allergique aux histoires sérieuses. Et je ne pourrai pas me contenter d'une relation de *sex friends* malgré ce que ma rouquine préférée éveille dans mon pantalon, ce soir.

— Ce n'est pas possible, Cath.

— Pourquoi ? Les mots refusent de sortir de ta bouche ? plaisante-t-elle.

— Non, simplement, je ne sais pas lesquels je prononcerais, et Annabelle n'est pas prête à les entendre.

— Tu me permets un conseil ? nous interrompt Tyler.

Mon futur beau-frère se penche en avant, les coudes sur les genoux, et me regarde, l'air sérieux.

— Des fois il faut forcer les choses, pas uniquement avec des mots, mais plutôt des actes. Si j'avais dû attendre que Cathlyn soit prête à entendre ce que j'avais à lui dire, aujourd'hui elle serait mariée à un trou du cul de Wall Street.

Il frissonne rien qu'en évoquant cette idée, mais je comprends où il veut en venir. Toutefois, je ne peux pas comparer l'amour qu'il ressent pour ma sœur à ce que j'éprouve pour mon amie. La frontière est mince entre la simple affection d'une amitié profonde et les sentiments amoureux, je ne veux pas gâcher ce que j'ai déjà.

— Comment tu as su que tu voulais être avec ma sœur ?

— À partir du moment où je ne voulais pas la même chose avec elle qu'avec les autres. En plus, Cathlyn est une vraie tornade, elle a tout ravagé sur son passage, y compris mes doutes et mes certitudes, se confie-t-il.

— Je crois que tu es encore plus romantique que moi, admets-je.

Les deux tourtereaux se mettent à rire, je viens sans doute de soulever quelque chose qui fait écho à certains de leurs souvenirs. Si un instant j'ai douté que Tyler Ross puisse être l'homme idéal pour ma sœur, aujourd'hui je suis persuadé qu'aucun autre ne pourrait la rendre plus heureuse.

— Tu devrais aller danser, me lance Cathlyn.

— Je ne suis pas sûr.

— Nous, on y va, et franchement tu te régalerais plus si tu allais sur la piste plutôt que de rester là à la mater comme un psychopathe.

Annabelle

Sia fait vibrer la piste de danse de sa voix puissante, je me suis arrêtée quelques minutes le temps de faire un détour par le bar afin de me réhydrater. Un martini plus tard, me revoilà en train de me déhancher au milieu des autres. Je sens l'alcool couler dans mes veines et me faire tourner la tête ; cette sensation est enivrante, presque autant que celle du corps chaud juste derrière moi. Je m'apprête à me retourner pour éconduire l'homme qui tente une approche, mais la voix chaude de Tobias vient me chatouiller l'oreille.

— Ne t'arrête pas, laisse-toi porter.

Ces mots sont ceux que j'attends depuis longtemps, « Laisse-toi porter », alors pour une fois, c'est ce que je fais. Je ferme les yeux et recule pour être au plus près de lui. Ses mains caressent la peau nue de mes bras, me faisant frissonner. Son souffle brûlant effleure ma nuque. À cet instant, mes neurones ne sont plus en état de marche, seules les sensations comptent. La musique change, laissant place à un rythme plus sensuel, comme si le DJ avait conscience de ce qui se joue.

Je me retourne et m'accroche au cou de Tobias sans cesser de remuer. Son sourire est taquin et ses mains plus possessives, elles ne se contentent plus de glisser sur mes bras, l'une d'elles est au creux de mes reins, forçant nos corps à être encore plus près l'un de l'autre. Nos jambes s'entremêlent, nos hanches jouent entre elles, et mes yeux sont fixés sur la bouche humide et brillante de Tobias. Je suis certaine que si je me penchais pour l'embrasser, je pourrais y trouver le goût du champagne hors de prix qu'on nous a servi. J'enfonce les dents dans ma lèvre inférieure pour ne pas céder à la tentation. Tout mon être est en émoi, je sens une douce chaleur se diffuser en moi, qui a pour point de départ mon intimité. Ma respiration devient haletante quand l'espace qui sépare nos bouches se réduit davantage. Son souffle se mêle au mien, je ferme les paupières, anticipant la suite.

— Je ne t'embrasserai pas, Annabelle, murmure Tobias.

Quoi ?

Il ne peut pas me chauffer ainsi et ne rien tenter après. Je rouvre les yeux et hausse un sourcil interrogateur.

— Tu attendais autre chose ? demande-t-il, un rictus au coin des lèvres.

Je n'arrête pas de danser, au contraire, je continue de bouger contre lui, mettant à mal sa détermination. De nouveau dos à lui, je sens l'effet qu'a notre petit collé-serré sur sa virilité. Je savoure cette victoire, certaine de le faire craquer.

— Je pense que la frustration n'est pas bonne, le taquiné-je.

Mais qu'est-ce que je suis en train de faire ? Pourquoi je joue les séductrices au lieu de partir en courant ?

Ce matin encore, je crachais sur les relations amoureuses et affirmais ne pas avoir le temps pour ça. Ce soir, me voilà dans un club en train de draguer ouvertement mon meilleur ami. Cette prise de conscience me refroidit, je mets de la distance entre nous.

— Désolée, Tobias, je n'aurais pas dû dire ça.

— Dire ce que tu penses ?

— Non, me laisser aller comme ça avec toi. Il n'y a pas de ça entre nous.

Chapitre 11

Tobias

C'est la douche froide.

Je ne sais pas pourquoi je me suis laissé convaincre par ma sœur et son fiancé. Malgré ce qu'ils pensent, je connais Annabelle et j'ai conscience que forcer les choses avec elle ne sert à rien.

— C'est moi qui suis désolé, dis-je en lui accordant un peu de distance.

— Je ne peux pas faire ça.

Elle croise les bras sur sa poitrine et ses yeux sont orientés vers ses chaussures. Nous sommes immobiles au milieu de la piste de danse. Autour de nous, tout le monde continue de se trémousser en rythme, nous ignorant totalement.

— Je ne te force pas, Anna.

— Merci. Je ne veux pas rendre les choses plus difficiles. Tu l'as dit toi-même, c'est compliqué. Pas besoin de ça en plus.

Elle s'apprête à prendre la fuite à travers la foule, mais je la retiens par le bras.

— Avec toi, rien n'est compliqué. Tu ne seras jamais un fardeau pour moi.

— C'est ce que tu crois.

Sa voix n'est qu'un souffle tandis que moi, j'ai envie de lui hurler d'arrêter de se dénigrer sans cesse. Elle a une si faible estime d'elle-même alors qu'elle est une femme formidable… Elle pense que je n'ai pas conscience qu'elle livre bataille tout le temps, que ses épaules portent un poids trop lourd pour elles. Pourtant, je sais et je voudrais tellement qu'elle se voie à travers mes yeux.

— Pourquoi tu me fuis, Annabelle ?

— Pour que tu ne te casses pas la figure encore une fois, murmure-t-elle.

— Arrête de penser aux autres et pense à toi pour une fois.

— Je ne peux pas ! crie-t-elle.

Je fulmine de la voir se sacrifier encore et toujours. De rage, je l'attire à moi et scelle ma bouche à la sienne. Mon cœur s'emballe alors que je découvre la douceur de ce petit bout de chair. Annabelle ne réagit pas immédiatement. Il lui faut quelques secondes pour se détendre et répondre à mon baiser. Ses bras s'enroulent autour de ma nuque, approfondissant le contact, tandis que mes mains pressent ses hanches. Mes idées s'emmêlent, tout n'est que sensation et plaisir. Elle entrouvre les lèvres, me laissant accès à sa langue. Ça fait plusieurs mois que je n'ai pas embrassé une femme, mais je me souviens de ce que j'éprouvais avec Jessica, cette fois ça n'a rien à voir. J'aimerais que le temps s'étire pour ne jamais avoir à m'éloigner d'elle. Ce n'est pas un baiser doux et tendre, il est pressé, intense et regorge de frustration. Mon corps réagit et mon pantalon redevient trop étroit. Je suis incapable de la relâcher, sa bouche m'ensorcelle et me rend complètement fou.

— Pour une fois, Anna, arrête de réfléchir, murmuré-je.

— Juste une fois alors.

Ses barrières tombent, et je ne peux penser à autre chose qu'au désir qui me submerge.

Annabelle

Je cède, sa bouche qui dévore la mienne m'empêche de réfléchir correctement. Alors je me laisse aller à ce contact chaud et humide dont j'ai tant rêvé. Embrasser Tobias est mieux que ce que j'avais imaginé, même mes fantasmes les plus coquins n'étaient pas à la hauteur de l'instant. Je ressens un fourmillement agréable dans tout le corps, mes jambes ramollissent et je m'efforce de me cramponner davantage à lui.

— On devrait partir, chuchote-t-il.

— Je ne crois pas que ce soit une bonne idée, dès que nous quitterons ce club, tout ça sera derrière nous.

C'est ma condition pour accepter ce moment de liberté. S'il refuse, je ne sais pas ce que je ferai. Nous sommes allés trop loin pour reculer, toutefois j'ai peur de faire machine arrière si nous devons rouler jusqu'à mon appartement.

— Tu es en train de dire qu'on devrait s'envoyer en l'air dans un coin sombre ?

— Pourquoi pas ? Tu penses qu'on serait les premiers ? demandé-je en haussant les épaules.

Il secoue la tête, mais son sourire signifie qu'il n'est pas contre l'idée, voire que ça l'excite. Cette fois c'est moi qui saisis son bras pour l'entraîner à ma suite, non pas dans les toilettes, mais dans un espace privé de la zone VIP que j'ai repéré un peu plus tôt. L'alcôve est plongée dans l'obscurité, et je tire un rideau de velours pourpre pour nous offrir davantage d'intimité. Je sens une pointe de stress m'envahir. Je voudrais prendre une seconde pour être certaine de ne pas faire une énorme connerie, sauf que Tobias me fait disjoncter avec ses caresses.

À peine sommes-nous seuls que je repousse Tobias contre le

mur et me jette à nouveau sur sa bouche, inversant les rôles. Le désir monte en moi, si bien que je ne me reconnais plus. Je suis une lionne avide de découvrir le corps musclé de Tobias. Tandis qu'il me regarde en se mordant la lèvre, mes mains sont partout sur lui, elles glissent le long de son torse pour atterrir sur le haut de son jean. Je fais sauter le bouton et aperçois une fine ligne de poils menant à l'objet de ma convoitise. Je sens mon intimité qui palpite, le besoin d'être comblée. Je me consume de l'intérieur. Je voudrais faufiler mes doigts sous l'élastique de son boxer, mais Tobias me pousse en arrière pour me plaquer à son tour contre le mur.

— Ne sois pas pressée, Anna. Si ça doit être notre seule fois, je compte bien en profiter.

Sans qu'il me laisse le temps de protester, sa bouche part à la découverte de mon cou. Il me goûte, me mordille, joue avec mes nerfs. Ses mains passent sous mon T-shirt et viennent palper mes seins. Il les malaxe à travers mon soutien-gorge en dentelle et pince mes tétons sensibles. Je gémis, tremblant de plaisir sous ses assauts répétés. Il tire sur le seul rempart entre sa peau et la mienne, si bien que j'entends le tissu se déchirer. Sa main m'empoigne en totalité pour mon plus grand bonheur. Sa bouche plonge plus bas et vient chatouiller mon ventre, l'humidité de sa langue met mes sens en ébullition.

— Tobias, j'en veux plus.

— Tu veux que je descende encore plus bas ? demande-t-il tout en passant à l'acte.

Il attrape la fermeture de mon pantalon entre ses dents et la fait glisser dans une lenteur extrême. Je suis à deux doigts de m'en débarrasser moi-même, la frustration qu'il m'impose est insupportable. D'un geste fluide, il défait le bouton et pose les lèvres sur le tissu noir de mon sous-vêtement. Mon sexe palpite contre sa bouche et je lève le bassin pour aller davantage à sa rencontre. De ses deux mains, il saisit mon pantalon et ma culotte avant de les descendre sur mes chevilles, me laissant à demi nue, exposée à ses yeux. Son sourire en dit long sur ses intentions. Moi, j'ai le souffle coupé, les joues rouges et le cœur qui bat à tout rompre. Ce moment, j'en ai rêvé des nuits entières au point de m'agripper aux draps. Jamais je n'aurais cru voir mon fantasme devenir réalité. Je savoure le plaisir d'enfin ne faire qu'un avec Tobias.

— Tu me laisses te goûter ? demande-t-il, prévenant.

— À cet instant je te donne tout ce que tu veux si ça me fait du bien.

Sa bouche se plaque aussitôt contre mon clitoris, qu'il me prouve à quel point il peut m'emmener proche de l'extase. Tobias sait y faire sans que j'aie besoin d'ajouter quoi que ce soit. Ma jambe droite reposant sur son épaule, il devine quand accélérer ou ralentir, quand être doux ou féroce. La chaleur m'envahit, et je sens l'orgasme monter en moi. Au moment où je pense avoir atteint le sommet, Tobias insère deux doigts en moi, me faisant exploser en mille morceaux.

— Hmm…

— Pas tout de suite, bébé, dit-il en abandonnant mon sexe.

Un air frais vient chatouiller mon intimité lorsque Tobias s'éloigne. Toutefois, c'est de courte durée, car bientôt sa langue et ses doigts sont remplacés par son sexe épais qui m'emplit totalement. D'une poussée, il pénètre mon antre humide et m'arrache un cri de plaisir, tandis que mes jambes s'enroulent autour de sa taille. Ses va-et-vient lascifs font remonter la pression. Quand il me sent sur le point de défaillir, Tobias change de rythme et devient un amant puissant, enchaînant les coups de boutoir jusqu'à ce que je crie son nom. Lorsque l'orgasme me gagne, Tobias abat la main sur ma bouche, étouffant les hurlements de ma jouissance.

— Putain, grogne-t-il alors que mon sexe enserre le sien plus fort.

Il ne ralentit pas tandis que je fonds dans ses bras, et il ne lui faut pas plus de trois allers-retours pour me rejoindre au septième ciel. Cette fois, c'est moi qui l'embrasse pour absorber l'extase qui s'empare de lui.

Peu à peu, ses muscles se relâchent, ses mains glissent sous mes fesses, et il me porte, collée contre son torse, pour s'asseoir sur la banquette. Nos souffles se calment, et nos cœurs retrouvent un rythme régulier. Un silence s'installe entre nous tandis que Tobias pose le front contre mon épaule. Je voudrais dire quelque chose, mais ouvrir la bouche me fait peur. Les dernières minutes ne quitteront jamais mon esprit. Je ne supporterais pas d'avoir détruit ma relation avec lui pour un moment d'égarement. L'une de ses mains caresse distraitement mon dos à travers mon T-shirt qui a retrouvé sa place. Je frissonne, sans savoir si c'est dû à son contact ou à l'angoisse qui monte.

— Dis-moi que rien n'est abîmé entre nous, murmuré-je.

— Rien, je te le promets, Annabelle.

Rien. Je me raccroche à ce mot, à cette promesse faite par mon ami qui vient de me faire l'amour dans une alcôve privée d'un club branché de Chicago.

Chapitre 12

Annabelle

Je suis réveillée par un concert de portes qui claquent. Il me faut un instant pour me rendre compte que je suis dans le lit de ma sœur, toujours vêtue de ma tenue d'hier avec un mal de crâne carabiné. Après avoir pris notre pied, Tobias et moi nous sommes rhabillés et avons profité du reste de la soirée. Ou, plutôt, j'ai enchaîné les verres jusqu'à ne plus tenir debout et que le taxi me reconduise chez moi. Malgré la dose d'alcool qui doit encore circuler dans mon sang, tous les éléments de la nuit m'apparaissent de manière limpide, trop limpide. Je me souviens de chaque moment, de chaque contact et mon corps aussi. Je suis courbaturée. Après plus d'un an d'abstinence, retrouver les plaisirs charnels laisse quelques séquelles.

Je m'extirpe du lit avec difficulté. J'entreprends de changer de vêtements pour quelque chose de plus confortable, puis je rejoins le salon, où ma sœur est en train de tout retourner. Je la regarde un instant sans réagir avant de comprendre qu'elle remplit un sac. Je me redresse, paniquée. Le visage fermé de Maëlle ne me dit rien qui vaille. Je m'approche et pose une main sur son épaule.

— Qu'est-ce que tu fais ? Je croyais qu'on devait se voir après tes cours.

— En effet, mais ça ne veut pas dire que ça se passera ici, répond Maëlle sur un ton agressif en se dégageant.

— Maëlle, calme-toi, arrête de t'agiter dans tous les sens et discutons autour d'une tasse de café.

Je triture mes doigts nerveusement. Je voudrais lui imposer de s'asseoir et me parler, sauf que je ne suis pas sa mère et elle saura très bien me le rappeler. Pourtant, elle ne peut pas partir comme ça.

— Tu veux discuter ? Très bien, alors explique-moi pourquoi tu ne m'as rien dit au sujet de papa.

OK, ça a le mérite de me clouer le bec. Je ne pensais pas devoir aborder notre situation familiale dans une telle urgence. Cette simple idée me rend malade. Toutefois la bombe est lâchée, maintenant je dois trouver comment l'apaiser. Je réfléchis à toute vitesse, voyant que ma sœur continue à rassembler ses affaires. J'arpente la pièce de long en large en me frottant le visage.

— Qu'est-ce que tu voulais que je te dise ? Il n'y a pas de mots.

— Si ! Il est malade et ne va pas mieux, il s'enfonce. Voilà ce que tu aurais dû me dire ! me hurle-t-elle.

— Je voulais te protéger, Maëlle. On ne peut rien faire pour lui à ce stade, c'est trop tard, et je voulais t'éviter la peine de voir notre père dans cet état.

J'ai l'impression que ma sœur ne m'entend pas. Elle s'enferme dans son idée sans me laisser la possibilité de lui donner mon point de vue.

— Alors tu penses que l'abandonner à son sort est la meilleure solution ?

— Je n'en vois pas d'autres, admets-je.

Ça fait des années que j'essaye d'aider mon père, que je me substitue à ma mère, que je prends soin de lui comme si c'était lui le gamin. Sauf que j'ai fini par lâcher l'affaire lorsque j'ai compris que mes efforts ne servaient à rien.

— Si tu m'en avais parlé, on aurait pu chercher ensemble.

La voix de Maëlle se craquelle et la douleur qui en émane me brise le cœur. Je tente à nouveau de justifier mes actes.

— Tu as tes études, ce n'est pas le moment de remuer la merde de papa. Il faut que tu te concentres sur toi.

— Je ne serai pas égoïste, Anna, c'est mon père !

— Tu estimes que j'ai été égoïste ? demandé-je, interloquée.

— Oui.

Sa réponse me fait l'effet d'une gifle. Je recule sous le choc, toutefois après la stupéfaction vient la colère.

— Je suis égoïste ? Sacrifier ma vie pour t'offrir un avenir est égoïste ? Te préserver de l'influence néfaste de notre père est un acte purement égoïste ? Putain, Maëlle, tu peux me reprocher des milliards de choses, mais pas ça.

— Écoute, Anna, dit-elle sur un ton plus posé. Je sais ce que tu as fait pour moi durant tout ce temps et je ne te remercierai jamais assez, mais je ne peux pas faire comme s'il n'existait pas. Je n'ai pas ta force, je ne peux pas l'abandonner. Laisse-moi essayer de le sauver, Anna.

Ses yeux s'emplissent de larmes et je ne résiste pas à l'envie de serrer ma sœur contre moi. Au creux de mes bras, elle pleure tandis que je lisse ses cheveux et lui murmure des paroles réconfortantes. Depuis que nous avons quitté l'appartement de mon père, j'ai tout fait pour tenir Maëlle à distance. Sauf qu'elle et notre père ont toujours eu un lien très fort, aujourd'hui elle s'y raccroche. Néanmoins je crains qu'elle ne soit la seule à le ressentir encore. Notre père n'est qu'une carcasse vide qui n'apporte rien d'autre que des problèmes supplémentaires.

— Que comptes-tu faire ? murmuré-je à l'oreille de ma sœur quand ses larmes se tarissent.

— M'installer avec lui quelque temps.

Je grimace. J'espérais lui ôter cette idée de la tête. Si seulement j'avais une baguette magique pour lui faire oublier l'homme qui nous a vues naître. Je voudrais que ma sœur garde le souvenir des jours heureux et non de l'enfer dans lequel il est tombé après le décès de notre mère.

— Tu vas être loin de la fac, avancé-je pour la faire changer d'avis.

— Je ne serai pas la première étudiante à habiter à plus de vingt minutes de sa fac, et puis le jour où je ne me sens pas de retourner là-bas, je peux toujours revenir dormir dans ma chambre.

Sa décision est prise, et je ne peux rien y faire. Si je lui donne une raison de rester, elle en trouvera deux pour partir. Je ne veux pas être en froid avec ma sœur. Cette tête de mule a besoin de quelqu'un pour veiller sur elle, et ce sera impossible si elle se braque. Alors je vais dans son sens, en espérant qu'elle rentrera vite à la maison.

— Toujours, promets-je.

Chapitre 13

Tobias

J'ai promis à Annabelle que rien ne changerait entre nous après ce que nous avons fait hier soir, sauf que j'ai menti. Je ne suis pas de ces hommes qui peuvent faire l'amour avec une femme sans rien éprouver. Ce matin, je me pose un million de questions qui, je le crains, resteront sans réponses.

Lorsqu'elle arrive dans le restaurant une heure après moi, je suis incapable d'éclipser les images de son corps fiévreux enroulé autour du mien, d'oublier la sensation de ses lèvres sur les miennes, de ralentir les battements de mon cœur. Toutefois, je suis un homme de parole, alors même si je ne vois plus mon amie en tant que telle, mon comportement reste inchangé. J'ai quitté son appartement pendant qu'elle dormait encore, donc je suis surpris de découvrir la mine défaite qu'elle affiche quand elle franchit la porte. Ses traits sont fermés. Je m'approche d'elle et lui demande :

— Qu'est-ce qui ne va pas ?

— Rien, répond-elle en mentant.

— Anna, tu peux me parler.

Elle soupire tout en levant les yeux au ciel comme si je l'agaçais. Néanmoins, elle finit par répondre :

— Maëlle m'en veut pour une décision que j'ai prise, et elle a quitté la coloc.

— Quel genre de décision ? l'interrogé-je.

— Du genre indispensable pour la protéger.

Je sais ce que c'est, j'ai déjà eu à faire ce genre de choix, sauf que c'est moi que j'ai protégé en partant, pas Cathlyn. Aujourd'hui je le regrette d'une certaine façon, mais je ne pense pas que j'aurais survécu en restant avec ma famille biologique.

— On fait tous des choix, Anna, et on ne peut jamais être certain que ce sont les bons. Sur l'instant on croit que c'est la meilleure solution, mais avec le recul, on se dit qu'on aurait peut-être pu faire autrement, sauf que ça ne change rien. Maëlle te pardonnera.

Elle hoche la tête sans pour autant me regarder dans les yeux, puis me contourne pour se rendre au vestiaire. Cet échange me laisse une sensation étrange, inconfortable, alors je l'interpelle :

— Anna ! On est OK ?

— Toujours OK, répond-elle avant de disparaître.

Annabelle

On n'est pas OK du tout !

Je pensais pouvoir me contenter d'une nuit, mais ce moment d'égarement avec Tobias a réveillé l'appétit que je m'efforçais de contrôler. Malgré les problèmes avec ma sœur, j'ai envie qu'il me touche, me déshabille entièrement et qu'il n'y ait plus la moindre barrière entre nos peaux. Je veux de lui dans un lit et non dans un endroit public, pour qu'on puisse prendre notre temps, se découvrir afin de décupler encore le plaisir. Sauf que ma dispute avec Maëlle sonne comme une piqûre de rappel. Je ne peux pas me laisser embarquer dans ce genre d'histoire, une romance ou un *sex friend*, c'est toujours une source de soucis supplémentaires. Je me force à ne plus penser à mon écart d'hier et à me concentrer sur ce qui est vraiment important. J'extirpe mon téléphone de la poche de mon jean et tape un message que j'envoie à mon père.

Tu n'auras qu'une chance, alors ne merde pas avec elle. Arrête de boire. Sois le père dont elle a besoin.

J'hésite à ajouter que je l'aime, car c'est vrai, presque autant que je le déteste. C'est mon père et la maladie qui a emporté ma mère a fait dégringoler mon seul parent restant dans les abîmes. Autrefois, il n'avait pas un comportement exemplaire, il a eu une période où il a trop joué à des jeux auxquels il ne gagnait jamais. La différence est qu'à cette époque, lui et maman travaillaient tous les deux et leurs salaires épongeaient facilement les dépenses de mon père. Puis, un jour, il a arrêté, pour elle, pour nous, et notre famille était à nouveau parfaite. Quand maman nous a quittés, du fait de sa méningite foudroyante, mon père s'est vu mourir avec elle. Il venait de perdre l'amour de sa vie, il n'avait plus que ce vide dans sa poitrine, et ses filles. Sauf que ses filles lui rappelaient la femme qu'il avait tant aimée, alors il a préféré les remplacer par la bouteille. C'était il y a cinq ans.

Maëlle est restée six mois avec lui, et je passais à l'appartement tous les jours, avant de décider de sortir ma sœur de là. Je lui ai promis que je continuerais à m'occuper de notre père si elle se concentrait sur ses études. Pendant deux années entières, j'ai tout tenté pour le sauver du chagrin et de lui-même. J'ai cumulé jusqu'à trois emplois pour lui permettre de voir les meilleurs addictologues du pays, sans résultat. C'est lorsque je me suis retrouvée allongée sur un lit d'hôpital que j'ai fini par lâcher l'affaire. J'ai eu un accident de voiture après m'être endormie au volant en quittant mon service dans un bar de Chicago. Je ne pouvais plus suivre le rythme, mon corps ne suivait plus le rythme, et je me mettais en danger. Pas une seule fois je n'ai vu mon père faire le moindre effort pour se sortir de cette merde, il ne m'a même jamais remercié pour le mal que je me donnais. J'ai quitté l'un de mes emplois, je ne passais plus qu'un jour sur deux le voir, avant que ça soit que deux fois par semaine, une fois toutes les deux semaines. Mes visites se sont espacées jusqu'à devenir occasionnelles.

Ma sœur n'est revenue que rarement lui rendre visite, car elle avait besoin d'être véhiculée, et je m'arrangeais pour ne jamais pouvoir l'emmener. Puis quand ma voiture a fini à la casse, je n'en ai pas racheté, faute de moyens, et prendre le bus pour la banlieue lui faisait perdre trop de temps. C'est comme ça que j'ai pu dissimuler la vérité à Maëlle aussi longtemps.

J'envoie le message sans rien ajouter, je dois me protéger à défaut de protéger ma sœur, car au moment où il merdera, puisque ça arrivera à un moment ou un autre, je devrai pouvoir recoller le cœur de Maëlle et j'en serai incapable si le mien est en miettes.

Chapitre 14

Tobias

Ça fait bientôt deux semaines que je vis chez Annabelle et ses deux colocs hauts en couleur. Kyle est le stéréotype parfait du hippie des années 1960, on dirait qu'un arc-en-ciel s'est mouché dans ses vêtements, l'herbe est l'ingrédient principal de son alimentation, et il a une vie sexuelle totalement débridée et assumée avec Colton. Plusieurs soirs par semaine, ils nous offrent un concert de grognements qui ferait rougir n'importe qui. Son compagnon se revendique hippie également, mais avec une touche punk qui rend particulier son côté homme d'affaires. Il a un caractère bien trempé et n'hésite pas à se servir de ses poings lorsqu'il s'agit de défendre ses idées et ses proches. Si leur couple paraît atypique, j'ai très vite appris à apprécier ces deux gars.

Je suis vautré sur le canapé en train de discuter avec eux des bienfaits d'un verre d'alcool quotidien versus l'ivresse ponctuelle. Le débat est enflammé entre les deux tourtereaux quand mon portable vibre, m'annonçant l'arrivée d'un SMS. Je n'avais pas eu de nouvelles de Jessica depuis le matin où Cathlyn s'est pointée à la maison, et ça m'allait très bien. Je pourrais reposer mon téléphone et faire comme si je n'avais rien vu, sauf que je ne cesserais pas de penser au potentiel coup tordu préparé par ma femme. Et si ça concernait Sydney ? J'ouvre le message à la hâte, soudain inquiet qu'il puisse être arrivé quelque chose à ma fille.

Il faut qu'on parle.

Me voilà plus avancé. De quoi veut-elle bien discuter ?

Je tape une réponse rapide et me lève pour aller dans la salle de bains. Je saute dans la douche, refusant de ressembler à un mec au fond du gouffre devant Jessica, autant lui donner le moins de billes possible à utiliser contre moi. Je lui ai demandé de me rejoindre dans un café près de l'école de Sydney. Je quitte l'appartement une dizaine de minutes plus tard et prends la direction du métro.

À mon arrivée devant le café, j'aperçois Jessica déjà installée en train de siroter sa boisson chaude. Elle a noué ses longs cheveux bruns en une tresse souple. Son visage habituellement si doux semble tendu et ses yeux sont cernés. Elle ne doit pas beaucoup dormir. Est-ce notre séparation qui la tracasse ? Ou sa conscience ? J'entre et m'assieds directement en face d'elle.

— Merci d'avoir répondu si rapidement, dit-elle d'une voix mielleuse.

— Ça avait l'air important.

— Oui. Ça nous concerne.

— Nous ? répété-je, surpris.

— Notre couple.

Je reste interdit, sans comprendre où elle veut en venir. À quel moment peut-on parler de notre couple durant la procédure de divorce ? Existe-t-il encore un « nous » dont nous pouvons discuter ?

— Tobias ? m'apostrophe ma femme en constatant mon manque de réaction.

— À quoi tu joues, Jess ?

Ses yeux se posent sur sa tasse fumante pendant qu'elle cherche ses mots.

— Je ne joue pas, Tobias, je prends du recul sur la situation actuelle et tout ce qui nous a conduits à cet instant.

— Tu veux dire que tu as réfléchi à tes conneries ? balancé-je en croisant les bras sur ma poitrine.

— Tobias, je ne suis pas la seule fautive dans cette histoire.

Bah voyons !

Ce jeu du chat et de la souris me rend dingue. Je commence à perdre patience.

— Je peux savoir quelle est ma part de responsabilité ? ironisé-je.

— Tu as bouleversé notre quotidien en nous imposant ta famille.

— Comme tu dis, c'est ma famille ! éructé-je.

— Que tu as sciemment abandonnée pour te préserver de leur toxicité.

C'est un coup bas. Avant que je rejoigne Cathlyn à Vegas, nous en avons longuement parlé, et Jessica sait ce que m'a coûté de me faire passer pour mort aux yeux de ma sœur. Quand je suis revenu, c'est dans ses bras que j'ai pleuré, c'est avec elle que j'ai partagé ma douleur et mes difficultés.

— Même si ton père finira probablement ses jours en prison, il a brisé ta sœur. Elle s'est enfoncée beaucoup trop loin, elle risque d'avoir un effet nocif sur nous.

— Mais quel « nous », putain ? De quoi tu parles, Jess ? On est séparés et pour de bon, car *tu* es toxique. Toi, pas Cath ! Si tu la trouves si brisée, alors pourquoi as-tu remué le couteau dans la plaie en séduisant son fiancé ?

— Je te parle de nous, toi, moi et Sydney.

Au nom de ma fille, je perds toute contenance. Mon bébé me

manque, et je veux la serrer dans mes bras. Je mets de côté ma colère, que ma femme a fait jaillir, pour écouter ce qu'elle a à me dire.

— À quoi as-tu réfléchi ? l'interrogé-je calmement.

— Je crois qu'on devrait annuler le divorce.

— En quel honneur ?

Ma voix monte dans les aigus tant je suis surpris.

— Pour notre fille, Tobias. Elle n'est pas au courant que ses parents se déchirent et c'est tant mieux. Je sais ce que c'est de vivre avec des parents séparés, et je ne pense pas que ce soit le mieux pour elle. J'ai conscience que son bonheur est tout ce qui compte à tes yeux, alors prends le temps d'y réfléchir.

Je ne trouve rien à répondre, car encore une fois elle marque un point. Ma fille est tout ce que j'ai et je ferais n'importe quoi pour la rendre heureuse. Tous nos moments de joie me reviennent à l'esprit, ces instants magiques où nous formions une belle famille. Il est vrai que j'appréhende la réaction de Sydney quand nous lui dirons ce qu'il se passe. En plus je me rends compte qu'avec mon métier je perdrai beaucoup de temps avec elle. Je vais rater davantage de premières fois et peut-être abîmer ce lien si fort qui nous unit.

— Je pars la chercher vendredi prochain pour qu'elle puisse retourner à l'école. Accompagne-moi si tu penses nous redonner une chance. Pour elle.

Jessica se lève et contourne la table pour venir déposer un baiser sur ma joue avant de disparaître. Je reste assis, fixant la place désormais vide devant moi. Ce qu'il s'est passé est surréaliste. Il y a quelques semaines Jessica m'envoyait une liste de réclamations toutes plus abjectes les unes que les autres et aujourd'hui elle souhaite que nous reformions une famille. Je suis perdu.

Je ne m'attarde pas dans le café et reprends la route de l'appartement. Ma conversation avec Jess occupe toujours mon esprit lorsque je franchis le seuil de la porte. Une odeur délicieuse de cookies chatouille mes narines, me rappelant comme un fait exprès mes habitudes avec ma fille. C'est Annabelle que je retrouve derrière les fourneaux en train de préparer une deuxième plaque de gourmandises sucrées. La musique dans les oreilles, elle fredonne tout en étalant la pâte sur le papier cuisson. Un sourire naît aux coins de mes lèvres. Cette fille est d'une simplicité sans nom, vivre avec elle est un plaisir. Je sais que ce n'est que temporaire, mais l'idée de repartir et ne plus voir ce spectacle quand je rentre me rend morose.

— Au lieu de me mater, tu pourrais venir me donner un coup de main.

— Je ne pensais pas que tu m'avais remarqué, dis-je en avançant vers elle.

— Je te remarque toujours.

Ses mots sont chuchotés, si bien que je ne suis pas certain qu'ils étaient destinés à être entendus. Je ne peux m'empêcher de lui répondre en mettant le doigt dans le saladier pour goûter la préparation.

— Tu ne passes pas inaperçue non plus.

Les joues d'Annabelle se teintent de rose, ce qui accentue mon sourire. Elle tente de faire dévier la conversation de manière légère.

— Tu as disparu bien vite cet après-midi, m'a dit Colton.

— Jess voulait me voir, avoué-je de mauvaise grâce.

— Et quelles sont les nouvelles ?

— Elle veut qu'on se remette ensemble.

Chapitre 15

Annabelle

Quoi ?

Je m'attendais à tout, sauf à ça. J'ai compris il y a un moment que Jessica était une vraie tarée complètement lunatique, mais qu'elle veuille reconquérir Tobias après l'avoir envoyé au trente-sixième dessous m'échappe. Je suis inquiète, il semble réellement réfléchir à cette possibilité. Après ce qui s'est passé entre nous, c'est comme un coup de poignard en plein cœur, je ne pensais pas que son ex pouvait être une option. Je me sens abattue, même si je n'ai pas mon mot à dire, car c'est moi qui lui ai demandé de ne rien changer à notre relation. Néanmoins, je ne veux pas le voir malheureux. S'il se laisse berner par sa femme, c'est ce qui arrivera.

— C'est une blague ? ne puis-je m'empêcher de questionner.

— Je ne crois pas, elle était sérieuse tout à l'heure. Je pense qu'elle a réellement pris du recul et réfléchi.

Oh que oui, elle a réfléchi, à comment te plumer ! Toutefois, ce n'est pas ce que je réponds.

— Et toi, tu envisages d'accepter sa proposition ?

— Je ne sais pas. Elle m'a parlé de Sydney.

La garce !

— Elle connaît tes points faibles, Tobias. Il n'est pas question de Sydney, mais de toi.

— Il sera toujours question de Sydney. Tu ne comprends peut-être pas, mais c'est ça être papa.

Cette remarque me fait l'effet d'une gifle en plein visage. Les larmes me montent aux yeux, mais je les refoule. Sauf que je n'ai jamais su masquer mes émotions, et Tobias se rend compte de son indélicatesse. Il s'apprête à s'excuser, toutefois je ne lui en laisse pas le temps, la colère me submerge.

— Tu penses que je n'ai aucune responsabilité ? Que parce que je n'ai pas de mari qui m'a offert la possibilité d'avoir des enfants, je ne sais pas ce que c'est de faire passer le bien-être de quelqu'un avant le sien ?

— Ce n'est pas ce que j'ai voulu dire. Excuse-moi, Anna.

— Je me démène depuis des années pour subvenir aux besoins de ma sœur, qu'elle n'ait à s'inquiéter de rien, qu'elle puisse poursuivre ses rêves, mais aussi pour que mon père ne crève pas dans un coin à cause de ses conneries. Merde, Tobias ! Je sais autant que toi ce que veut dire le mot sacrifice.

Mon meilleur ami m'attrape les mains et m'attire à lui, me prenant entre ses bras réconfortants. Du pouce, il essuie des larmes que je n'ai même pas senties couler. Mes doigts se retrouvent noués dans son dos, et je me laisse aller, me déchargeant du poids qui pèse sur mes épaules depuis trop longtemps.

— Tu ne m'as jamais rien dit, Annabelle.

— Parce que je ne supporterais pas de lire de la pitié dans tes yeux, avoué-je à demi-mot.

— Anna, je veux être là pour toi, en toutes circonstances. Mais je ne peux pas t'aider, être ton ami, ton confident, si tu ne te livres pas un peu à moi.

— Tu dis ça comme si c'était facile, sauf que je te signale que tu as caché ton passé à tout le monde jusqu'à il y a peu.

Depuis qu'il a fait la une des journaux à cause de sa présence à l'enterrement de sa mère, les révélations s'enchaînent. Pourtant, je ne me suis jamais sentie en droit de le questionner sur ce qu'il avait vécu durant les quinze premières années de sa vie. Sans doute parce que je ne voulais pas être obligée de me dévoiler à mon tour.

Tobias recule d'un pas, puis entrelace ses doigts aux miens pour m'entraîner vers le canapé où il nous fait asseoir tous les deux. Il m'attire à lui de manière à ce que ma tête repose sur sa poitrine, pile au-dessus de son cœur, que je peux entendre battre de manière irrégulière.

— Depuis ma naissance jusqu'à ma fugue, j'ai toujours vécu à New York, il nous était impossible de nous installer ailleurs quand mon père se prenait pour le Loup de Wall Street. Les souvenirs de mes premières années sont flous, mais je suis certain qu'il y a eu des moments de bonheur où mes deux parents m'ont aimé et de la bonne façon. Le premier coup est tombé lorsque j'avais trois ans, je m'en souviens avec une netteté qui fait froid dans le dos.

Je frissonne en anticipant les mots qui vont suivre, et Tobias resserre son étreinte.

— J'étais rentré de l'école depuis un moment, mes devoirs étaient faits et maman se faisait couler un bain. Elle m'avait demandé de surveiller le bébé qu'elle gardait pour une amie. C'est ce que j'ai fait : durant une heure je n'ai pas bougé, mes yeux étaient rivés sur ce petit être dont on m'avait confié la responsabilité, qui dormait paisiblement. Quand mon père est rentré, je lui ai sauté dessus et je l'ai assailli de questions : « Papa, je peux jouer au foot ? » « Papa, est-ce que c'est toi qui vas m'emmener à l'école demain ? On pourra y aller à vélo ? » Je ne m'arrêtais plus. Puis le bébé s'est mis à pleurer et mon père a pété les plombs. Sa main est partie si vite que je n'ai pas compris ce qu'il se passait quand elle s'est abattue sur mon visage.

— Il t'a frappé parce que tu lui posais trop de questions ? C'est impensable ! Tous les enfants de trois ans posent des milliers de questions à leurs parents.

— Par la suite, je l'ai entendu discuter avec ma mère, ou plutôt je les ai entendus se hurler dessus, car après m'avoir retrouvé en pleurs, elle est partie prendre ma défense et demander des comptes à son mari. Il lui a dit être fatigué et s'être senti acculé, lui sortait du boulot tandis qu'elle restait tranquillement à la maison. Ils n'ont pas cessé de crier pendant une heure. Puis quand les voix se sont tues, elles ont laissé place aux gémissements. Ils copulaient comme des lapins dans la cuisine, juste après s'être engueulés à s'en arracher les yeux. Par la suite c'est devenu un rituel, chaque fois que mon père craquait, ils se disputaient et se réconciliaient sur l'oreiller. Jusqu'au jour où ils ont zappé l'étape dispute et où mon père s'est contenté de baiser ma mère.

Je ne trouve rien à dire. Intérieurement, je suis révoltée par le comportement de ces deux êtres censés le protéger envers et contre tout qui se sont avérés être ses bourreaux, actif comme passif. Je ne comprends pas comment une mère peut laisser son enfant souffrir des mains d'un homme sans réagir. Le cœur de Tobias bat à tout rompre, si bien que j'ai peur qu'il lâche d'un moment à l'autre. Je me redresse pour regarder mon ami dans les yeux, et ce que j'y lis me terrifie.

— Tobias, qu'est-ce que tu ne me dis pas ?

— Je me suis endurci très vite à la suite de cet épisode, et j'aurais pu supporter les coups, sauf que lorsque Cathlyn est née, les choses ont évolué. Ma mère voulait à tout prix la préserver de la violence de mon père, un enfant OK, mais pas deux. Alors elle ne l'a plus laissé la toucher.

Non, non, non !

Je ferme les yeux, incapable de regarder Tobias, car je sais ce qu'il va dire et personne sur cette terre n'est prêt à l'entendre. Des larmes dévalent sur son visage, et je ne parviens pas à retenir les miennes.

— Mon père a toujours eu des pulsions sexuelles violentes et un besoin irrationnel de les assouvir, alors quand sa femme s'est refusée à lui, il a trouvé naturel de les reporter sur son fils, enfin ça c'est sa version, mon cauchemar a commencé bien avant.

La voix chevrotante de Tobias me brise le cœur.

— Il m'a violé, Anna, torturé encore et encore de la pire des manières. Abandonné par ma mère, je suis devenu le pantin de mon père durant des années. Après la naissance de ma sœur, tous les soirs en rentrant du boulot, il me faisait descendre dans son bureau. Il ne me déshabillait jamais, se contentait de baisser mon pantalon pour pouvoir me détruire de l'intérieur. Ça durait maximum un quart d'heure, pourtant ça ne quittait jamais mon esprit.

Un silence lourd tombe entre nous. Je savais qu'il avait vécu des trucs moches, mais j'étais loin du compte. La violence de Sam Turner ? J'en avais entendu parler. Sa monstruosité ? J'en prends la mesure aujourd'hui.

— Je n'ai jamais raconté cette histoire à qui que ce soit, murmure-t-il.

En me livrant une partie de lui, la pire, il m'invite à faire de même. Tobias a partagé son secret pour que je sois en confiance afin de lui révéler le mien. Ce geste signifie beaucoup pour moi, sans doute plus qu'il ne l'imagine. Toutefois ce n'est pas aujourd'hui que je dévoilerai mes problèmes familiaux. Nous avons eu suffisamment d'émotions pour l'instant.

— Je suis désolée, Tobias, tellement désolée que tout ça te soit arrivé.

Ma voix n'est qu'un souffle tant je tremble après son récit. Il m'attire à lui et embrasse le sommet de mon crâne, nichant son visage dans ma chevelure de feu.

— Ne t'excuse jamais de ce dont tu n'es pas responsable.

— Malgré ce que t'a fait subir ton père, tu es devenu un homme gentil, doux et aimant. Tu as une force incroyable, Tobias Turner.

Il attrape mon menton entre ses doigts et relève la tête pour que nos yeux se croisent.

— Je ne me définis pas par les atrocités que j'ai vécues ni par les épreuves passées ou à venir. Je me suis construit par moi-même et j'ai eu la chance de rencontrer les bonnes personnes.

Nos regards ne se lâchent pas et ses mots restent en suspens entre nous. Je contemple cet homme qui m'épate chaque jour un peu plus. J'ai envie de l'embrasser, de mêler nos langues et me fondre en lui. Je rêve de partager sa vie, d'être l'épaule sur laquelle il peut s'appuyer, qu'il me communique sa force dans les moments difficiles.

— Tu es la plus formidable des personnes que j'ai croisées sur mon chemin vers une vie meilleure, me chuchote-t-il à l'oreille.

Alors je craque, ma bouche se pose sur la sienne. Ce baiser est presque trop chaste en comparaison de ce qui se passe à l'intérieur de mon corps. Je brûle pour lui, je pourrais laisser libre cours à mon désir, mais à la place je lui offre de la tendresse. Ses lèvres s'entrouvrent pour que sa langue vienne taquiner la mienne. Un léger gémissement m'échappe tant j'ai rêvé qu'il m'embrasse à nouveau. Tobias prend ce petit bruit comme une invitation à approfondir notre étreinte. La douceur est peu à peu remplacée par la passion et nos bouches se dévorent l'une l'autre, nos mains deviennent baladeuses. Mon cerveau est déconnecté, je profite de l'instant et m'abandonne aux caresses de mon patron.

— Putain, Anna, ce n'est pas ce que j'avais prévu, grogne-t-il sans pour autant se détacher de moi.

— Tu veux arrêter ? le provoqué-je.

— Oh que non.

Pour appuyer ses dires, il entreprend de m'ôter mon haut. Ses lèvres partent à la découverte de ma nudité. Le contact humide de sa bouche sur moi me fait tourner la tête. Lorsqu'il arrive près de mon nombril, là où la peau est plus fine, Tobias joue de ses dents et m'arrache un nouveau gémissement. Gênée d'être la seule à être exhibée, je le repousse pour prendre le dessus. Le sourire qu'il m'offre m'encourage. Je me laisse glisser sur les genoux entre ses jambes, le regard gourmand en direction du renflement de son pantalon. Je fais sauter le bouton et tire sur son jean pour l'en débarrasser. J'ai un hoquet de surprise en découvrant son membre dressé. Tobias n'a pas pris la peine d'enfiler de sous-vêtements, ce qui est atrocement sexy. Je saisis son sexe et m'approche pour l'embrasser, puis cueillir cette petite goutte salée qui perle en son sommet. Je savoure son goût tandis que mon premier coup de langue provoque chez lui une flopée de jurons. Savoir l'effet que j'ai sur Tobias m'excite davantage. J'aime lui faire perdre la tête au point de lui arracher un cri animal. Je le prends en entier dans ma gorge en enroulant ma langue sur toute sa longueur.

— Oh ! mon Dieu, Annabelle.

Mon nom est comme un aphrodisiaque dans sa bouche, qui me pousse à enchaîner les va-et-vient. Quand il n'en peut plus, Tobias m'attire à lui pour finir de me déshabiller. Je suis nue devant lui, et ses yeux voilés de désir réveillent la femme insatiable qui est en moi. Je le chevauche et m'empale sur son sexe, me laissant glisser centimètre par centimètre, décuplant ainsi nos sensations.

— Je ne vais pas tenir bien longtemps, entre ta bouche et ton sexe, tu me rends fou.

Cette simple idée fait battre mon cœur plus vite et me donne envie de prolonger l'instant, et donc son plaisir. Je joue lascivement du bassin, me penche vers lui pour effleurer ses lèvres sans jamais les embrasser. Tobias finit par craquer et attraper mes hanches pour leur imposer son rythme. Notre danse endiablée ne s'essouffle pas et nous conduit jusqu'à un orgasme foudroyant, me faisant perdre toute notion de la réalité. Je ne retiens pas mes cris ; de toute façon, j'en suis incapable, mon cerveau est entouré d'un nuage de coton qui peine à se dissiper pour que je redescende sur terre.

Quand Tobias se retire, je ressens un vide, très vite comblé par ses bras qui m'enserrent pour me ramener contre sa poitrine. Nous basculons tous deux sur le flanc, sans rien dire. Tobias attrape le plaid qui traîne au bout du canapé afin de recouvrir nos corps dénudés. Nos regards liés l'un à l'autre, nous laissons le silence nous bercer jusqu'à ce que le marchand de sable nous emporte.

Chapitre 16

Tobias

À mon réveil, je n'ouvre pas les yeux tout de suite, savourant l'instant. J'ai une sensation de déjà-vu, le sentiment d'être de retour à une place qui est la mienne. Quelqu'un de pelotonné contre le mien, une respiration qui souffle dans mon cou et un cœur qui bat à l'unisson avec le mien.

Est-ce que ces dernières semaines ne sont qu'un horrible cauchemar ?

Certains détails détonnent au mileu de mes souvenirs. Une odeur de vanille remplace celle plus fleurie du parfum de Jessica, un corps entremêlé au mien qui ne l'épouse pas de la même façon, un canapé à la place d'un lit…

Je finis par ouvrir les yeux et me reconnecte à la réalité. Je ne suis pas dans ma maison avec ma femme et ma fille, mais dans un appartement qui n'est pas le mien avec Annabelle qui dort, nue, contre moi.

Les événements d'hier me reviennent, la conversation avec mon ex, les confessions, la tension qui est montée de manière particulière. Si on m'avait dit que je referais l'amour avec Annabelle, je ne l'aurais pas cru. La situation est surréaliste. Ma meilleure amie qui fuit les relations sérieuses est la femme qui me fait tourner la tête tandis que celle que j'ai épousée cherche à reconstruire notre famille. Je suis encore plus paumé qu'avant.

Je regarde ma belle endormie sans savoir quoi faire. Elle finit par bouger tout en grognant, avant de se frotter les yeux et d'émerger à son tour. Son expression affolée lorsqu'elle nous découvre dans les bras l'un de l'autre me déstabilise.

— Merde, lâche-t-elle tout bas.

Annabelle se redresse, entraînant notre couverture de fortune avec elle et dévoilant, de ce fait, mes atouts virils.

— Merde, merde et remerde !

Je ne peux m'empêcher de rire. J'attrape mon pantalon abandonné au sol et l'enfile tout en essayant de la rassurer.

— *No stress* ! Anna, respire.

— Non, Tobias ! On fait n'importe quoi, ce n'est pas du tout comme ça que ça devait se passer.

— Tu regrettes ? demandé-je en inclinant la tête sur le côté, pensif.

— Oui.

Aïe !

Je comprends qu'elle panique, ça fait déjà deux fois qu'elle déroge à sa règle antirelation, mais je ne m'attendais pas à une réaction aussi violente. Je suis également troublé par ce qu'il se passe entre nous, mais je ne regrette rien.

— Tobias, ça ne peut pas se reproduire.

— Pourtant, j'ai bien peur de ne rien pouvoir faire pour empêcher ça, m'entends-je répondre.

L'air choqué d'Annabelle m'indique que j'aurais dû tenir ma langue.

— Tu peux répéter ?

Nerveux, je me gratte la nuque et esquive son regard.

— Il y a une réelle attirance entre nous, Anna, tu ne peux pas le nier.

— Mais je peux l'oublier et je te conseille de faire pareil, grogne-t-elle, les dents serrées.

Annabelle se détourne de moi pour aller s'enfermer dans sa chambre. Je me laisse choir sur le canapé, sonné. Je devrais aller la voir pour la rassurer et aplanir les choses, sauf que je ne me lève pas. Je reste ainsi, car j'ai moi aussi besoin de faire le point.

Annabelle

Je ne suis qu'une idiote !

Une fois ne m'a pas suffi, il a fallu que je tombe dans les bras de mon meilleur ami une seconde fois. J'ai réussi à tenir mes sentiments à distance deux ans durant, mais maintenant qu'il est célibataire, je ne contrôle plus mes hormones. Je me maudis intérieurement, je suis en train de tout faire foirer. Tobias est l'une des rares bonnes choses qui me sont arrivées depuis que ma mère nous a quittés, et je fous tout en l'air.

Effondrée sur mon lit, je laisse échapper un soupir de frustration. J'aurais bien crié un bon coup, mais Tobias est dans la pièce d'à côté. J'ai les nerfs en pelote, ça n'a jamais été aussi compliqué entre nous. Sauf que depuis que nous avons couché ensemble, notre relation est un joyeux bordel ! Je ne sais plus comment me comporter avec lui, notamment parce que je ne sais plus ce que j'attends de lui.

— Putain, Anna, tu fais chier, lâché-je à voix haute.

Je ne devrais pas être perdue, me poser tant de questions. Je devrais rester la femme droite et assurée qui sait ce qu'elle veut, c'est-à-dire permettre à sa sœur de réussir sa vie et ne plus être sous l'influence néfaste de notre père. Cela implique de garder tous les hommes à distance, aussi sexy et attirants soient-ils.

Je me redresse, résolue à ne plus me laisser aller à des moments de faiblesse. Je récupère des vêtements propres avant d'inspirer profondément et de traverser le salon pour atteindre la salle de bains. Toutefois, lorsque j'ouvre, la pièce est vide, plus de Tobias à l'horizon. La porte de sa chambre est entrebâillée et aucun bruit n'émane de la salle de bains. Déçue qu'il soit parti sans me dire au revoir, je vais prendre ma douche. En moins de dix minutes, je fais le chemin inverse et c'est là que je le remarque, un post-it, collé sur le réfrigérateur.

Un nouvel appel de Jess. On se retrouve au restau !

Bises. Tobias.

Jess…

Je l'avais oubliée celle-là, avec sa proposition sortie de nulle part. Subitement mon cœur se serre, il y a quelques heures Tobias me faisait l'amour sur le canapé, et le voilà maintenant parti rejoindre sa femme qui veut le récupérer.

Sauf que ma vieille, tu n'as aucun droit ! C'est toi qui lui as dit qu'il ne se passerait rien !

Néanmoins, ça fait mal.

Je jette un regard à ma montre, il me reste deux bonnes heures avant d'aller travailler. J'envoie un texto à ma sœur, qui me répond en quelques instants. Elle est en route pour le centre de Chicago. Je lui propose un café en ville et me mets en chemin sans attendre, elle acceptera, j'en suis certaine. Depuis qu'elle est retournée vivre auprès de notre père, nos échanges se sont apaisés. Je lui écrivais des SMS toutes les heures dans un premier temps, mais ma petite sœur m'a fait comprendre qu'une fois de plus j'en faisais trop. Je tente de lui laisser de l'air, même si je ne peux pas m'empêcher de me faire du souci pour elle.

J'en suis déjà à ma deuxième tasse lorsque Maëlle s'installe sur la banquette qui me fait face.

— Tu as une mine affreuse, constate-t-elle.

— Et toi, on dirait une folle échappée de l'asile.

Ma sœur a sans doute dû courir après les transports en commun pour arriver ici. Son gilet en laine glisse de ses épaules, ses cheveux qui devaient être rassemblés en un chignon sont tout ébouriffés et son crayon pour les yeux a déjà commencé à couler. Toutefois, elle m'offre un sourire rayonnant. Je suis soulagée de la voir en bonne santé. J'étais inquiète qu'elle me cache la difficulté à vivre avec notre père. J'en viens à espérer qu'il a pris conscience de la situation, que cette fois il tente vraiment de changer.

— Quelles sont les nouvelles à l'appart ? demande-t-elle en attrapant ma tasse pour avaler une grande rasade de café chaud. Colton est toujours en train d'essayer de vous convertir au zéro déchet ?

— Disons qu'il se fait de plus en plus créatif, mais il a peu de public pour écouter ses arguments.

— Ah oui ? Pourtant, je croyais que Tobias était une oreille attentive.

— Disons qu'il n'est pas très disponible.

Ma voix s'est éteinte sur la fin de ma phrase, et ma sœur s'en est tout de suite rendu compte.

— Balance l'info, Anna.

Je pourrais essayer de mentir, mais cette méthode n'a pas été bonne jusqu'alors. Je décide d'être honnête.

— On a couché ensemble, lâché-je.

— Enfin !

— Deux fois.

— Alors tu pourrais m'expliquer pourquoi tu fais une tête de six pieds de long ? m'interroge ma sœur, complètement perdue.

— Parce que je n'aurais pas dû. Tu connais ma position, il n'y a pas de place pour un homme à mes côtés.

Je sursaute quand le poing de Maëlle s'abat sur la table, provoquant le silence dans le restaurant. Toutefois, ça ne semble pas la gêner, et elle hausse le ton pour m'offrir le fond de sa pensée :

— Merde, Anna, tu ne peux pas mettre ta vie entre parenthèses sous prétexte qu'elle n'est pas idéale pour construire une relation. Si tu attends le bon moment, tu risques d'attendre jusqu'à ce que tu meures seule dans un appart rempli de vieux matous. Avant que tu me coupes en me sortant ton discours sur le sens du sacrifice et toutes les excuses que tu trouveras pour ne pas t'engager, écoute-moi bien.

Elle marque une pause où on n'entend rien de plus que les mouches voler. Je retiens mon souffle et mon regard accroche le sien, je patiente jusqu'à ce qu'elle dise ce qu'elle a sur le cœur.

— Vis ta vie. À partir d'aujourd'hui, Anna, tu ne dois te préoccuper que de toi. Si tu ne te prends pas en main, c'est moi qui vais devoir employer les grands moyens et je peux t'assurer que tu n'as pas envie d'en arriver là.

Elle se renfonce dans son siège et croise les bras sur sa poitrine, guettant ma réaction.

— Il est parti rejoindre sa femme.

— Quoi ? s'insurge-t-elle.

— Elle lui a demandé de lui redonner une chance.

— Alors qu'est-ce que tu fais là ? Tu dois lui montrer que c'est toi qui en vaux la peine et pas cette peau de vache.

J'aime la ferveur que met ma sœur pour me motiver et me faire croire que tout est possible, sauf que je ne vis pas sur la planète des Bisounours.

— Je ne fais pas le poids. Ils ont une fille ensemble.

— Tu sais quoi ? Reste dans ta boucle de tristesse, continue à t'apitoyer sur toi-même et à croire que tu n'as pas le droit d'être heureuse. Je ne peux pas faire tout le travail à ta place, Anna. Je t'offre la possibilité de ne plus être celle qui t'empêche de vivre ta vie, sauf qu'en réalité, le véritable obstacle, c'est toi !

Maëlle se lève et récupère son sac avant de me tourner le dos sans ajouter un mot de plus. Elle ne me dit pas au revoir, se contentant de claquer la porte du restaurant. Le silence de la salle est presque aussi pesant que tous les regards braqués sur moi à cet instant.

Chapitre 17

Tobias

J'arrive au restaurant in extremis pour commencer la mise en place. Ce matin, Jess m'a envoyé un message prétextant une urgence, alors qu'elle souhaitait simplement que je la conduise à l'aéroport pour qu'elle aille en Floride. Toutefois, je n'ai pas refusé et j'ai joué le rôle du taxi, car je suis sûre que Sydney a hâte de retrouver sa mère. J'ai promis à Jess de la rejoindre ce week-end. Je ne lui ai pas dit grand-chose de plus, je ne suis pas certain de pouvoir lui faire à nouveau confiance.

Je file au vestiaire enfiler ma tenue de chef et me mets aux fourneaux. L'ensemble de la brigade est en place et fonctionne en harmonie. Lorsque j'ai recruté ces jeunes, il nous a fallu du temps et plusieurs boulettes pour nous caler et réussir à travailler avec cette cohérence.

Nous ne perdons pas une minute, l'équipe dresse les entrées froides qui seront prêtes à être servies tandis que je m'occupe des desserts. Toutes nos préparations sont terminées, il ne nous restera qu'à faire les cuissons à l'assiette et peaufiner les détails.

Le service débute dans une demi-heure, et Annabelle n'a toujours pas poussé la porte du restaurant. Je ne cesse de zieuter l'entrée en tournant en rond. Nous nous sommes quittés sur une mauvaise note ce matin, et j'ai besoin de rectifier le tir. Je me suis comporté comme un mufle en lui imposant ma vision des choses, alors qu'elle n'est clairement pas prête. J'ai eu le temps de réfléchir en revenant de l'aéroport : si je veux que cette femme me laisse une autre place que celle d'ami dans sa vie, je vais devoir y aller à son rythme.

Annabelle franchit enfin le seuil. Ses yeux sont bouffis comme si elle avait pleuré et son expression est empreinte de tristesse. Je me fustige intérieurement d'être la cause de son mal-être. Je ne voulais pas la faire souffrir, simplement lui faire comprendre qu'entre nous il peut y avoir plus, et que ce n'est pas une mauvaise chose. Je lui accorde à peine une seconde et lui attrape le bras pour la conduire vers les vestiaires.

— Je ne suis en retard que d'une dizaine de minutes. Tu ne vas pas me faire une scène ? demande-t-elle sèchement.

Je l'attire à moi et referme les bras autour de son corps frêle. Mon rythme cardiaque s'accélère et se cale sur le sien. Je caresse sa joue avec mon pouce en murmurant :

— Je suis désolé, Anna.

— Pour ce matin ?

— Pour tout. Je ne devrais pas me comporter comme ça avec toi.

Je relève son menton pour que son regard croise le mien. Ses yeux sont humides et ses joues rosies, j'imagine qu'elle est gênée par notre proximité. Je la relâche et fais un pas en arrière, lui permettant de reprendre ses esprits.

— Je te laisse te changer, le coup d'envoi est dans dix minutes. Après le service, je t'invite à déjeuner.

— Ça dépend, c'est toi qui cuisines ? me questionne-t-elle en retrouvant un peu d'entrain.

— Évidemment ! réponds-je avec un clin d'œil à son intention.

*

Le poisson découpé et disposé dans les assiettes, je rejoins Annabelle sur le canapé. Nous sommes rentrés à l'appartement ce midi, nous offrant une vraie pause pour une fois. Ces derniers temps nous vivons presque au restaurant. Nous avons fait une halte chez le poissonnier, et me voilà en train de servir un dos de bar avec sa sauce fromagère et des frites maison. Nous mangeons en échangeant des banalités jusqu'à ce qu'Annabelle pose la question qui lui brûle visiblement la langue depuis le début du repas.

— Elle te voulait quoi Jessica ce matin ?

Je masque mon sourire naissant avec difficulté.

Serait-elle jalouse ?

Je réponds en guettant sa réaction :

— Que je sois son chauffeur.

— Ah.

Ses épaules se relâchent comme si elle était soulagée. Pense-t-elle que j'aurais pu courir dans les bras d'une autre femme fraîchement sorti des siens ? Je garde ma remarque pour moi, préférant aborder le sujet qui me préoccupe depuis deux jours.

— J'aimerais te demander quelque chose, Anna.

— Dis toujours, m'enjoint-elle en levant un sourcil interrogateur.

J'inspire profondément, puis me lance avant de perdre mon courage :

— Ce week-end, je dois prendre la route pour la Floride.

— Besoin de te faire dorer la pilule ? plaisante-t-elle.

Je passe la main dans mes cheveux, le plus dur reste à venir. J'ai besoin qu'elle accepte, car à défaut de pouvoir avoir son cœur, j'ai besoin de son amitié pour surmonter ce moment difficile.

— Si seulement…, poursuis-je. Malheureusement, non, je dois récupérer Sydney. Je voudrais que tu m'accompagnes.

Un silence pesant suit ma demande, et je suis incapable de déchiffrer l'expression sur le visage d'Annabelle. Je ne sais même pas si elle y réfléchit sérieusement.

— Je n'ai pas les moyens, je… L'avion coûte si cher et tu me préviens un peu tard.

— Si je te dis qu'on y va en voiture, tu es partante ?

— Pourquoi ? m'interroge-t-elle.

— La route est longue, et ce voyage ne va pas être une partie de plaisir. Je suis incertain de sa conclusion.

Annabelle

Je reste interdite. Que puis-je répondre ? Je suis touchée qu'il me sollicite pour un moment si important. Pourtant, je ne suis pas certaine que ce soit ma place. Il ne sait même pas s'il a toujours des sentiments pour sa femme, je ne veux pas risquer d'être le témoin de leurs retrouvailles. Au fond de moi, l'idée qu'ils puissent à nouveau former un couple me donne la nausée. Est-ce pour ça que Tobias a accepté que je prenne mes distances, ce matin ?

— Qu'est-ce que tu attends de moi au juste, Tobias ? l'interrogé-je.

— Des sourires, de la bonne humeur et ton soutien indéfectible.

Comment refuser maintenant ? Les commissures de mes lèvres se redressent. Mon cœur bat plus vite, plus fort, car Tobias a besoin de moi.

— Marché conclu, dis-je.

Il se lève sous prétexte d'aller chercher du poivre dans la cuisine et en profite pour embrasser ma tempe.

— Merci, Anna.

Je ne sais comment interpréter son geste. Sa tendresse me chamboule autant qu'elle me terrifie. Je suis divisée entre l'envie de me jeter dans ses bras pour l'embrasser fougueusement, et celle de lui donner une tape amicale sur l'épaule. Mon cerveau va finir par exploser. Toutefois, une question m'obsède autant qu'elle me fait peur, je la pose, la boule au ventre.

— Et nous ?

— Quoi nous ? répond-il en revenant.

Son regard joueur me signifie qu'il souhaite que je le formule à voix haute.

— On en est où ?

— Où tu veux, c'est toi qui décides.

— Nous n'avons pas reparlé de ce matin, indiqué-je.

Il s'est excusé dans le vestiaire, mais s'est éclipsé tout de suite après. Je n'ai pas su quoi dire pour le retenir sur le moment, et je ne suis pas certaine que j'en avais envie. La situation me terrifie.

— Tu veux en reparler ? demande Tobias.

— Non.

— Alors n'en parlons plus, conclut-il simplement.

Le soir dans mon lit, je repense à ce drôle d'échange avec Tobias. Me voilà embarquée dans un *road trip* en direction de la Floride. C'est surréaliste.

Je souffle un bon coup tout en contemplant le plafond comme s'il pouvait m'apporter des réponses. Je me sens perdue. J'aurais dû refuser de l'accompagner, passer près de vingt-quatre heures en tête à tête avec Tobias dans l'habitacle d'une voiture est risqué. Je ne contrôle plus mes hormones ces derniers temps et notre proximité me met en émoi. Toutefois, c'est quelque chose que je n'aurais pas hésité à faire il y a encore quelques semaines, alors si je veux que notre amitié reste ce qu'elle est, je ne peux pas fuir constamment.

Je n'ai plus qu'à prier pour ne pas me laisser charmer par mon meilleur ami sur la route.

Chapitre 18

Annabelle

Nous sommes vendredi, il est tout juste 8 heures du matin lorsque Tobias descend nos sacs à sa voiture. Pour la première fois depuis que je le connais, il a accepté de passer la main à son second sans l'inonder de consignes. Quand il prend des vacances, l'ensemble de l'équipe a droit à une réunion et Alex a une journée entière en binôme avec lui. Tobias le teste en le confrontant à des situations abracadabrantesques qui ont peu de chances de se produire. Ce restaurant, c'est sa fierté, il y met toute son énergie et bien plus, alors aucune erreur n'est permise. L'équipe se plie toujours à la folie de son chef avec le sourire.

À ses cernes creusés, je devine qu'il a peu dormi. Il pianote sur son téléphone, sans doute pour s'assurer que tout va bien, alors qu'Alex ne doit pas être sorti du lit.

— Si tu ne le laisses pas respirer, il ne pourra pas faire du bon travail, dis-je pour qu'il lâche l'appareil.

Il le glisse dans sa poche avant de poser ses yeux noisette, doux et innocents sur moi.

— Tu as raison. C'est plus fort que moi, je ne suis jamais parti à l'improviste, alors je ne peux m'empêcher de m'inquiéter.

— Je n'imagine même pas lorsque Sydney ira en colonie de vacances.

— Elle aura un téléphone avec un crédit important pour qu'elle puisse m'appeler tous les jours, rétorque-t-il comme s'il avait déjà réfléchi à la question.

Je ris, son côté papa poule et protecteur le rend d'autant plus attirant.

Ne commence pas, Anna !

Je secoue la tête pour chasser cette idée. Ce voyage se fait en toute amitié, je suis là parce qu'il a besoin de moi, non pas pour avoir des pensées lubriques.

— Si tu as fini de te moquer de moi, on pourrait se mettre en route.

— Chef, oui, chef !

Il pose le bras sur mes épaules et m'entraîne avec lui vers la sortie. Ce geste banal, qu'il a déjà fait des centaines de fois, me provoque un frisson. Je tente d'ignorer mon corps qui s'enthousiasme à l'idée que Tobias puisse le toucher. Si je me persuade que je suis insensible, peut-être le deviendrai-je vraiment.

Pendant que mon cerveau tourne à mille à l'heure autour de mon dilemme émotionnel, nous descendons les quelques étages en empruntant l'escalier. Lorsque nous franchissons le seuil de l'immeuble, je suis saisie par la fraîcheur matinale qui s'insinue sous mes vêtements. Mon short et mon *crop top* sont idéals pour les plages de Floride, mais un peu légers pour le lever du jour à Chicago. Je me rapproche davantage de Tobias, cherchant à lui voler un peu de sa chaleur.

Avec galanterie, il m'ouvre la portière côté passager de son SUV garé non loin. Je me glisse dans l'habitacle et me rue sur le chauffage déjà en route. Pendant ce temps, Tobias range notre glacière dans le coffre et contourne la voiture pour prendre place derrière le volant.

— Prête ? m'interroge-t-il en observant mes mains s'agiter devant la ventilation.

— C'est plutôt à moi de te demander ça.

— On verra en route, répond-il sans me regarder.

Il fourrage dans ses cheveux blonds, signe qu'il est nerveux. Toutefois, je garde le silence pour l'instant, je ne souhaite pas mettre les pieds dans le plat alors que nous n'avons pas encore quitté la ville.

Tobias s'insère dans la circulation et m'invite à choisir la station de radio qui va nous accompagner durant notre périple. Pendant un quart d'heure, je passe de fréquence en fréquence sans trouver mon bonheur jusqu'à ce que les notes de *Glad You Came* du groupe The Wanted résonnent dans l'habitacle. Un échange de regards avec mon ami, puis nous nous mettons à chanter comme si nous étions sur scène.

Cette chanson fait partie de notre playlist « Good Day » qui, contrairement à ce que son nom indique, est dédiée aux journées compliquées et moments de doute. Nous avons créé cette liste de chansons le jour où j'ai découvert mon père ivre mort dans ses déjections une semaine après sa prétendue désintoxication. Ce jour-là j'ai craqué et j'ai dit à ce dernier que c'était trop pour moi, que je devais l'abandonner, et j'ai claqué la porte de son appartement. Au même moment, Jessica faisait une fausse couche à mi-grossesse. Tobias m'a appelée alors que j'étais sur le chemin du retour et nous avons convenu de nous retrouver chez lui. Quand je suis arrivée, nous avons tous deux fondu en larmes, mais c'est quelque chose qui était aussi difficile pour moi que pour lui. Alors nous avons décidé de contrer notre mal-être avec la musique. De là est née « Good Day ».

À la fin du morceau, on peut sentir le changement d'ambiance, nous sommes plus détendus l'un comme l'autre. Un sourire s'épanouit même sur le visage de mon ami.

— Ça faisait longtemps, dit-il.

— Je suis d'accord, et encore une fois, elle arrive à point nommé.

Il opine du chef, et un silence s'installe. Ses yeux sont rivés sur la route, toutefois ses pensées semblent ailleurs. Je n'ose pas interrompre ses réflexions, alors j'attends, lui laissant le temps qu'il faut.

— Je flippe complètement, Anna, avoue-t-il tout bas.

— Qu'est-ce qui te fait peur ?

— La façon dont les choses vont se dérouler une fois que nous serons en Floride. Je n'ai aucune idée de ce que les parents de Jess savent, ce que Sydney comprend de la situation. J'ai peur qu'elle ne veuille pas rentrer avec moi si un conflit éclate. Jessica m'a proposé de les rejoindre pour que nous reformions une famille, mais…

Il ne finit pas sa phrase, et je sens la détresse dans sa voix. La petite Sydney est sa raison de vivre, et ce depuis le jour de sa venue au monde. Il a tenté de donner le change quand Jessica l'a emmenée à l'autre bout du pays, sauf qu'à cet instant, Tobias ne parvient plus à sauver la face.

— Quel est ton but ? demandé-je afin de le recentrer.

— Ramener ma fille, affirme-t-il.

— Et pour Jess ?

Ma question n'est pas tout à fait désintéressée. Tobias n'a jamais posé de mots sur ce qu'il pense de la proposition de sa femme, et j'ai peur de la réponse.

— Si elle tente de me mettre des bâtons dans les roues, je n'hésiterai pas à faire de sa vie un enfer. Les masques sont tombés, celle que j'aimais n'existe plus. Elle reste la mère de Sydney, mais il est de mon devoir de papa de protéger ma fille, même si ce sont des manipulations de ma future ex-femme.

Je ne me suis pas rendu compte que je retenais mon souffle jusqu'alors. Les mots de Tobias m'ôtent un poids énorme, que je n'avais pas conscience de porter. Il ne l'aime plus, elle n'a plus sa place dans sa vie. En ai-je une pour autant ? Et suis-je prête à m'y glisser, surtout ?

Tobias

Le soulagement que je lis sur le visage d'Annabelle me fait sourire. Je sais que sa question n'était en aucun cas innocente. C'est volontairement que j'ai mis les choses au clair. Le fait d'énoncer qu'il ne se passera plus rien entre Jessica et moi est une sorte d'invitation. J'espère sincèrement qu'elle s'en saisira. Je n'imagine pas une idylle simple avec Annabelle, plus je partage du temps avec elle dans son univers, plus je la découvre dans sa complexité.

J'ai cogité toute la nuit à notre situation et aux sentiments qui naissent en moi. Je n'ai qu'une envie, leur laisser libre cours, écouter mon cœur, mais je n'en oublie pas moins ma raison. Je me suis questionné sur l'impact de cette nouvelle relation sur Sydney. Elle connaît déjà Annabelle, plutôt bien même, elles ont une vraie complicité. Plusieurs fois, Anna s'est occupée de Syd pendant que je faisais la compta du restau et que sa mère travaillait. Mais ma fille ne m'en voudra-t-elle pas d'avoir envie de remplacer cette dernière ? Je ne sais pas ce que peut penser une petite fille de cinq ans du divorce de ses parents et j'imagine déjà ce qu'elle pourra dire en voyant Annabelle prendre plus de place dans nos vies. Enfin, si celle-ci accepte de faire un pas vers moi…

Je regarde le sourire naissant aux coins de ses lèvres, je suis certain qu'elle n'en a pas conscience. J'aimerais lui dire qu'elle est magnifique, sauf qu'elle n'est pas prête à l'entendre. Je suis un homme patient et un jour je lui murmurerai à quel point elle est sublime. En attendant, nous roulons côte à côte vers la Floride.

Chapitre 19

Annabelle

— J'y crois pas ! Tu es vraiment en train de me faire le coup de la panne ?

Ça fait une demi-heure que nous sommes arrêtés sur le bord de la route et que Tobias a les mains dans le cambouis sans que ça serve à grand-chose. J'ai proposé d'appeler un dépanneur, mais la fierté masculine est un vrai obstacle.

Je suis appuyée contre la portière, les yeux rivés sur le paysage rural qui s'étend à perte de vue tout autour de nous. Évidemment, il a fallu qu'on tombe en panne au milieu de la pampa. L'air est frais, mais pas désagréable, et le ciel est dégagé, la pluie ne viendra pas confirmer le cliché. Je tente tant bien que mal de savourer ce que peut offrir ce coup du sort.

— Je pense que c'est le turbo qui a lâché, lance Tobias en se redressant.

— À t'entendre, c'est mauvais signe.

— Elle ne redémarrera pas tant qu'on n'aura pas changé la pièce, dit-il, résigné.

Tobias passe la main sur son front, laissant une trace noire de graisse sur son visage. Je me mords la lèvre inférieure d'envie, je n'ai jamais été fan des mécanos, pour autant à cet instant je trouve

Tobias sexy à damner un saint. Pour détourner mon attention, je tire mon téléphone de ma poche et pianote jusqu'à dénicher le numéro d'un professionnel à proximité. Je tends l'appareil à mon ami, le narguant avec mon sourire. Il me le prend des mains en marmonnant quelque chose d'inintelligible. Tobias fait quelques pas, s'éloignant dans l'attente que son interlocuteur décroche.

Une minute plus tard, il revient vers moi et me rend mon téléphone.

— Il sera là dans le quart d'heure.

— Ne fais pas la tête, tu ne peux pas avoir le rôle de super héros dans toutes les situations, plaisanté-je.

— Si tu le dis.

Il se renfrogne et joue les grognons jusqu'à ce que la dépanneuse arrive. Un homme d'une soixantaine d'années, couvert de son bleu de travail, descend du camion et se dirige vers le capot ouvert de notre voiture. D'un œil expert, il examine le moteur et confirme les craintes de mon ami après quelques secondes.

— Le turbo est HS, elle ne redémarrera pas, conclut-il en désignant le véhicule du menton.

— Vous pouvez faire quelque chose ? demande Tobias.

— Évidemment. Passez la récupérer en fin de semaine prochaine, je vous aurai installé la nouvelle pièce.

Tobias se désintègre devant moi. Ses yeux habituellement pétillants se ternissent, et son teint devient livide. Il ouvre la bouche, la referme sans qu'un son soit sorti. La situation ne serait pas aussi grave, je rirais de voir Tobias le bec cloué. Sauf que cette fois il a besoin que je prenne le relais.

— Excusez-moi, mais n'y a-t-il pas moyen que ce soit réparé aujourd'hui ou pour demain ? Nous devons faire l'aller-retour en

Floride dans le week-end, tenté-je en faisant les mêmes yeux que le Chat Potté dans *Shrek*.

— C'est que j'ai une liste d'attente, ma petite dame.

— Et nous une petite fille encore à la maternelle à récupérer. Ça fait déjà plusieurs semaines qu'elle n'a pas vu son papa. S'il vous plaît, aidez-nous.

Un sourire se dessine sur le visage du mécanicien. Je crois que mon speech l'a attendri, il se tourne vers Tobias et hoche la tête avant de dire :

— J'appelle quelques clients pour les prévenir que j'aurai du retard sur leurs voitures, et je m'occupe de vous. Elle devrait être prête pour 15 heures. En attendant, montez avec moi dans le camion. Vu l'heure, ma femme a dû préparer le déjeuner, elle en fait toujours trop, je suis certain qu'il y en a suffisamment pour deux personnes de plus.

Je me retiens de faire une petite danse de la joie. J'ai joué sur la corde sensible et je suis fière de pouvoir aider Tobias et Sydney à se retrouver.

— Je ne sais pas comment vous remercier, ce que vous faites pour nous est fantastique, répond Tobias en serrant vivement la main de son sauveur.

— Moi aussi, j'ai une fille et j'aurais tout fait pour la retrouver si elle était partie loin de moi.

Tous deux se comprennent, ils semblent avoir le même amour inconditionnel pour leurs filles. Nous suivons celui qui s'est présenté comme Matthew Ford, ce qui est comique pour un mec passant la journée sous une voiture. Sur la route qui mène à son garage, il nous explique qu'il le tient de son père, tout comme son père avant lui, et que sa fille attend qu'il parte à la retraite pour prendre la relève. Quinze minutes plus tard, Matthew nous fait descendre de la dépanneuse et nous envoie dans sa maison, adjacente à son lieu de travail, pendant qu'il gagne son bureau afin de donner quelques coups de fil.

Quand nous sommes seuls, Tobias attrape ma main et m'attire à lui pour poser les lèvres sur mon front. Un geste aussi doux et chaud que surprenant.

— Merci, chuchote-t-il à mon oreille.

Mes bras s'enroulent autour de sa taille, et je lui rends son étreinte. Je me sens bien contre lui, c'est comme si j'étais à ma place, enfin. Sauf que ça ne peut pas être ma place, en tout cas pas maintenant. Peut-être le jour où Maëlle aura eu son diplôme et où je ne me ferai plus de soucis pour mon père, peut-être que ce jour-là je m'autoriserai à dire à Tobias que je l'aime. En attendant, je fais ce qu'une amie peut faire pour l'aider.

— Tu en aurais fait autant pour moi, réponds-je.

— Sauf que je n'ai pas ton talent pour imiter les personnages de dessin animé.

— Tu as reconnu, m'étonné-je.

— Évidemment ! Je suis d'ailleurs certain, maintenant, que c'est toi qui as montré *Shrek* à Sydney.

— Je plaide coupable.

Nous rions ensemble et finissons par rejoindre la petite maison. Une cour fleurie nous accueille, nous la traversons afin de grimper les quelques marches qui nous mènent sous le porche. C'est une architecture typique des maisons américaines, et la femme qui nous ouvre la porte confirme le tableau. Habillée d'un tablier taché de farine, Mme Ford nous invite à entrer. Elle n'est pas bien grande et paraît moins âgée que son mari.

— Matthew m'a prévenue de votre arrivée, les jeunes. On

va passer à table dans moins d'une heure, alors venez m'aider à mettre le couvert.

Tobias et moi échangeons un regard et sourions à l'unisson en suivant Mme Ford dans sa cuisine. En bonne maîtresse de maison, elle nous donne ses instructions et nous nous exécutons. Cinq minutes plus tard, la table est dressée.

— Maintenant, asseyez-vous et racontez-moi votre histoire, nous enjoint-elle en nous tendant deux verres de citronnade.

Son sourire est une invitation à la confidence. Mme Ford est une femme rayonnante dont la joie de vivre se lit sur les traits.

— Notre histoire ? demandé-je.

— Oui, celle qui vous mène dans la petite ville de Little York.

Tobias répond plus vite que moi :

— Nous allons chercher ma fille en Floride, cette étape n'était pas prévue, mais disons qu'elle pimente un peu notre voyage.

— Le bon vieux coup de la panne, commente Mme Ford avec un clin d'œil pour mon ami.

— Tobias n'est pas mon petit copain, me justifié-je auprès de notre hôte.

— Cela ne veut pas dire qu'il ne souhaite pas vous séduire, rétorque-t-elle.

Mes joues prennent une couleur rouge écrevisse. Mon silence ne fait que confirmer ses dires.

— Je vous aime bien, déclare Tobias en la regardant.

— La demoiselle est revêche ? le questionne-t-elle.

— Si vous saviez. Nous sommes amis depuis deux ans, et je n'ai jamais vu Annabelle avec un homme. Depuis des semaines j'espère être celui qui la réconciliera avec l'amour. En vain.

C'est un coup bas !

Tous deux discutent comme si je n'étais pas dans la pièce, assise à la même table qu'eux. Toutefois, ce que je retiens, c'est que Tobias a avoué avoir des sentiments pour moi, peut-être équivalents à ceux que j'éprouve pour lui. Bien que je le repousse, encore et encore, il reste déterminé à prendre la place d'amant dans ma vie. Par tous les moyens.

Mon rythme cardiaque accélère et un sourire se dessine tout de même sur mon visage, car il m'aime, j'en ai la certitude à présent. Pourtant, ma joie n'est que de courte durée, je n'oublie pas les lourds bagages que je traîne encore derrière moi. Ils représentent le plus gros obstacle entre nous. Qui voudrait d'une femme qui, à presque trente ans, vit en colocation et n'a pas un rond de côté, car elle paye les études de sa sœur ? Qui voudrait d'une femme avec un père alcoolique tel un boulet enchaîné à la cheville ? Si je cédais, Tobias ne pourrait rien construire sur des fondations aussi fragiles que les miennes. Je ne peux pas le laisser faire ce choix, d'abord pour lui, puis pour Sydney. Sa fille n'a pas besoin d'une deuxième femme bancale dans sa vie.

Mme Ford, dont j'ai découvert le prénom, Serena, se tourne vers moi et me sort de mes pensées. Ses yeux d'un bleu profond sont rivés aux miens et ce qu'ils dégagent annonce le sérieux de notre échange à venir.

— Laissez une chance à cet homme, dit-elle sans détour.

— Je…

— Je vais vous vous raconter une histoire. Matthew n'est pas mon premier mari, il est le troisième seulement. Dans ma jeunesse, mes parents souhaitaient un mariage de raison afin de garantir ma situation. À l'époque j'ai laissé faire. Il faut dire que j'étais une jeune fille peu intéressée par les garçons, l'amour ne signifiait rien pour moi. J'avais des rêves, ils dépassaient les ambitions de ma famille et évidemment leurs ressources. C'est pour ça que j'ai accepté d'épouser Henry, mon premier mari.

Je l'écoute attentivement. Quand elle fait une pause pour boire sa citronnade, je retiens mon souffle, comme lorsqu'un chapitre du roman que je suis en train de lire me tient en haleine. J'ai le sentiment que les mots de cette femme auront une grande importance.

— Il était jeune et beau, avocat de père en fils, un bon parti, sauf que je ne l'aimais pas. Nous nous sommes tout de même mariés un an plus tard. Il était militaire réserviste, et on lui a demandé de partir au combat lors de la guerre Iran-Irak, à la fin des années 1980, et le pauvre est mort là-bas. J'ai été veuve à vingt-trois ans et je n'ai pas pleuré la perte de mon mari. C'est Matthew, ami de la famille de Henry, qui m'a dit que ce n'était pas grave, qu'on peut respecter la mort d'un proche sans s'effondrer.

— Pourquoi n'est-il pas devenu votre deuxième mari ? l'interromps-je.

— Parce que les contes de fées n'existent pas et que l'amour n'est pas toujours issu d'un coup de foudre. Nous nous sommes revus plusieurs fois et c'est même dans son garage que j'ai rencontré mon deuxième époux, Mark. Un homme charmant au premier abord, lui aussi avait une certaine situation en tant que médecin. Nous nous sommes mariés au printemps et avons divorcé en hiver. Un autre mariage de raison qui a été écourté.

— Pourquoi avez-vous divorcé ? demandé-je, curieuse.

— Car derrière ses airs proprets et de bonne famille, Mark était un homme violent une fois la porte d'entrée refermée.

J'ai un hoquet de surprise, je ne m'attendais pas à ce genre d'histoire. À tort, je pensais que Serena avait découvert ses sentiments pour Matthew et qu'elle s'était séparée de Mark pour vivre son idylle.

— C'est Matthew qui m'a à nouveau aidée. Il m'a accueillie

chez lui et m'a soutenue dans les démarches pour me défaire de l'emprise de mon mari.

— Quand êtes-vous tombée amoureuse de lui ?

— Petit à petit, nos sentiments se sont construits et solidifiés avec le temps. Nous nous sommes mariés il y a trois ans, mais même avant ça nous étions certains de nous aimer. Il m'a appris à vivre avec mes boulets aux pieds et nous les avons tirés ensemble pendant trente-cinq ans. Il a été mon pilier et j'ai été son bras droit. Nous avons construit notre avenir sur les fondations instables qui étaient les nôtres.

J'ai les larmes aux yeux, l'histoire de Serena et Matthew est pleine d'espoir. Elle n'est pas toute lisse, elle comporte des imperfections, des trucs moches, de la douleur, mais pour moi elle est d'une beauté rare. C'est par des chemins détournés que ce couple a trouvé le bonheur. Je devine que Mme Ford ne me raconte pas son histoire par hasard, c'est un message, une invitation à ne plus avoir peur.

Chapitre 20

Tobias

Nous avons repris la route à 15 heures comme nous l'avait promis le vieux Matthew. J'ai été touché par ce couple au parcours atypique, mais Annabelle l'a été plus encore par les mots de Mme Ford. Elle n'a rien dit, pourtant son corps a parlé pour elle, ses yeux embués de larmes, son visage rempli d'émotion. Elle a pris conscience que chaque personne sur cette terre a des squelettes dans son placard et que ce n'est pas une raison pour mettre son bonheur entre parenthèses.

Je jette un œil dans sa direction. Elle s'est assoupie, la tête reposant contre la vitre. J'aimerais pouvoir sonder son esprit, savoir comment cette journée l'a marquée et l'impact que ça aura sur nous. Je ne suis pas près de lâcher l'affaire. « Chacun est maître de son destin, c'est à nous de créer les causes du bonheur. Il en va de notre responsabilité et de celle de personne d'autre. » Habituellement, je suis plutôt cartésien et ne crois pas au destin, mais ce précepte du dalaï-lama me donne l'espoir qu'un jour mes efforts payeront.

Il est bientôt 22 heures et la fatigue commence à se faire sentir. J'ai envoyé un texto à Jess pour la prévenir de mon retard. Rien de plus, je ne veux pas lui dire qu'Annabelle m'accompagne. Je ne fais pas ça pour la narguer, j'ai simplement besoin d'une amie, d'un soutien. Nous arriverons dans le courant de l'après-midi demain. Je quitte l'autoroute pour rejoindre un motel que j'ai repéré du fait de ses néons. Je suis un gentleman, et il est hors de question que je laisse Annabelle dormir dans ma voiture, elle mérite un bon lit douillet. Je trouve une place sur le parking bondé, il faut croire que cet endroit est prisé par les voyageurs. Je ne réveille pas tout de suite la Belle au bois dormant, car je ne suis pas certain qu'il reste des chambres disponibles.

Je quitte la voiture et me rends à la réception. Il s'agit d'un petit chalet chaleureux où un feu de cheminée crépite dès l'entrée. Tout le mobilier est recouvert de bois, si bien qu'on se croirait aux sports d'hiver. Derrière le bureau se trouve un jeune homme d'une vingtaine d'années qui m'accueille avec un grand sourire.

— Bonjour et bienvenue au motel Cliffordasse, que puis-je pour vous ?

Ses manières sont dignes d'un hôtel, et je suis surpris par son dynamisme à cette heure avancée.

— J'aimerais savoir s'il vous reste une chambre avec deux lits.

— Doubles ou simples ?

— Doubles, tant qu'à faire.

Au cas où Annabelle me laisserait dormir à ses côtés.

— Chambre 319, soit au troisième étage, porte 19. Si vous avez des bagages, il faudra les porter, car nous n'avons pas d'ascenseur, puisque les entrées sont situées à l'extérieur du bâtiment.

Je paye et remercie le jeune homme. Je regagne la voiture et tente de réveiller Annabelle en douceur. Lorsqu'elle ouvre les yeux, elle semble perdue ; il lui faut une bonne minute pour comprendre que nous nous sommes arrêtés pour la nuit. J'attrape nos sacs, pour lesquels un ascenseur n'est pas nécessaire, tandis qu'elle descend de la voiture. Puis je la conduis à notre chambre.

Le second bâtiment est fidèle au premier, simplement il s'agit du modèle plus grand. Tout est fait de bois, l'escalier également. Nous arrivons devant la porte numéro 19, dont les motifs ont été sculptés à la main, des motifs sur le thème de Noël qui confèrent une allure romantique au lieu. Je n'ai aucun mal à comprendre la foule des voitures garées en bas ; si la qualité de la chambre est à la hauteur de la décoration, il faudrait souffler l'idée au propriétaire d'augmenter ses prix.

— Waouh ! s'exclame Annabelle en découvrant la chambre.

Deux grands lits, décorés par une multitude de coussins et des dessus-de-lit assortis, occupent la majorité de la surface, ainsi que deux armoires en bois massif et quatre tables de chevet. Une porte donne sur une salle de bains luxueuse avec une baignoire sur pied et serviettes à disposition.

Annabelle se jette sur l'un des lits et soupire d'aise. Un sourire se dessine naturellement sur mon visage lorsque je la regarde dans la position de l'étoile, profitant d'un bonheur simple. Je la rejoins, et elle se décale pour me faire une place. Nous gardons le silence un moment avant qu'elle se décide à le briser.

— On dirait un week-end en amoureux, murmure-t-elle.

— Ce n'est pas comme ça que je te l'ai présenté, mais ça pourrait en être un si tu le voulais.

— Tobias…

— J'ai pris deux lits, je dors sur celui de gauche, à toi de faire ton choix.

Son visage reste neutre, indéchiffrable. Je serre les dents face à son apparente indifférence. Pour ne pas exploser, je me redresse et attrape mon sac pour me rendre à la salle de bains. Je ne serai pas celui qui prendra la décision à sa place. Une bonne douche bien chaude me tend les bras, et cela laisse le temps à Annabelle de réfléchir à ce qu'elle envisage pour cette nuit. Je ne me presse pas ; après toutes les péripéties de la journée, je suis bien content de profiter un peu du confort de cette chambre.

Quand vingt minutes plus tard je regagne la pièce principale, je trouve Annabelle endormie, sur le lit de droite. Je pousse un soupir, dépité. L'espace d'un instant, j'ai espéré réussir à la faire craquer. Puis, résigné, je rejoins mon lit et me glisse entre les draps, il ne faut que quelques minutes à Morphée pour m'emporter entre ses bras.

Annabelle

La respiration de Tobias se fait régulière, il dort. Lorsqu'il est sorti de la salle de bains, j'ai gardé les yeux clos sans trop savoir pourquoi. Je lui ai laissé croire que j'étais assoupie et j'ai guetté sa réaction. Il a toujours été un homme de parole respectueux, mais je pense que je suis déçue qu'il ne se soit pas invité de lui-même dans mon lit pour dormir à mes côtés. Je ne peux pas vraiment l'en blâmer, ça fait des semaines que je lui transmets des signaux contradictoires.

J'hésite, j'aimerais le rejoindre sauf que je ne suis pas sûre de savoir jusqu'où je suis prête à aller dans notre histoire. J'ai connu peu d'hommes et seulement un seul intimement dans une relation sérieuse. Je sais m'envoyer en l'air quand le sexe n'est que du sexe, par contre je ne sais pas faire l'amour avec un homme. Si je décide d'aller plus loin avec celui que je considère comme mon meilleur ami, tout va changer, y compris nos rapports charnels. Les deux fois où nous nous sommes laissé guider par nos pulsions, il y avait une forme d'urgence entre nous, certes la douceur n'était pas exclue, mais il n'était pas question d'amour. L'amour modifie le sexe, et je veux que nos ébats soient toujours aussi enflammés et intenses, surtout pas que les valises que je traîne fassent obstacle à la seule chose de simple dans ma vie.

S'établir dans une relation, c'est également se dévoiler. Si Tobias devient plus qu'un ami, je devrai lui donner plus que des bribes d'informations sur ma famille et son histoire. Je crains le regard qu'il pourrait poser sur moi. Je ne supporterais pas de lire de la pitié dans ses yeux ou alors qu'il se montre trop précautionneux afin d'éviter de me blesser ou de remuer quelque chose de difficile. Je ne veux pas être cette petite chose en porcelaine qu'on a peur de briser en la touchant.

Je me retourne encore et encore dans le lit, agacée par mes réflexions qui ne mènent nulle part. La rencontre avec le couple Ford a bousculé mes a priori, sauf qu'après que j'ai fait un pas en avant en pleine lumière, me voilà à en faire deux en arrière dans l'obscurité de la nuit.

Un peu de courage, Anna !

Je me fustige intérieurement de ne pas réussir à prendre une décision. Je suis dans cet entre-deux inconfortable qui me tape sur les nerfs.

Dans un élan de détermination me poussant à quitter ce flou, je rejette ma couette pour me lever. J'avance en direction du lit voisin. J'hésite un instant, regardant mon beau blond endormi. Il a l'air si paisible. Je soulève le drap et me glisse à ses côtés avant de me dégonfler. Je colle mon corps au sien et savoure le contact de sa peau nue contre la mienne.

— Hum…, grogne-t-il. J'ai cru que tu ne viendrais jamais.

— Moi aussi, avoué-je d'un souffle.

Tobias se retourne et me prend dans ses bras, pressant mon visage contre son torse. Je sens son nez se promener dans mes cheveux et respirer leur odeur. Je trouve ce geste adorable et je me détends immédiatement. Je pensais éprouver une gêne, mais c'est tout le contraire, je suis soulagée.

— Tobias ?

— Hum ?

— Je ne serai sans doute jamais prête à cent pour cent, ou je ne le saurai jamais. Je fais un pas vers toi, mais ça ne veut pas dire que je n'ai plus peur.

Suis-je en train de craquer ?

— Alors on composera avec, répond-il, serein.

— Plusieurs fois je vais essayer de partir en courant, insisté-je afin qu'il prenne la mesure de la difficulté de s'engager avec moi.

— Je te courrai après parce que je t'aime, contre-t-il d'une voix rauque encore empreinte de sommeil.

Ses paupières sont closes, je pense que les mots lui ont échappé malgré lui et qu'il n'en a pas encore conscience. J'attends, mais il ne bouge pas tandis que mon souffle, lui, est suspendu à ses lèvres. Dans un demi-sommeil, Tobias vient d'avouer qu'il m'aimait et je ne sais pas quoi faire de cette information.

Les yeux rivés au plafond, je laisse la nuit défiler tandis que mon cœur et mon esprit ne cessent de me torturer.

Chapitre 21

Tobias

Reprendre la route est une épreuve. Le nez dans mon café, je lance des regards meurtriers à ma voiture visible à travers la fenêtre. Il est 6 heures du matin, et je suis complètement décalé par rapport à mon rythme habituel. Annabelle n'est pas dans un meilleur état que moi. En habitant avec elle, j'ai découvert que dans son quotidien, avant le petit déjeuner, elle fonctionne au radar. Ce n'est qu'après cette étape indispensable qu'elle devient la jeune femme pleine de vie et pétillante que je connais. Lorsque la serveuse du *diner* pose une assiette remplie de pancakes, ses yeux débordent d'étoiles, et elle se met à les dévorer à peine la jeune femme partie.

— Tu n'en veux pas ? demande-t-elle entre deux bouchées, voyant que je ne touche pas aux denrées au centre de la table.

— Si j'avale ça, je vais être incapable de conduire quand il s'agira de la phase de digestion.

Elle fronce les sourcils et repose sa fourchette.

— Tu devrais quand même avaler autre chose que du café. Ton dernier repas était chez les Ford. Tu vas manquer d'énergie.

— Dormir avec toi m'a davantage requinqué que n'importe quelle nuit de douze heures, lancé-je pour ouvrir le débat.

Hormis les quelques mots que nous avons échangés avant que la fatigue m'emporte, nous n'avons pas évoqué les événements de cette nuit. De son propre chef, Annabelle s'est fait une place dans mon lit, et j'ai explicité la profondeur de mes sentiments pour elle. Ses joues sont rosées, elle ne semble pas à l'aise avec la situation, pourtant c'est elle qui a décidé de me rejoindre. Comme je lui ai dit, je ne la laisserai pas faire machine arrière.

— Parle-moi, Anna.

— Je… Tu ne t'en souviens peut-être pas, mais hier avant de t'endormir, tu m'as dit quelque chose…

— Je t'aime, répété-je.

Ses lèvres s'entrouvrent pour former un *o*. Je suis certain qu'elle ne s'attendait pas à ce que je le confirme, peut-être me pensait-elle déjà parti dans mes rêves. Néanmoins, c'est la vérité, qu'elle ne compte pas sur moi pour retirer mes paroles.

— Tobias, j'ai peur de te dire la même chose, avoue-t-elle.

— Tu n'y es pas obligée, du moins pas maintenant. Toutefois tu ne m'empêcheras pas de te le répéter.

Je tente de la rassurer, de lui prouver que je peux suivre son rythme sans pour autant me brider totalement. Je ne sais pas encore ce qui la retient, j'ai longtemps essayé de creuser pour découvrir ce qui lui valait le statut d'éternelle célibataire, en vain. Mais une chose est sûre, maintenant que j'ai réussi à toucher son cœur, je ne la laisserai pas fuir.

— On va y aller tranquillement, lui promets-je. Dans un premier temps, on doit terminer notre voyage et rentrer chez nous.

Son sourire illumine le restaurant et je devine que j'ai trouvé les mots justes.

La suite du trajet se passe dans la légèreté. Annabelle ne s'en rend peut-être pas compte, mais notre relation retrouve son équilibre. Nous la définissons peu à peu, et nous ne sommes plus dans le flou, la gêne qui faisaient obstacle à notre complicité naturelle.

L'arrivée à Alford, dans le comté de Jackson, provoque chez moi une montée de stress encore plus importante que lorsque nous avons dépassé le panneau nous indiquant que nous étions enfin en Floride. Je n'ai pas été très clair avec Jess quand elle m'a demandé de venir, je ne lui ai rien promis concernant notre couple, pour autant je n'ai pas affirmé que rien n'était possible. Il y a aussi ce que je vais devoir dire à Sydney, comment annoncer à son enfant que « papa n'aime plus maman » ? Pire, comment lui dire que j'aime une autre femme ? Et que cette femme, c'est son amie Annabelle ? Je ne veux pas mentir à ma fille ni cacher Annabelle, alors il va falloir mettre les pieds dans le plat.

Je gare la voiture dans l'allée qui mène à la maison des Green, mes beaux-parents. Je coupe le moteur, mais ne bouge pas, les yeux dans le vague. Je prends une profonde respiration pour me donner du courage, puis une seconde. Ce qui me fait finalement franchir le pas, c'est la main d'Annabelle recouvrant la mienne. Ce simple geste en dit beaucoup, et j'y trouve la force de quitter la voiture.

Annabelle me suit et reste à mes côtés quand je sonne. Mon rythme cardiaque s'accélère au point que j'ai peur que mon cœur lâche. Steve m'ouvre la porte en m'offrant un large sourire. Ce dernier vacille lorsqu'il remarque que je suis accompagné.

— Bonjour, Tobias, mademoiselle.

— Excusez-nous du retard, la voiture est tombée en panne sur la route. Sydney est là ? demandé-je en cherchant une petite tête blonde dans le dos de mon beau-père.

Steve s'efface et nous invite à rejoindre le salon. Jess est là ; assise sur ses genoux, Sydney joue à la poupée. Elle est la première à lever les yeux pour connaître l'identité des nouveaux arrivants. Lorsqu'elle m'aperçoit, Sydney délaisse immédiatement sa poupée et court vers moi, un sourire rayonnant fendant son visage.

— Papa !

Je me mets à sa hauteur pour la réceptionner. Mes bras se referment autour de son petit corps menu, et j'enfouis mon nez dans ses cheveux, humant ce parfum qui m'a tant manqué.

— Papa, tu m'étouffes, râle-t-elle.

— Je sais, mais je ne peux pas te lâcher, murmuré-je à son oreille.

Avant qu'elle puisse répondre, Jessica se lève, furibonde. Ses yeux sont braqués sur Annabelle et son air mauvais ne me dit rien qui vaille. Je savais pertinemment que venir avec Anna ne serait pas la meilleure idée pour faire passer les choses en douceur, néanmoins j'avais besoin d'elle. Ce voyage a été éprouvant émotionnellement, car en plus de la naissance d'une idylle, il signait la fin d'une autre. Une fin loin de celle des contes de fées.

— Qu'est-ce qu'elle fait là ? crache mon ex.

— « Elle » est là pour t'empêcher de faire plus de mal que tu n'en as déjà fait, répond la principale intéressée, hargneuse. Et m'assurer que cette fois tes mains restent à leur place.

J'en ai le souffle coupé. Je suis habitué au caractère plutôt bien trempé d'Annabelle, sauf que je ne m'attendais pas à ce qu'elle riposte à la première attaque venue. Un sentiment de fierté naît en moi, son élan de possessivité me fait sourire. Toutefois, ce combat n'est pas le sien, et je refuse que ma fille se retrouve au milieu d'un conflit qui la dépasse.

— Anna, tu peux monter jouer avec Sydney pendant qu'on

règle les détails ? lui demandé-je en minimisant l'ampleur de la conversation à venir.

Elle hoche la tête, déterminée, et s'éclipse en tenant Sydney par la main. Cette dernière a hâte de lui montrer sa chambre et semble ne pas se rendre compte de la tension qui règne dans la pièce. Je recentre mon attention sur Jessica, qui est toujours debout devant le canapé, les bras croisés sur la poitrine, le regard assassin.

— À quoi tu joues ? questionné-je en adoptant la même posture qu'elle.

— Pardon ?

— Ça suffit, Jess ! crié-je, impatient de mettre fin à cette mascarade. Depuis presque trois mois tu dis tout et son contraire.

Elle relâche les bras et tremble sous la surprise. Elle ne s'attendait sans doute pas à ce que je la prenne de front. Sauf que j'ai eu le temps de réfléchir, et surtout, je n'ai pas oublié ses coups bas.

— Tobias…

— Non ! Je ne veux pas que tu me serves un autre discours ambigu. Les choses sont claires maintenant, le divorce sera prononcé le mois prochain. J'ai demandé à Me Andrews d'accélérer la procédure. Et dis-toi bien que ta liste de revendications, tu peux te la garder !

Je tire la feuille que j'ai enfouie dans ma poche avant de partir, j'en fais une boule de papier et la jette sur le canapé.

— Maintenant, je vais monter chercher ma fille, nous allons rentrer à la maison, et tu ne t'y opposeras pas.

Je fais demi-tour, prêt à grimper à l'étage, quand Jessica attaque enfin, elle redevient celle que j'ai découverte ces derniers mois. Une femme vicieuse et pleine d'amertume.

— Tu crois pouvoir obtenir la garde avec un détraqué comme père et une suicidée reine des tabloïds comme mère ? Et je ne parle même pas de ta sœur.

— Stop, Jessica ! tonne une voix dans son dos.

Steve s'est levé du canapé où je ne l'avais pas aperçu, il tient la lettre de sa fille entre les mains. Ses yeux sont emplis de colère, et je suis surpris que cette dernière ne me soit pas destinée, c'est vers celle qui est aujourd'hui encore ma femme que son regard converge.

— C'est toi qui as écrit ça ? interroge-t-il en tendant la feuille qu'il a dépliée à Jessica.

— Je… Heu… Oui.

— Tu me déçois, assène-t-il. Je ne t'ai pas élevée comme ça. Je ne te reconnais pas, comment peux-tu vouloir autant de mal à celui avec qui tu as partagé tant de moments de bonheur ? C'est le père de Sydney ! Pourquoi t'acharnes-tu à détruire un homme qui a déjà tant souffert ?

Je m'apprête à répliquer, mais Steve se tourne vers moi.

— Ne prends pas cet air surpris, je regarde les infos moi aussi. Je sais qui est ton père et je le savais avant que ta sœur mette en lumière les agissements de ce monstre.

Je n'ai pas de mots, ou du moins aucun n'a la capacité de franchir mes lèvres. Il était au courant de qui j'étais et il ne m'a pas balancé à mon père. Steve a gardé mon secret tout ce temps. Je sens mon cœur se serrer à l'idée de quitter cette famille, non pas pour Jess, bien que celle que j'ai aimée me manque, mais pour cet homme charmant qui a su m'accueillir sans poser de questions, et conserver un secret que je n'ai jamais été en mesure de confier.

— Il serait temps que tu reprennes la route, fils. La petite a besoin de son papa et toi d'un moment privilégié avec elle.

Je hoche la tête. Je le serrerais bien dans mes bras, mais j'ai encore suffisamment de respect pour Jess pour ne pas lui voler davantage le soutien de son père. Celle-ci s'insurge tout de même :

— Non ! Tu ne peux pas être de son côté, pas après ce qu'il m'a fait !

J'accuse le coup sans comprendre la tournure de cette conversation. Je regarde Jess d'un air interrogatif.

— Tu penses être le seul à souffrir de la situation, Tobias ? Est-ce que tu as songé ne serait-ce qu'une seconde à moi ? À ce que je pouvais ressentir ?

— Tu te fous de moi, j'espère ? Tu veux te taper le mec de ma sœur dans notre cuisine et ça serait à moi de prendre en compte tes sentiments ?

Je passe la main dans mes cheveux, tirant dessus à m'en faire mal afin de ne pas péter les plombs.

— Et toi alors, qu'est-ce que tu t'es dit quand tu as emmené ma fille à l'autre bout du pays ? continué-je.

— Je voulais te prendre autant que tu m'avais pris. Je perds tout dans ce divorce, alors j'avais besoin que tu souffres autant que moi.

— Il n'y a rien à gagner dans un divorce, Jess, soufflé-je, las.

— Même pas une jolie rouquine ? Tu m'as remplacée à la vitesse de la lumière.

Je sens la colère monter en moi. Je reconnais là le visage qu'elle m'offre depuis des mois. Celui de la mesquinerie. Sauf que cette fois je ne me laisse pas berner, je sais ce qu'elle cache derrière.

— Je suis désolé, Jess, pour beaucoup de choses, mais pas d'être amoureux. Tu me piétines le cœur depuis bien trop longtemps, tu ne peux pas en vouloir à quelqu'un d'autre de le réparer.

— Et si je voulais le réparer ?

Je secoue la tête sans la regarder.

— Il est trop tard.

Jessica fait un pas vers moi, mais avant qu'elle puisse s'approcher davantage, Steve la retient par le bras et lui intime de ne plus bouger.

— Papa !

— Stop ! Maintenant, assieds-toi et on va parler. Je dois comprendre où j'ai merdé dans ton éducation pour que tu puisses être aussi odieuse. Te mettre au vert en Floride ne peut que te faire du bien, ma fille, tu es restée bien trop longtemps loin de nous.

Jess tremble davantage et se laisse choir sur le canapé, le plus loin possible de son père. Avant de franchir le seuil définitivement, je fais un pas vers elle puis me mets à sa hauteur pour déposer un baiser sur son front. C'est un au revoir, nous méritons au moins ça.

— Je t'ai aimée et je sais que tu m'as aimé, Jess. C'est le plus important.

Puis je me dirige vers l'étage, tournant la dernière page d'un livre que je m'apprête à refermer.

Chapitre 22

Annabelle

Sydney est une petite fille très éveillée qui ne manque pas d'imagination. Elle me laisse entrer dans sa chambre en me faisant promettre de ne marcher que sur les « îles ». En réalité, il s'agit de dalles vertes disposées parmi d'autres de couleur orange.

— La lave brûle, Anna, fais attention. Installe-toi sur la grande île, dit-elle en m'indiquant un tapis dans le fond de la pièce.

Je saute de dalle verte en dalle verte pour rejoindre la zone sécurisée. Sydney fait de même, sauf qu'elle se dirige vers le bac à jouets, d'où elle sort une panoplie de poupées en tout genre : des hommes, des femmes, des brunes, des blondes et même des rousses. Elle me tend une poupée à la chevelure de feu et me propose de lui trouver une tenue de gala, car elle se rend au mariage du prince, qui va épouser sa meilleure amie blonde.

Évidemment.

Nous fouillons parmi une montagne de robes cousues main. Sydney m'explique que c'est Mme Green, la deuxième épouse du père de Jessica, qui les a faites pour elle. Puis nous alignons une dizaine de poupées sur deux rangées. Sydney place l'un des personnages masculins près de ce que j'identifie comme l'autel.

— Annabelle ?

— Oui, mon chat ?

— Qu'est-ce qu'il se passe en bas ?

Je me fige. Que dois-je dire ? Sydney est une petite fille de cinq ans, je n'ai pas les mots pour la rassurer ou détourner son attention. Je suis assez à l'aise habituellement avec les enfants, surtout celle-ci qui est à croquer, pourtant je ne sais pas gérer les moments délicats comme celui-là.

— Ils discutent entre adultes, tenté-je.

— Je ne suis pas bête, tu sais ? J'ai compris que maman n'aimait plus papa aussi fort que moi.

— Tu as raison, réponds-je, démunie.

Je suis partisane de ne pas mentir aux enfants, plus vite on leur dit la vérité, moins les conséquences seront dramatiques. J'en ai la preuve avec ma sœur. J'ai menti en pensant la protéger, résultat, c'est à peine si on échange quelques textos et je ne l'ai vue qu'une fois depuis son départ de la coloc.

— Entre papa et maman, c'est compliqué, reprends-je. Mais ils t'aiment tous les deux très fort.

— Je sais, ce sont eux qui ne s'aiment plus assez. Moi, j'ai été sage pour qu'ils m'aiment toujours.

— Tu n'as pas besoin d'être sage pour qu'ils t'aiment, ce sont tes parents. Leur rôle est de t'aimer et te soutenir quoi que tu fasses.

Elle lève la tête vers moi, visiblement étonnée de ce que j'affirme, ses yeux bleus cristallins braqués sur moi. Elle attend que je développe, mais j'en suis incapable. Cela fait trop longtemps que je n'appartiens plus à une famille normale pour pouvoir en parler. Au premier coup dur, mon père a vrillé et ses filles n'existaient plus.

— Toi non plus, tes parents ne s'aiment plus ? me demande-t-elle, curieuse.

— Non, les miens s'aimaient à la folie.

— C'est beau, commente-t-elle.

Oui, leur histoire est magnifique. Sauf que la beauté a laissé place à la laideur une fois ma mère partie. Ces mots, je les garde pour moi, me concentrant sur la nouvelle question de la petite curieuse.

— Est-ce que ça veut dire que mon papa peut aimer quelqu'un d'autre ?

Je hoche la tête pour toute réponse.

— Tu vas devenir ma nouvelle maman ?

J'ai un hoquet de surprise. Ne viens-je pas de lui dire que ses parents, même séparés, restaient ses parents ?

— Non, mon chat. Tu n'auras pas de nouveaux parents.

— Pourtant, toi, tu aimes papa autant que moi.

Je rougis sans pouvoir me contrôler. Elle a mis le doigt sur ce que je pensais être secret.

— C'est vrai ? demande une voix que j'identifie trop bien dans mon dos.

Je passe du pivoine au cramoisi en une seconde. Depuis combien de temps Tobias est-il là ? Qu'a-t-il entendu ? Il saute d'une dalle verte à l'autre pour nous rejoindre et s'accroupit près de nous.

— Sydney, je t'aime, ma chérie, et pour toute la vie.

— Moi aussi, papa !

Je souris devant cette scène attendrissante. Sydney se jette dans les bras de son papa, et il la serre à nouveau contre lui. Je les contemple, mon cœur s'accélère quand je me rends compte que j'ai envie de faire partie de cette famille. Oui, j'aime Tobias. Ce n'est pas une révélation, mais je ne suis pas prête à le dire tout haut, et puis ce n'est pas le moment. Il retrouve sa fille, enfin, alors ma place est en retrait. Je remarque des larmes qui s'échappent des yeux de Tobias pour dévaler ses joues. Il ne cesse de murmurer en prenant sa fille dans ses bras :

— Je t'aime, mon bébé.

Tobias

Sydney s'est assoupie avant que nous ayons quitté Alford. La voiture lui fait toujours cet effet. Me voilà à nouveau en tête à tête avec Annabelle. Un silence paisible emplit l'habitacle, elle n'a pas dit un mot depuis notre départ de la maison des Green. Elle ne me demande pas comment ça s'est passé, ni si je vais bien. Pour ma part je me sens un peu à côté de mes pompes et je ne sais pas comment engager la conversation. Ce week-end est éprouvant. Je dois encore dire à Annabelle que je rentre chez moi, l'abandonnant à mon tour. Maëlle lui manque, et je devine que ça lui pèse. J'ai essayé de compenser en étant là, sauf que maintenant Sydney est de retour, elle passera toujours la première. Les mots ne viennent pas, alors je choisis notre langage commun en démarrant notre playlist, et *Boyfriend* de Justin Bieber retentit dans les enceintes. Elle m'offre un sourire et nous chantons ensemble comme des pop stars.

— Ça fait du bien, avoue-t-elle une fois notre show terminé.

— Carrément, rien de tel pour alléger l'atmosphère.

Elle hoche la tête, mais replonge très vite dans la contemplation du paysage. Sauf que maintenant je suis lancé, je dois dire ce que j'ai sur le cœur.

— Annab…

Je suis coupé par la sonnerie de mon portable qui résonne dans la voiture. Je regarde ce qu'affiche l'écran central. Le numéro est inconnu, mais l'indicatif est celui de New York. Je décroche, et une voix féminine délivre son message.

— Vous recevez un appel en PCV du centre pénitencier de Rikers de l'État de New York. Souhaitez-vous prendre cet appel ?

Je raccroche sans répondre, sonné. Mon père est à Rikers. Ça ne peut être que lui. Le silence dans l'habitacle n'a plus rien de paisible, le poids de cet appel rend l'air irrespirable. Mon rythme cardiaque s'accélère et ma vue commence à se brouiller. Par réflexe, je mets mes warnings et me gare sur le bas-côté de la route. Je sors de la voiture en quatrième vitesse. Les haut-le-cœur me prennent avant que j'aie pu claquer la portière derrière moi, offrant un spectacle dégoûtant à Annabelle. Mon corps est secoué de spasmes incontrôlables, je ne parviens pas à respirer calmement. Des images m'assaillent, les quinze années passées dans cette famille malsaine me reviennent en plein visage. J'ai fui dix-huit ans, sauf que ça n'a pas suffi à me guérir. Je n'ai même pas entendu sa voix, pourtant je sens à nouveau chaque coup qu'il m'a porté, chaque chose qu'il m'a infligée.

Chapitre 23

Tobias

Je remonte dans la voiture et me laisse aller contre l'appuie-tête en fermant les yeux. Je sens le regard d'Annabelle se poser sur moi, mais je ne réagis pas, j'en suis incapable.

— Ça va ? demande-t-elle, même si elle connaît la réponse.

— Non.

— Tu n'as pas la capacité de reprendre la route, affirme-t-elle.

— Non, répété-je.

— Alors on *switche*.

J'obtempère et passe côté passager. Annabelle règle le siège afin d'être à l'aise pour conduire et se réinsère dans la circulation. Elle lance notre playlist, mais ne chante pas cette fois, elle laisse simplement défiler les chansons. Mes yeux se ferment à nouveau, je ne prononce pas le moindre mot, et Annabelle reste silencieuse. Nous roulons alors que je suis seulement bercé par les notes de musique et mes cauchemars qui me hantent, même éveillé.

Je me pose des milliers de questions concernant mon père, mais la plus prenante est « Pourquoi maintenant ? » Il est enfermé depuis plus de trois mois et il n'a jamais cherché à me joindre, et à ce que je sache, il en va de même pour Cath. Qu'est-ce qu'il peut bien me vouloir ? Après m'avoir brisé avant ma majorité, il veut finir le travail ? Je tente de me reconstruire et je n'y arrive pas trop mal. Sauf qu'il suffit d'un appel, et en quelques secondes, il a soufflé sur le château de cartes que j'ai érigé. Je serre les poings, sentant les tremblements revenir, et répète en silence, tel un mantra : *Il ne peut pas t'atteindre !* Je ne parviens pourtant pas à m'en convaincre. Il pourrait être enfermé à Alcatraz qu'il aurait toujours le pouvoir de me blesser.

— Papa ?

Mon bébé vient de se réveiller, et je ne peux pas lui montrer à quel point son papa est faible. Une fille ne devrait jamais voir défaillir son père, je dois être son roc, être imperméable à toutes les balles qu'on me tirera dessus.

Je me tourne vers elle, avec un sourire qui me fait mal tant il est forcé.

— Oui, bébé ?

— J'ai envie de faire pipi, dit-elle, gênée.

— On va s'arrêter, chérie, tu peux te retenir quelques minutes ?

Elle acquiesce, et je lui souris. Je la regarde se renfoncer dans son siège et jouer avec son doudou. Plus je la contemple, moins je comprends. Comment peut-on faire du mal à son enfant, la chair de sa chair, le sang de son sang ? Je ne m'imagine pas faire autre chose qu'aimer mon enfant. Il y a un million de manières d'aimer, même des mauvaises, car j'ose croire que mes parents m'aimaient, à leur façon. Pourtant, je ne comprends pas comment c'est possible. L'amour doit être doux, tendre, protecteur, jamais il ne doit être destructeur. L'amour peut faire des erreurs, mais jamais il ne se résume à la souffrance, encore moins l'amour qui lie un enfant à ses parents.

Nous arrivons vers 22 heures le lendemain. Annabelle se gare devant ma maison sans que j'aie eu besoin de lui dire que j'y reprenais mes quartiers. Nous quittons la voiture, je m'occupe de Sydney endormie à l'arrière, tandis qu'Annabelle récupère son sac dans le coffre. Elle se penche, prête à me dire au revoir. Quand ses lèvres s'approchent de moi, j'ai un mouvement de recul.

— Tu fais quoi là ? l'interrogé-je.

— Heu… Je…

Elle ne trouve pas ses mots, et je comprends que mon geste a mal été interprété.

— Reste, la supplié-je presque.

Ses épaules se relâchent instantanément, et un sourire s'affiche sur son visage.

— Tu es sûr ? Et Sydney ?

— Elle comprendra que je suis un gentleman et que je ne peux décemment pas te laisser rentrer seule si tard.

Elle lève les yeux au ciel et récupère mon sac à son tour, d'où elle extrait les clés de la porte d'entrée. Annabelle me devance et l'ouvre comme si elle avait toujours vécu ici, si bien que je me prends à rêver de la voir refaire ce geste encore et encore, chaque jour.

Je la suis à l'intérieur. Elle se dirige vers le salon et moi je monte mettre au lit ma princesse. Une fois dans sa chambre, je lui ôte ses chaussures, mais décide de lui laisser son pantalon en coton et son T-shirt pour la nuit, la débarrassant simplement du superflu.

Alors que je m'apprête à quitter sa chambre, elle murmure dans un demi-sommeil :

— Tu es un gentleman, papa.

Je souris, referme la porte avant de rejoindre ma belle dans le salon. Durant tout le trajet, je l'ai négligée et je me sens mal, je me suis centré sur moi sans penser à elle. Je la trouve en train de se faire un nid douillet entre les coussins du canapé.

— Tu m'en veux à ce point ? lui demandé-je, taquin.

Elle sursaute, ne m'ayant pas entendu arriver. Je croise son regard et y décèle une certaine incertitude. Je réduis l'espace qui nous sépare et prends son visage en coupe.

— Je suis désolé, murmuré-je avant de l'embrasser amoureusement.

Je redécouvre le goût de ses lèvres, leur forme, tout ce qui m'a tant manqué ces deux derniers jours. Ses mains accrochent le bas de mon T-shirt tandis que ma langue entame une danse lascive avec la sienne. Je suis incapable de me détacher d'elle, je suis prêt à me fondre en elle, mais Annabelle fait un pas en arrière.

— Je ne dormirai pas dans le lit de ta femme, Tobias.

— Ça tombe bien, il sera sur le trottoir dès demain.

Son sourire est rayonnant et me donne envie de me jeter sur elle.

— En attendant, tu es le bienvenu pour dormir sur le canapé avec moi, me propose-t-elle, enjôleuse.

— J'ai mieux, dis-je en attrapant sa main.

Je l'entraîne à ma suite, et nous descendons dans la chambre aménagée qu'a occupée Cathlyn lors de son séjour à Chicago. Son regard fait le tour de la pièce avant qu'il se pose sur moi. La dernière fois qu'elle est venue, c'était un croisement entre un débarras et une buanderie. La voir là dans cet espace qui a été mon refuge au début de ma séparation avec Jess me fait sourire.

Je m'approche d'elle d'un pas félin et me mets à lui embrasser le cou. Je savoure le contact soyeux de sa peau. Elle gémit sous mes assauts et je la presse davantage contre moi. Dans un élan de possessivité, j'enfonce mes dents dans sa chair et fais glisser ma langue au même endroit afin d'apaiser la brûlure. D'une main joueuse, je caresse l'arrondi de ses seins, lui provoquant des frissons de plaisir dans tout le corps.

— Tobias, murmure-t-elle.

Je souris contre sa peau et fais descendre mes lèvres peu à peu en direction du sud. Je relève son haut et embrasse son ventre en laissant une empreinte humide après chaque baiser. Mes mains posées sur ses hanches voluptueuses, je m'y agrippe fermement, la maintenant sous les assauts de ma bouche. Je suis avide d'elle et prends plaisir à le redécouvrir encore et encore. Cette fois c'est différent, comme si une barrière était levée. Les sensations sont décuplées et je brûle d'envie pour elle. Ses mains fourragent dans mes cheveux, m'incitant à continuer. Sauf que je ne compte pas la satisfaire aussi facilement. Je me recule pour finir par me redresser. Annabelle est pantelante devant moi, le cerveau probablement embrumé par le désir, si bien qu'il lui faut un moment pour redescendre sur terre.

— Pourquoi tu t'arrêtes ? grogne-t-elle, frustrée.

— Car il est temps qu'on fasse les choses dans l'ordre. Je vais t'offrir un vrai rancard avant de te faire à nouveau l'amour, et cette fois ça durera toute la nuit. Je te le promets.

Chapitre 24

Tobias

La vie a repris un cours normal. Mon ex folle furieuse est toujours en Floride et ne fait pas de vagues. Sydney est de retour à l'école, heureuse de raconter ses vacances à ses copines. Avec Annabelle, nous dansons une toute nouvelle danse, il n'est plus question d'une amitié ambiguë, mais bel et bien d'un jeu de séduction. Je suis surpris par la simplicité de notre relation, certes Annabelle n'est pas encore tout à fait à l'aise avec l'idée de couple, pour autant tout se déroule sans accroc. Nous avons programmé notre rancard à vendredi soir. Ma petite escapade improvisée en Floride m'a prouvé que mon équipe était tout à fait capable de se débrouiller sans moi, alors je m'accorde un congé supplémentaire. En attendant, il est temps que je retourne en cuisine pour retrouver ma place de chef.

Ce lundi midi, le carnet de réservation est plein, nous n'avons pas l'occasion de chômer. À 11 heures, le coup d'envoi est lancé et les clients affluent. Nous avons tout dressé en amont, et il n'y a plus que la cuisson à faire à l'assiette. Dans le feu de l'action, je ne prête pas vraiment attention à la sonnerie de mon téléphone. Je laisse mon correspondant tomber sur la messagerie.

En fin de service, un client demande à voir le chef pour rendre compte de son avis sur le repas. C'est toujours un grand moment, à la fois stressant et gratifiant. J'ai pour habitude de me faire accompagner par un membre de la brigade, car je ne suis pas le seul à mettre la main à la pâte, toute une équipe travaille les plats à mes côtés, de ce fait les éloges doivent être partagés.

Avant de franchir les portes battantes menant à la salle, je tire mon portable de ma poche. Je le regrette instantanément, car c'est la douche froide. Je n'ai vu qu'une seule fois ce numéro s'afficher, pourtant je le connais déjà par cœur. Rikers. Mon père, encore lui. Je tente de me maîtriser, je ne peux pas paniquer comme ce week-end, pas ici. Si je parviens à ne pas vomir au milieu de mon restaurant, je fonctionne en pilotage automatique pour rejoindre le client ayant demandé après moi. Je n'écoute pas un mot de ce qu'il me dit, je suis ailleurs, trop loin. C'est Sebastian qui tire sur ma manche, me faisant comprendre qu'il est temps de s'éclipser.

Au lieu de retourner en cuisine, je me dirige vers les vestiaires. Le besoin d'être seul se substitue à tout le reste. Je n'allume pas la lumière, j'en suis incapable, je me laisse glisser au sol, m'adossant aux casiers métalliques. Le froid se diffuse dans tout mon corps, mes mains tremblent et ce nouvel appel de mon connard de père me fait perdre pied. J'ai de plus en plus de mal à jouer l'homme détaché, comme si l'histoire de ma sœur ne me touchait pas directement. Je n'ai jamais pu oublier ce qui m'est arrivé. J'ai réussi à mettre mon passé de côté un temps, mais maintenant qu'il sait que je suis en vie, il a décidé de me pourrir l'existence à nouveau.

Mon téléphone entre les mains, je fixe l'écran, imaginant qu'à force de le regarder le numéro finira par disparaître, et mes cauchemars avec. Sauf que c'est l'inverse qui se produit, il sonne encore. N'ont-ils pas droit qu'à un appel par jour ? C'est la prison, pas un centre de loisirs. Toutefois, Sam Turner a le bras long, même enfermé entre quatre murs dans une pièce de quatre mètres carrés, il arrive à obtenir des passe-droits. Une question me traverse l'esprit tandis que j'essaye de ne pas me laisser engloutir par l'obscurité :

Jusqu'où peut-il aller ?

Il a rappelé tous les jours, et chaque fois j'ai dû me maîtriser pour qu'il ne gagne pas, car c'est bien ce qu'il cherche, me faire craquer émotionnellement. Je voudrais avoir la force de bloquer ce maudit numéro ou de contacter la prison pour qu'il me retire de sa liste d'appels. Sauf que je sais que Samuel Turner ne s'avouera jamais vaincu, il trouvera un autre moyen de me torturer.

Hier, j'étais à la sortie de l'école pour récupérer Sydney lorsque la sonnerie redoutée s'est fait entendre. J'ai eu un moment de panique, elle allait arriver d'un instant à l'autre et j'étais incapable d'aligner deux phrases cohérentes. Mon père m'embrouille l'esprit, il met tout sens dessus dessous, si bien que j'ai peur de défaillir devant ma propre fille. Néanmoins, quand j'ai vu ma princesse courir vers moi, un sourire élargissant son visage enfantin, tous mes démons se sont dissipés. Je devine qu'elle sera ma planche de salut, elle est la seule à pouvoir m'empêcher de flancher.

Annabelle

Nous sommes installés devant la télé dans le salon de Tobias, nous regardons un film totalement niais diffusé sur le câble. C'est affligeant comme les programmes télévisés sont de plus en plus pauvres. J'ai bien essayé de proposer de démarrer une série que nous suivrions tous les deux, sauf que Tobias semble incapable de prendre une décision en ce moment. Il est captivé par son téléphone, et ce depuis le début de la semaine. J'aimerais lui demander si ça a un rapport avec l'appel de la prison qu'il a reçu ce week-end. Toutefois, je ne veux pas remuer le couteau dans la plaie. J'ai le sentiment de marcher sur des œufs avec lui et je n'aime pas ça.

— Tobias ?

— Hum, marmonne-t-il, surpris que je m'adresse à lui.

— Est-ce que ça va ?

— Oui, oui, tout va bien.

— Vraiment ? insisté-je, consciente qu'il ne me dit pas tout.

Il soupire, et ses épaules s'abaissent sous le poids qu'elles portent depuis des jours. Ses yeux se plongent dans les miens, et j'y décèle une infinie souffrance saupoudrée de tristesse.

— Tu as raison, je suis désolé. Je t'ai vendu du rêve en t'incitant à te mettre en couple avec moi, et depuis que tu as cédé, les coups durs s'enchaînent.

Il me prend dans ses bras, mon dos appuyé contre son torse et son nez niché dans mes cheveux roux. J'entrelace nos doigts sur ma poitrine et me love davantage contre lui. Je ne veux pas qu'il me donne des raisons de faire machine arrière. J'ai envie qu'il se confie à moi comme il le faisait à l'époque où nous étions simplement amis.

— C'est ton père ? demandé-je.

— Hum, hum.

— Mais encore ?

— Il n'a pas appelé aujourd'hui.

Je me détache de lui, surprise. Ne devrait-il pas se réjouir que cet enfoiré le laisse enfin tranquille ? Au lieu de ça, il se transforme en zombie.

— En quoi est-ce un problème ? l'interrogé-je.

— Depuis ce week-end, il a appelé chaque jour sans exception. Je n'ai jamais décroché, mais c'est un homme persévérant, alors je ne comprends pas pourquoi ce fichu portable n'a pas encore sonné. Il veut me rendre fou !

— Et tu es en train de lui accorder la victoire.

Je le regarde dans les yeux et je comprends que sa santé mentale ne tient plus qu'à un fil. Il est perdu, effrayé, et je ne sais pas comment l'apaiser. Toutefois, si je ne prends pas les choses en main immédiatement, il va s'effondrer.

— Tobias, je veux que tu m'écoutes, déclaré-je sans le quitter des yeux. Ton père est en prison et de là il ne doit pas avoir la moindre emprise sur toi. Tu es dehors, libre de son joug, c'est à toi d'avoir le dessus. Je ne te dirai jamais quoi faire, quoi ressentir, tes choix t'appartiennent dès l'instant où tu décides d'en être maître. Alors, deviens le maître et ne le laisse plus jouer avec toi. Le roi est tombé, et il est à deux doigts de se faire couper la tête.

Je ne sais pas si mes images sont bonnes, j'ai choisi quelque chose de fort volontairement, car Tobias a besoin de savoir qu'il peut reprendre le contrôle. Sa réponse tarde à venir. Il déglutit, et un sourire timide se dessine sur ses lèvres.

— Tu as raison, je suis le nouveau roi et ma première décision, après avoir été intronisé par tes soins, est de toujours avoir le dessus.

Je hoche la tête et un élan de fierté grandit en moi. Serait-il possible que je possède quelques compétences en matière de relations amoureuses ? Je reprends ma place contre son torse, le sourire aux lèvres, tandis que Tobias se concentre enfin sur le film.

Chapitre 25

Annabelle

Je finis de boucler les deux mèches rousses qui encadrent mon visage, le reste de mes cheveux est relevé en un chignon lâche. Ça fait une heure que je suis enfermée dans la salle de bains de mon appartement. Ce soir, c'est mon premier rancard officiel avec Tobias, alors je sors le grand jeu : épilation complète, jolie robe vert menthe associée à des escarpins couleur daim et une veste assortie. J'ai même travaillé davantage mon maquillage pour qu'il soit à la fois chic et naturel. Je me regarde dans le miroir et suis satisfaite du résultat. Je n'ai pas pour habitude de soigner mon apparence afin de plaire à un homme, pour autant je me sens à l'aise, je n'ai pas le sentiment de jouer un rôle, de devoir être différente.

Il est 19 heures lorsque Tobias frappe à la porte. Je me précipite pour lui ouvrir sous l'œil amusé de mes deux colocataires. Si Maëlle était là, elle me gratifierait d'une phrase d'encouragement, sauf qu'elle n'est pas là et mes derniers messages sont restés sans réponse. Je lui ai téléphoné et elle a écourté la conversation, prétextant des choses à faire. Je lance un regard triste à sa place qui demeure vide, elle me manque. Toutefois, ma morosité est très vite remplacée par les battements endiablés de mon cœur lorsque j'ouvre la porte et découvre Tobias. Il porte un pantalon chino avec une chemise à carreaux sur un T-shirt blanc qui galbe son corps. Je dois serrer la mâchoire pour ne pas baver devant lui.

— Tu es magnifique, me complimente-t-il en me tendant un bouquet de roses.

— Tu n'es pas mal non plus. Les roses, ce n'est pas un peu cliché ?

— Regarde-les mieux, insiste-t-il, un sourire se dessinant aux coins des lèvres.

J'étudie davantage les fleurs, elles ne dégagent pas d'odeur et brillent à la lumière. Ce ne sont pas de simples roses, mais des roses en chocolat !

Un sourire fend mon visage face à ce geste. Je dépose un baiser sur la joue de Tobias et apporte son cadeau dans la cuisine.

— Pas touche, les mecs, précisé-je à mes colocataires qui louchent sur les sucreries.

Tous deux me font une vague promesse tandis que je franchis la porte pour me consacrer à la soirée à venir.

— Alors, qu'as-tu prévu pour ce soir ? demandé-je, curieuse.

— Un ciné, répond-il simplement.

Nous descendons les étages pour rejoindre sa voiture garée devant mon immeuble. Tobias m'ouvre galamment la portière en m'invitant à monter. Il contourne le véhicule pour prendre place côté conducteur et ne tarde pas à s'insérer dans la circulation.

Nous roulons dans un silence paisible quand l'horrible bruit de mon estomac affamé vient rompre la quiétude du moment. Je ne dis rien, je ne suis pas gênée devant Tobias, ce n'est pas la première fois ni la dernière qu'il est confronté à ce son incommodant. Pourtant, lui semble embarrassé.

— Je me suis dit qu'on pouvait se passer de restaurant étant donné que nous y sommes toute la journée, se justifie-t-il.

— Tu as eu raison, j'ai simplement oublié de déjeuner avec tout ça. Du coup, le dinosaure qui dort dans mon ventre se réveille.

Tobias étouffe un rire.

— Tu penses que du pop-corn pourra satisfaire la bête ?

— Seulement s'il dégouline de beurre.

— Évidemment.

Nous arrivons une vingtaine de minutes plus tard devant un cinéma de quartier. Je ne savais même pas qu'il en existait encore.

Nous gagnons le guichet après avoir trouvé une place de parking. Tobias me laisse décider du film. À l'affiche il y a les nouvelles sorties, mais également des rediffusions. J'opte pour *Le Mans 66* avec Matt Damon dans le rôle de Carroll Shelby, j'adore la course automobile, alors un long-métrage dédié à l'arrivée de l'écurie Ford sur le mythique circuit du Mans, ça se regarde. Tobias, pas surpris de mon choix, me tend les billets et me pousse vers le stand de confiseries, où il demande le plus gros pot de pop-corn en stock et une dose de beurre supplémentaire. Ce rancard peut sembler basique, mais il est parfait de mon point de vue. L'homme qui m'accompagne me connaît par cœur, alors pas la peine de passer par ces instants gênants où on apprend les fondamentaux sur notre cavalier. Il n'est pas nécessaire de se poser mille et une questions pour être certain de plaire à l'autre. J'apprécie cette simplicité, car oui, pour une fois c'est simple.

Nous trouvons des sièges dans le fond de la salle, et nous nous installons pendant que les bandes-annonces se lancent. Mes yeux sont rivés sur l'écran, j'adore ce moment où les futures sorties défilent sur la toile. Le film commence, et nous avons déjà prévu de revenir pour trois autres séances.

Tobias

Annabelle est tout de suite happée par le film, tandis que moi, c'est elle qui me captive. J'ai du mal à rester concentré sur l'écran, revenant sans cesse à ma voisine. Je ne perds pas une miette de ses réactions, elle semble vivre les scènes de l'intérieur.

Je glisse le bras derrière elle pour qu'il repose sur ses épaules. Je me rapproche d'elle, sentant son cœur s'accélérer. Elle met la main sur mon genou, et je me détends instantanément. Depuis une semaine, Annabelle se laisse aller, elle devient une autre personne, plus libérée. Après deux ans d'amitié, j'avais appris à entendre ses silences, à comprendre les sentiments sous ce qu'elle ne me disait pas. Aujourd'hui, les choses bougent, et j'aimerais la voir se confier à moi ; pour ça, je lui livre la part la plus sombre de ma vie, petit à petit. Je lui tends des perches qu'elle saisira, je l'espère. Toutefois, jamais je ne la pousserai au-delà de ses limites, je suis le mieux placé pour savoir que certains pas sont difficiles à franchir et qu'ils peuvent faire mal. Alors je profite de ce qu'offre le moment présent.

Annabelle

Nous marchons main dans la main dans les rues de Chicago. Depuis que nous avons quitté le cinéma, il y a tout juste une heure, je suis incapable de me taire. Je multiplie les éloges sur le film que nous venons de voir, il est pour moi la plus grande réussite cinématographique de l'année. Tobias tente de me tempérer en me rappelant qu'un nouvel opus de *Star Wars* sortira avant la fin de l'année, mais rien n'y fait.

— J'aime te voir passionnée, dit-il soudain.

— Et moi, j'aime Carroll Shelby ! crié-je, les bras en croix et le nez vers le ciel.

— Ah oui ? Ce mec-là, tu es sûre ?

Il m'interroge, le sourcil levé. J'hésite un instant à jouer avec lui. Je sais ce qu'il attend, et je souhaiterais tellement pouvoir lui dire ces mots, car je n'ai pas de doute sur ce que je ressens pour lui. Néanmoins, prononcer « Je t'aime », ce n'est pas rien. Ces paroles sont lourdes de sens, elles représentent une promesse, celle de l'avenir, de la confiance et de la sécurité. Sauf que je suis incapable de lui garantir cette dernière chose. Alors par des phrases détournées, j'espère lui faire comprendre la profondeur de ce que j'éprouve.

— Il est possible qu'un autre homme me fasse encore plus d'effet.

— Ryan Reynolds ? m'interroge-t-il.

— Toi, idiot, réponds-je en le bousculant de l'épaule.

Tobias s'arrête au milieu de la rue et enroule les bras autour de mon corps. Ses yeux croisent les miens et les mots sont inutiles, nos gestes, nos regards, nos mimiques parlent pour nous. Je me hisse sur la pointe des pieds pour que mes lèvres aillent à la rencontre des siennes. Le contact est chaud et doux avant de se faire plus appuyé. Mon cœur bat la chamade, et je devine qu'il en va de même pour Tobias quand ma main se pose sous son pectoral gauche. Nos langues s'enroulent, se taquinent, jouent, si bien que lorsqu'il se recule, je ne parviens pas à étouffer le couinement qui m'échappe.

— Tu as un goût de gaufre, souffle-t-il tout en souriant.

— Bravo ! Maintenant j'ai envie de manger des gaufres par ta faute.

Son sourire s'élargit, puis il saisit ma main pour m'entraîner à deux rues de là. Sur le trottoir d'en face, un *food truck* qui vend des gaufres nous nargue.

— Tu avais tout prévu ? demandé-je en regardant Tobias.

— Presque.

— Tu ne viendras pas te plaindre quand je mettrai du triple XL parce que tu m'auras gavée comme une oie.

— Jamais ! J'agrandirai tes pantalons s'il le faut, promet-il.

— Trop gentil.

Nous rions tous les deux avant de traverser la route pour régaler nos papilles une nouvelle fois.

Minuit est passé lorsque Tobias se gare devant chez lui. De ses yeux suppliants, il m'a demandé de rester avec lui cette nuit, et je n'ai pas eu le cœur de refuser. Sa fille est avec sa mère, revenue aujourd'hui de Floride, alors nous avons la maison pour nous.

Nous entrons et Tobias ne perd pas de temps à allumer, il m'entraîne directement vers l'ancienne chambre d'amis, qui est désormais la sienne. Nous descendons les quelques marches, et très vite je sens le bois dur de la porte dans mon dos ainsi que la bouche de Tobias sur mon épiderme devenu brûlant sous son assaut. Ses mains empaument mes seins, il les caresse des pouces à travers le tissu de ma robe. Ces petits mouvements circulaires sur ma peau sensible me font tourner la tête, je gémis.

— Tobias…

— Oui, chérie ?

— Ouvre cette porte et fais-moi l'amour.

— À vos ordres.

Une seconde plus tard, la porte est ouverte, et nous entrons dans la chambre. Tobias écarte une mèche de mon visage et effleure lentement ma joue.

— Je vais te faire l'amour toute la nuit, on va prendre notre temps.

Je sens la chaleur se diffuser dans mon bas-ventre et le rouge me monter aux joues. Tobias semble bien plus à l'aise. Ses mains se posent sur mes épaules pour me débarrasser de ma veste, il les laisse glisser le long de mes bras, amenant ainsi un frisson qui m'électrise. Il me fait reculer jusqu'à ce que mes mollets butent contre le lit, puis il me fait basculer lentement pour que je me retrouve assise. Tobias se met à genoux en face de moi, puis il saisit délicatement un de mes pieds en caressant l'entièreté de ma jambe avant d'atteindre son but. Il me libère de ma chaussure et recommence le même schéma avec ma seconde jambe. Je retiens mon souffle et savoure les sensations que ça provoque sur ma peau. Quand sa bouche suit le chemin de ses doigts, mon cerveau se débranche, et je ne suis plus capable d'aligner deux pensées cohérentes.

Mon amant se dresse au-dessus de moi pour venir m'embrasser. Son poids sur moi me donne un sentiment de sécurité. Je me laisse aller, profitant de ses mains qui sont partout sur mon épiderme, de sa bouche qui me goûte sous toutes les coutures. Sans que je comprenne comment, ma robe disparaît ainsi que la chemise de Tobias et le reste de ses vêtements. Je ne porte plus que mon soutien-gorge et ma culotte en dentelle tandis que lui est vêtu de son boxer, qui ne cache rien de son érection. Je me mords la lèvre d'envie. Je sais ce que c'est de le sentir en moi, et je suis de plus en plus impatiente, le désir qui m'habite devient difficile à maîtriser. Si Tobias n'accélère pas le rythme pour que nos corps ne forment plus qu'un, je ne répondrai plus de rien.

— Je sais ce que tu veux, murmure Tobias, enjôleur.

— Alors, donne-le-moi, le supplié-je.

Comme s'il me suffisait de demander, il nous soulage de nos sous-vêtements avant de se positionner entre mes jambes, son sexe à l'orée du mien. Son gland glisse le long de ma fente, m'arrachant un grognement entre plaisir et frustration. Je joue des reins pour le faire s'enfoncer en moi. D'abord légèrement, mais lorsqu'il s'apprête à se retirer, je donne un coup de bassin pour l'engloutir en entier. Un râle s'échappe de sa gorge tandis que je me sens enfin complète.

Nous entamons une danse sensuelle où la seule règle est la jouissance. Je n'ai plus de corps, plus d'esprit, je suis simplement un ensemble de sensations. Des jambes s'enroulent, des mains touchent, des bouches lèchent et mordent, des cœurs explosent.

Quand l'orgasme me submerge, je suis incapable d'expliquer ce qu'il se passe. Je vois flou, me tends puis deviens engourdie, mes neurones sont complètement déconnectés. Je ne ressens plus que le bien-être qui m'enveloppe tout entière.

Lorsque je redescends sur terre après être montée si haut sur l'échelle du plaisir, la tête de Tobias repose sur ma poitrine. Je n'entends que sa respiration haletante. Il finit par basculer sur le côté. Sans jamais rompre le contact, il m'attire au creux de ses bras et remonte la couette sur nous. Il murmure tout contre mon front, si bien que je ne comprends pas les mots quittant sa bouche, mais je suis certaine d'en saisir le sens. Je me laisse bercer par son amour qui nous entoure encore, jusqu'à trouver le sommeil. Cette nuit, mes rêves sont tous centrés sur l'homme qui me tient contre son cœur.

Tobias

Je m'extirpe du lit en me tortillant comme un ver pour ne pas troubler le sommeil d'Annabelle, qui dort à poings fermés. Je l'ai réveillée bien avant les premières lueurs du jour, et nous avons à nouveau fait l'amour, sauf que cette fois, c'est elle qui a pris le contrôle. Je me lève, galvanisé par cette nuit. J'attrape mon boxer qui traîne au pied du lit et quitte la chambre pour remonter à l'étage principal. Je m'attelle à la préparation d'un petit déjeuner de rêve. Malgré ce qu'elle dit, je sais qu'Annabelle mange peu quand elle est seule. Elle vit avec un budget serré bien que je lui verse un salaire important, comme au reste de l'équipe. Même si elle ne le dit pas, je devine que Maëlle est à sa charge, elle la protège et la soigne comme une mère. Alors maintenant que nous avons franchi le pas de la *friendzone*, je peux officiellement m'occuper d'elle sans qu'elle trouve un million de raisons pour s'opposer à mes attentions.

J'attrape la bouteille de jus d'orange ainsi que deux œufs pour préparer une brouillade lorsque la sonnerie de mon téléphone brise le silence. Je m'approche avec prudence de la table où je l'ai abandonné. Avant même de le voir, je devine le numéro qui s'affiche. Je sens un mélange d'angoisse et de colère monter en moi. Du pouce, j'accepte la communication, puis je porte l'appareil à mon oreille.

— Vous recevez un appel en PCV du centre pénitencier de Rikers de l'État de New York. Souhaitez-vous prendre cet appel ?

Je repense aux paroles d'Annabelle, au fait que c'est moi qui suis en position de force. Cette fois je garde mon calme et n'hésite pas à répondre :

— Oui.

Une latence de quelques secondes me laisse reprendre mon souffle avant que le bruit d'une respiration hachée se fasse entendre à l'autre bout du fil.

— Tobias…

Chapitre 26

Tobias

Débarquer à New York à l'heure où les habitants se ruent vers les bureaux, c'est comme être une biche coincée entre les phares d'une voiture. J'ai pris l'avion après avoir passé le week-end à me torturer l'esprit sur ce que je devais faire. Lorsque Annabelle s'est réveillée samedi matin, j'ai peiné à garder la face. Elle se fait déjà beaucoup de souci pour moi, sans connaître l'étendue du traumatisme que les sévices de mon père ont laissé. J'ai fini par lui dire hier soir après notre service que je m'envolais pour New York à la première heure aujourd'hui. J'ai vu les questions défiler dans sa tête, toutefois elle n'a fait qu'acquiescer.

Je saute dans un taxi qui vient de déposer un homme en costard, le nez sur son portable et la démarche hâtive. Je donne l'adresse de la prison au chauffeur, qui me regarde l'air soupçonneux avant d'activer son GPS. Le trajet est interminable, néanmoins ça ne me dérange pas, je ne suis pas pressé de me confronter à mon père.

Je me demande encore ce qui m'a motivé à prendre cet avion lorsque le taxi s'arrête sur le parking aux portes du pénitencier. Je règle ma course et la voiture disparaît tandis que je reste seul devant les grilles, que je suis incapable de franchir pour le moment.

J'ai le sentiment d'avoir fait une connerie, pourtant je ne peux pas reculer, pas maintenant que je suis ici.

Je ne sais pas combien de temps s'est écoulé quand je décide enfin de me présenter à l'accueil visiteurs. J'ai droit à une fouille en règle avant d'atteindre le premier guichet où je donne le nom de mon père.

— Vous passerez sur le créneau de 11 heures, si le détenu se tient à carreau. Vous devrez déposer l'ensemble de vos effets personnels dans la barquette qui vous sera remise par mon collègue. Une fois appelé, vous subirez une nouvelle fouille, puis on vous conduira dans la salle de visite. Des questions ?

— Aucune.

— Très bien, vous pouvez patienter.

Je remercie la femme qui a pris le temps de m'expliquer d'une voix complètement flippante la procédure avant que je rencontre mon père. Je sais que je ne reviendrai pas après aujourd'hui, mais au cas où j'avais un doute, elle vient de me convaincre. Il est à peine 9 heures, alors je vais m'asseoir sur le banc en bois qui fait office de salle d'attente. Mes yeux sont rivés sur l'horloge située au-dessus des guichets, la trotteuse a un effet hypnotique que j'accueille volontiers. Je ne veux pas songer à ce qui m'attend quand j'aurai franchi les portes sécurisées.

Deux heures, c'est à la fois long et pas assez. Quand un gardien clame mon nom et m'invite à le suivre, je me rends compte que je ne suis pas prêt. Je pensais être maître de la situation en venant ici, alors qu'en réalité je suis toujours ce gamin apeuré qui pourrait faire n'importe quoi pour ne pas voir son père. Je jette un coup d'œil vers la porte d'entrée, marquant ainsi mon hésitation. Le gardien s'en rend compte, son visage, que je pensais figé dans le marbre, m'offre une expression compatissante.

— Je peux vous laisser encore une minute. Après, je serai obligé de renvoyer le détenu en cellule, et il faudra revenir une prochaine fois. Croyez-moi, tant que vous n'aurez pas passé cette porte une première fois, ça sera toujours aussi dur.

— Je ne viendrai qu'une fois, dis-je avec une voix qui retrouve de l'assurance. Et ce sera aujourd'hui.

Je me lève et suis le gardien dans une pièce adjacente où je suis à nouveau fouillé.

— Qui venez-vous voir ? me demande-t-il froidement.

— Mon bourreau.

— Comme beaucoup. Il n'y a presque que les victimes qui osent s'aventurer ici, ces hommes sont devenus des monstres, y compris aux yeux de leurs proches. Et Rikers ne les aide pas à se repentir pour devenir meilleurs.

Je ne réponds rien, cette conversation est surréaliste. Cet homme croit-il vraiment que les criminels enfermés entre ces murs peuvent se racheter ? C'est utopiste. Ou alors peut-être que c'est moi qui n'ai plus foi en la rédemption. Mon père m'a tellement détruit que je suis incapable de penser qu'il peut faire le bien et non uniquement du mal. Même lorsqu'il a eu une seconde chance avec Cathlyn, il a tout foutu en l'air en la torturant. Alors peut-être que je fais partie des gens pessimistes de ce monde, mais je ne crois pas qu'un homme puisse changer quand il est tombé si bas.

Le gardien a fini son inspection et me conduit dans une autre pièce, similaire à la première, sauf qu'il y a une table et deux chaises. Il me laisse seul un moment. Ça dure moins de deux minutes, toutefois c'est suffisant pour me faire paniquer. Mon cœur s'emballe, si bien que je crains qu'il explose. Ma vue se brouille, et je lutte pour ne pas m'asseoir tout de suite. Je veux me tenir droit devant celui qui m'a tant de fois mis à genoux.

Quand *il* franchit la porte, ma réaction est loin de ce que j'avais imaginé. Je l'observe, lui, et je souris. Je souris, car il n'a plus rien de l'homme qu'il était. Vêtu d'une combinaison orange, les mains liées, le regard vide, le grand Sam Turner n'est plus. Lorsqu'il lève le visage vers moi, je peux remarquer sa lèvre fendue, son arcade sourcilière recousue et ses hématomes. Le gardien le menotte à la table et s'éclipse. Je m'assieds en face de lui sans le quitter des yeux.

— Mon fils, commence-t-il.

— Ça fait mal, n'est-ce pas ?

— Tu n'imagines pas, répond-il.

Je n'en reviens pas, mes oreilles saignent. Il ose me dire ça, à moi ! Je me mets à rire de façon incontrôlable, à la limite de l'hystérie. Je reste moins de trente secondes dans la même pièce que ce type, et il me fait déjà partir en vrille.

— Ça dépend. Ils t'ont baisé aussi alors que tu leur hurlais d'arrêter ? Ils t'ont fait passer le rituel du pédophile ?

Je me penche vers lui, conscient qu'il ne peut pas bouger.

— Est-ce qu'ils se sont enfoncés dans ton gros cul dégueulasse ? Parce que si c'est le cas, ne t'en fais pas, je peux comprendre. Mieux que personne.

Seul le silence me répond.

— Tu n'as rien à dire ? insisté-je.

— Tu ne comprends pas, murmure-t-il. J'ai atterri en enfer.

— Tu te fous de ma gueule ! crié-je en tapant du poing sur la table. C'est le juste retour des choses ! Tu ne connais rien de l'enfer. Ici, c'est encore le bac à sable, car à la rigueur les hommes de l'autre côté de cette porte, eux, ne sont pas censés te protéger. En arrivant, tu savais où tu mettais les pieds, c'est presque écrit sur les portes de cellule : « Violeur », « Meurtrier », « Trafiquant » et tout le tintouin. Cathlyn et moi par contre, on s'est fait prendre par surprise ! Tu devais nous protéger ! Au lieu de ça, tu nous as brisés !

Ses yeux ne croisent pas les miens, ils sont rivés sur ses mains jointes. Pourtant, je peux aisément voir qu'ils ne traduisent aucune émotion, pas la moindre larme à l'horizon non plus.

C'est d'une voix complètement atone qu'il me donne le coup de grâce.

— Je suis malade, Tobias.

Je suis sidéré, incapable de répondre autre chose que :

— Et ?

— Ce n'est pas de ma faute si je vous ai fait du mal à ta sœur et toi. Je suis malade.

Mon premier réflexe est de taper sur la vitre dans mon dos pour appeler le gardien. Je me lève, et mon regard est assassin.

— Tu t'attends à ce que je te pardonne ?

— C'est pour ça que je t'ai contacté.

— Alors tu peux toujours crever avant que ça arrive. Et ce jour-là, n'en doute pas, j'irai danser sur ta tombe.

Je quitte la pièce, à peine la porte ouverte. Ce qu'il voulait est la seule chose qu'il n'obtiendra jamais. Je dois partir de cet endroit, m'éloigner de lui et de sa folie, car en quelques minutes il a révélé ce qu'il y avait de pire en moi. Je me suis transformé dans cette salle de visite, j'ai fait mal, j'ai été cru, violent… Et le pire est que je ne regrette rien.

Chapitre 27

Annabelle

Depuis qu'il est rentré de New York, il y a deux jours, Tobias est distant. Ses yeux ne se posent sur moi qu'à de rares occasions, et si je le prends sur le fait, ils deviennent fuyants. Il n'est pas très bavard non plus, ce qui n'est pas habituel. Je devine qu'il s'est passé quelque chose à Rikers, sauf qu'il ne m'en parle pas. Je ne lui avouerai jamais, mais dans un sens ça m'arrange. Je n'ai pas la tête à discuter ces derniers temps, je me fais du souci pour Maëlle et si je continue à m'inquiéter pour Tobias, je vais exploser.

Cela fait des jours que j'essaye d'appeler ma sœur, sans succès. Elle ne m'a même pas envoyé un SMS pour s'excuser. Il lui arrive d'être tant absorbée par ses études qu'elle en oublie son téléphone, pourtant il ne se passe normalement jamais plus de deux jours sans que j'aie de ses nouvelles. Ces derniers temps, nos contacts sont plus espacés, et je lutte pour avoir quelques infos, mais jamais elle ne me laisse dans le flou à ce point. J'ai toujours droit à un petit « T'inquiète, ça va », mais depuis bientôt deux semaines, plus rien.

Je suis assise en tailleur sur le canapé de mon salon, les yeux rivés sur mon portable qui reste silencieux. Il est 16 heures, et je tente de recontacter Maëlle pour la dixième fois de la journée. Les tonalités s'enchaînent et me tapent sur les nerfs au fil des secondes.

Quand la messagerie s'enclenche, je souffle de lassitude avant de parler à son répondeur :

— Maëlle, c'est Anna, tu sais, ta sœur ! Je ne doute pas que tu es occupée, mais rappelle-moi, je m'inquiète pour toi. Je t'aime.

Je raccroche et fais tomber l'appareil à côté de moi en le fusillant du regard comme s'il en était le responsable.

— Laisse cette pauvre machine sans cervelle.

Je me retourne et découvre Colton en train d'ôter ses chaussures sur le pas de la porte. Je passe de moins en moins de temps à l'appartement, si bien que j'avais oublié que mon coloc avait des horaires souples, lui permettant de rentrer à n'importe quelle heure du travail. Mon hippie préféré dirige sa propre entreprise de publicité depuis près de cinq ans. Derrière ses airs baba cool, Colton est un vrai homme d'affaires. Il gère sa société de cinquante salariés d'une main de maître. La semaine, finis les sarouels et la fumette, il sort ses plus beaux costumes. Je soupçonne d'ailleurs Kyle de le préférer dans sa tenue de chef d'entreprise. Un jour je lui ai demandé pourquoi il ne déménageait pas. Il gagne suffisamment d'argent pour s'offrir quelque chose de plus grand, où il pourrait être seul avec Colton. Pour toute réponse, Kyle a haussé les épaules et a seulement dit « Je n'en ai pas envie ».

Mon coloc se débarrasse de sa veste, qu'il abandonne sur l'accoudoir, avant de se laisser choir à ma gauche.

— Raconte-moi ce qui te tracasse, déclare-t-il.

— Maëlle.

— Encore et toujours, hein ?

Je hoche la tête. Je partage cet appartement avec Kyle et lui depuis que j'ai quitté celui de mon père, et même si je n'ai jamais vraiment parlé de mes soucis avec eux, je sais que mes deux colocs ne sont pas aveugles.

— Depuis qu'elle est retournée vivre chez notre père, notre relation est compliquée. Ça fait bientôt deux semaines que je n'ai pas de ses nouvelles. J'ai essayé de l'appeler et de lui envoyer des textos, mais de son côté c'est silence radio.

— Elle a peut-être besoin de prendre un peu de distance, pour savoir si elle peut voler de ses propres ailes, suggère Colton.

J'y ai pensé et c'est pour ça que dans un premier temps je n'ai pas insisté. Toutefois, contrairement à mon ami, je connais l'homme vers qui ma sœur s'est tournée. Il ne lui apportera rien de bon, et c'est ce qui m'inquiète.

— Je devrais peut-être passer la voir ? questionné-je à haute voix.

— Attends encore un peu. Et arrête de l'appeler. Laisse-lui le temps de revenir vers toi. Si tu n'as rien dans une semaine, alors oui, tu iras la voir.

Une semaine. Ça me paraît interminable, moi qui n'avais jamais été séparée de ma sœur plus de vingt-quatre heures il n'y a pas si longtemps. Pourtant, je réfléchis sérieusement à suivre le conseil de mon ami. Après tout, Maëlle m'a bien fait comprendre qu'elle m'en voulait de lui avoir caché l'état de notre père. De plus, notre dernière rencontre n'était pas un franc succès non plus. J'ai l'impression de perdre le lien précieux qui m'unit à ma sœur, et ça me fait mal. Sans qu'un mot sorte de ma bouche, Colton sent mon mal-être et m'attire au creux de ses bras. Je ne dis rien, me laissant réconforter par mon ami. En silence, je prie tout de même pour que Maëlle n'oublie pas que lundi prochain est un jour spécial.

Je me lève avec la boule au ventre depuis des jours. Toutefois, je ne m'attendais pas à ce que mon corps réagisse si violemment aujourd'hui. On est lundi, le 12, et comme chaque année je redoute cette date. Je ne suis pas sortie du lit que je tremble de toute part. Je préférerais rester allongée là sans voir la journée passer, pourtant je sais que c'est impossible. Je dois faire ça pour *elle*.

Je rejette la couverture et me force à poser les pieds au sol. Tobias est encore assoupi à côté de moi. Nos esprits sont loin l'un de l'autre, tout le contraire de nos corps. Au lieu de parler, nous nous embrassons, au lieu de dormir, nous faisons l'amour. Je sais que nous allons devoir sortir de ce nuage brumeux, mais aujourd'hui j'ai besoin qu'il me caresse, qu'avec sa virilité il me fasse oublier jusqu'à mon prénom, car c'est tout ce que je veux : oublier.

Je quitte la pièce après avoir récupéré mon jean et mon sweat sur le sol. Je trouve refuge dans la salle de bains et ne tarde pas à me placer sous le jet brûlant de la douche. Je ne sais pas combien de temps je reste là, alors que l'eau coule sur moi. Je finis par sortir et enfile mes vêtements à la va-vite avant de nouer mes cheveux en une queue-de-cheval. On dirait qu'un camion m'est passé dessus, donc je me maquille pour donner le change. *Elle* mérite que je fasse un effort.

Une fois que je suis présentable, je quitte la maison de Tobias, non sans laisser un petit mot sur le comptoir de la cuisine. Dans le métro, je ne prends pas le temps de regarder les gens comme j'aime tant le faire. Je suis concentrée sur les heures à venir et mon angoisse de constater l'absence de ma sœur. Je tente de me rassurer en me disant qu'elle ne pourrait jamais oublier, que ce n'est pas pour moi qu'elle sera là, mais pour *elle*.

Je quitte la rame après vingt minutes de voyage. Plus j'approche de ma destination, plus mon rythme cardiaque accélère. Je crois que je ne m'y ferai jamais. Je marche dans Chicago, le nez dans mes baskets. Je vois déjà le lourd portail en fer forgé se dessiner au bout de la rue et inconsciemment je ralentis. Il est tout juste

9 heures, je suis en avance. J'inspire profondément pour me donner du courage avant de pénétrer dans le cimetière.

Je ne viens pas souvent, pourtant les souvenirs me reviennent comme si j'étais passée hier. Les allées sinueuses sont bordées de tombes plus ou moins entretenues, ce sont toujours les mêmes que je retrouve ornées de fleurs et de photos. Les couleurs chatoyantes m'agressent tant mon cœur est morne. Aujourd'hui, je ne supporte pas la joie. Aujourd'hui, je ne supporte pas la beauté. Aujourd'hui, ça fait cinq ans que je viens célébrer sa vie alors que ma mère est morte.

Chapitre 28

Annabelle

Mes yeux sont accrochés au nom de ma mère gravé dans le marbre.

Océane Mahoney, une fille, une femme, une mère

Ces mots écrits en français font remonter une vague d'émotion que je peine à gérer. Le souvenir de ses funérailles revient. Je revois ma grand-mère, qui a pris l'avion trop tard pour dire au revoir à sa fille. Ma mère aurait aimé être enterrée dans sa Bretagne natale, mais mon père n'a pas pu se résoudre à se séparer d'elle.

Mon cœur se serre comme chaque fois et mes yeux s'emplissent de larmes. Les années passent, et je ne parviens pas à me faire à la mort de ma mère. J'aimerais que ma peine se transforme en colère, que je puisse blâmer quelqu'un, sauf qu'il n'y a pas de coupable si ce n'est la maladie.

Chaque année, Maëlle et moi venons rendre hommage à notre mère le jour de son anniversaire. Même les yeux pleins de larmes, nous célébrons sa vie plutôt que sa disparition, car elle était bien plus belle que sa mort. Néanmoins, aujourd'hui je suis seule. Je jette un nouveau coup d'œil à ma montre : 9 h 45. Ma sœur n'est pas encore arrivée. Nous sommes toujours venues pour la demie afin de prendre le temps de relater l'année écoulée à notre mère et de nous recueillir.

— Je refuse de croire que Maëlle ne pense pas à toi en ce moment, dis-je tout haut en m'adressant à ma mère.

Je ne cesse de regarder le petit chemin où j'espère apercevoir ma sœur, sauf qu'il reste désespérément vide. J'attends encore un peu. Les minutes défilent, je commence à taper du pied nerveusement.

À dix heures et demie, je me fais une raison, Maëlle ne viendra pas. Je laisse couler mes larmes le long de mes joues. Elles expriment à la fois la tristesse de mon deuil et ma déception de devoir vivre ce moment seule. Je m'assieds au pied de la tombe de ma mère et pose une main sur le marbre froid, ainsi j'ai l'impression de me sentir plus proche d'elle.

— Je suis désolée, murmuré-je. J'ai merdé, maman. Je n'ai pas su gérer les débordements de papa et en protéger Maëlle. Notre famille n'en est plus une, ou alors c'est moi qui n'en fais plus partie.

Je m'interromps, prise de sanglots face à cette réalité.

— Tu me manques, tu sais. J'aimerais que tu sois là pour me dire comment agir avec ma sœur, pour que je puisse te parler de ce garçon et que tu me rassures quant à mon angoisse de tout faire foirer. Tobias a ses démons et moi, je traîne mes boulets. Je ne veux pas qu'ils deviennent les siens, jamais. Pourtant, lui, il prendrait mes chaînes pour les ferrer à ses pieds sans rien demander.

Penser à Tobias me fait sourire. Mon cœur se réchauffe, et son rythme accélère. J'ai arrêté de lutter lorsque nous sommes partis pour la Floride, mais je ne suis toujours pas habituée à ses réactions.

— Il est gentil, charmant, attentionné. Tu l'aimerais beaucoup, j'en suis certaine.

Sauf que tu ne le rencontreras jamais.

Ce constat me fait encore plus mal. Je ne suis pas de ceux qui font les présentations officielles avec les défunts. Tobias connaît l'histoire de ma mère et tout ce qu'elle a fait de son vivant, c'est le principal. Toutefois, en l'absence de Maëlle, je me surprends à souhaiter l'avoir à mes côtés. Cette simple idée fait resurgir de la colère. J'ai envie de me lever afin d'aller tirer les oreilles de ma sœur pour ne pas être venue.

— Tu penses que je devrais aller la voir ? Lui dire ce que j'ai sur le cœur à cet instant ?

Une légère brise m'effleure le visage, rien de plus. Je suis enveloppée par le silence du cimetière.

— Je suis sûre que si tu étais là, tu nous ferais asseoir autour d'une table pour qu'on déballe tout ce qui nous pèse afin de pouvoir passer à autre chose.

Un sourire triste se dessine sur mes lèvres. Je décide de rester encore un peu, avant d'aller parler à ma sœur.

Je suis devant le bâtiment des sciences de l'université de Chicago, où j'attends la fin du cours de Maëlle. Si elle n'est pas venue ce matin, c'est qu'elle devait avoir un partiel, il n'y a pas d'autre explication. Ça fait dix minutes que je patiente lorsque je vois sortir les premiers élèves. Je finis par repérer Leslie, une amie de ma sœur. Elle descend les quelques marches en compagnie d'un jeune blond à lunettes qui semble convaincu par ce qu'il expose à sa camarade.

Je m'approche et la hèle. Quand elle me remarque, elle paraît surprise, mais s'arrête afin que je la rejoigne.

— Salut, Leslie. Je ne vais pas t'embêter longtemps, je cherche Maëlle, elle ne décroche pas. Elle est encore à l'intérieur ?

Ses cheveux bruns se soulèvent à cause du vent, elle me regarde, interdite. Ses yeux émeraude traduisent une certaine gêne, qui me laisse un sentiment d'inquiétude. Elle tarde à répondre, si bien que j'ai envie de la secouer.

— Écoute, Annabelle, je ne pense pas que ce soit à moi de te dire ça, mais ça fait un moment que Maëlle ne vient plus en cours.

Ces mots me font l'effet d'un mur de béton qui me tombe dessus. Je suis incapable de réagir.

— Tu peux répéter ? finis-je par bredouiller.

— Je suis désolée, répond-elle, sachant pertinemment qu'il est inutile d'enfoncer le clou.

Je secoue la tête pour me reprendre et ne pas inquiéter davantage les deux étudiants qui me regardent comme si j'allais faire une attaque.

— Ne t'excuse pas, tu n'y es pour rien. Merci de m'avoir prévenue.

Je lui fais un signe de main en m'éloignant.

Mes pas m'entraînent vers la station de métro la plus proche tandis que mon cerveau tente d'analyser la situation. Comment ma sœur, l'élève studieuse et ambitieuse, peut-elle faire preuve d'absentéisme ? Les sciences représentent son rêve, et je ne peux pas croire que ma petite sœur abandonne son rêve, pas après s'être donné tant de mal pour le réaliser. Maëlle n'a pas pu balayer tout ce que j'ai fait pour elle ces dernières années. Pourtant, les faits sont là. Ça me donne envie de hurler de colère, de tout envoyer valser pour devenir égoïste.

N'est-ce pas ce que tout le monde fait ? Même ma sœur.

Le métro me dépose à la gare routière, et je saute dans le

premier bus me conduisant chez mon père, car si elle n'est pas venue au cimetière et qu'elle est portée disparue à la fac, elle est forcément là-bas. Je ronge mon frein jusqu'à ce que j'arrive devant la porte de l'appartement. Le nom de Mahoney est presque effacé sur la sonnette. J'appuie sur la poignée, qui n'oppose pas la moindre résistance, et entre dans ce qui était autrefois un foyer.

Je ne sais pas à quoi je m'attendais, sans doute à une amélioration due à la présence de Maëlle, sauf que c'est tout le contraire. Là où mon père était avachi dans le vomi, pour cuver ou s'enivrer, je le retrouve. Mais c'est l'état de l'appartement qui m'affole. Il y a des fringues partout, sans distinction entre le propre et le sale. La vaisselle s'empile dans l'évier et même autour, je zigzague entre les restes de plats à emporter. Je ne m'aventure pas plus loin, c'est inutile.

Je m'approche de mon père, sans savoir s'il est réellement vivant. Je pourrais le découvrir mort que je ne serais pas certaine de pleurer. J'ai déjà fait mon deuil de celui qu'il était. Aujourd'hui cet homme est tel un inconnu. Pourtant, je l'interpelle quand même :

— Papa ?

Le silence me tue. Je fais demi-tour vers la cuisine et attrape un verre qui traîne. Rien à faire de ce qu'il a pu contenir avant, je le remplis d'eau, puis reviens dans le salon et le vide sur le visage de mon géniteur.

— Putain, grogne-t-il d'une voix pâteuse.

— « Putain », c'est vraiment la seule chose que tu trouves à dire ! m'écrié-je.

— Hum…

Je dois faire appel à tout mon self-control pour ne pas me jeter sur lui et l'étrangler. Je suis verte de rage, telle une grenade qu'on vient de dégoupiller, et il ne faudrait pas grand-chose pour me faire exploser. Je fais un pas en arrière, instaurant une distance de sécurité, pour ne pas commettre l'irréparable. Je tire mon téléphone de ma poche et compose le numéro de ma sœur pour la centième fois, et seule la messagerie m'accueille. Je bous intérieurement. Je rappelle. Je crie de frustration. Je rappelle. Je jette la vaisselle qui se fracasse au sol. Je rappelle. Je pleure.

Chapitre 29

Tobias

Mon rendez-vous avec Me Andrews aura eu le mérite de me sortir du brouillard. Depuis mon retour de New York, je ne suis qu'un fantôme. Je n'ai pas cessé de ressasser la courte entrevue avec mon paternel. Quelques minutes avec ce monstre ont suffi à faire ressortir la bête qu'il s'est évertué à faire naître en moi durant les quinze premières années de ma vie. Je lui ai dit des choses horribles que toutefois je n'arrive pas à regretter. Il m'aura fallu une semaine pour me comporter comme un ours et un rendez-vous avec mon avocat pour refaire surface.

Il est 10 h 50, et je ressors de son modeste cabinet de Chicago avec le sésame de ma liberté à la main. Aujourd'hui, je suis officiellement un homme délivré de tout devoir marital. Le divorce, qui s'annonçait riche en effusions de sang, s'est finalement déroulé avec simplicité, et ce, grâce à Steve. S'il n'avait pas raisonné sa fille, je ne sais pas où nous en serions à l'heure qu'il est. Après son retour de Floride, Jess n'a plus causé le moindre problème, nous nous sommes vus une fois lorsque j'ai déposé Sydney dans la nouvelle maison qu'elle loue en centre-ville. Mon ex-femme s'est contentée de me saluer en grognant avant de refermer la porte sur notre fille déjà partie à la découverte de sa nouvelle chambre. Pour ma part, j'ai encore un peu de temps avant de devoir me reloger, la vente de la maison risque de s'éterniser. J'hésite même à racheter la part de Jess, mais pour ça je voudrais avoir l'avis d'Anna.

J'imagine un futur avec ma rouquine au tempérament de feu. Si cela ne tenait qu'à moi, nous serions déjà en train de construire notre famille dans notre maison. Je suis certain de mes sentiments pour Anna. Même si ma séparation avec Jess est récente, je ne veux pas perdre de temps, j'approche de mes trente-cinq ans, et la vie est trop courte pour ne pas en profiter.

Annabelle a pris un jour de congé aujourd'hui, je ne la verrai pas au restaurant. Sauf que je suis incapable d'attendre ce soir pour lui annoncer la bonne nouvelle. Avec le kit mains libres de la voiture, je l'appelle. J'ai droit à quelques tonalités pour finalement tomber sur sa messagerie. J'essaye une seconde fois avant d'arriver au restaurant, sans succès. Je prends mon mal en patience et me mets en mode chef cuisinier une fois garé à l'arrière de mon établissement.

Annabelle

— Allô ?

Le son de sa voix est léger, il me fait un bien fou, sauf que ce n'est pas suffisant pour me sortir la tête de l'eau.

— Tobias, j'ai besoin de toi…

Je m'étrangle en prononçant ces mots. Jamais je n'ai pensé en arriver là, pendant tout ce temps j'ai géré le chaos que devenait ma famille sans l'aide de personne, sauf qu'aujourd'hui je craque. Ma sœur s'est mise dans la galère pour tenter de sauver un homme qui n'en a pas envie. De plus, elle m'ignore, et je ne veux pas voir notre relation détruite. Toutefois, je ne peux plus faire face sans personne à mes côtés, et la voix rassurante de Tobias me promet qu'il me donnera la force qu'il me manque.

— Où es-tu, Anna ? Je te rejoins.

— Chez mon père, assené-je.

Il ne dit rien, mais je suis certaine qu'il a cessé de respirer. Je lui indique l'adresse, et après deux secondes de latence, il me dit qu'il arrive rapidement. Une fois que j'ai raccroché, je lève les yeux et regarde autour de moi en me demandant si j'ai fait le bon choix. Je connais Tobias et sa bienveillance, toutefois j'ai peur de ce qu'il pourrait penser de moi en voyant ce désastre. Je n'ai jamais joué la femme insouciante qui masque les défauts de sa famille, pour autant je n'ai pas étalé mes problèmes devant tout le monde. Peut-être que si je l'avais fait, ma sœur n'habiterait pas dans un taudis, au milieu de la vaisselle sale et des cadavres de bouteilles. Sauf que ma carapace a commencé à se fissurer quand Tobias s'est fait une place dans ma vie, et elle vient de voler en éclats lorsque Maëlle a décidé d'en sortir.

Je me lève et retourne vers la pièce principale. Malgré mon aversion pour mon père, je me sens obligée d'entamer un grand ménage pour soulager son quotidien, enfin celui de ma sœur, car je doute qu'il décolle de son canapé à un moment donné. Avant de mettre de l'ordre, je prends quelques photos afin d'avoir des éléments pour confronter Maëlle. J'espère pouvoir la convaincre de revenir à la colocation, elle n'a pas à gérer notre père, ce n'est pas son job. Elle devrait étudier à la fac au lieu d'être je ne sais où à faire je ne sais quoi.

Je suis en train de lancer une machine lorsqu'on frappe à la porte. Mon estomac se noue quand je fais les quelques pas qui me séparent de celle-ci. J'inspire profondément avant d'ouvrir afin de me donner du courage, sauf que lorsque je découvre Tobias, mes nerfs lâchent et je m'effondre. Je me laisse aller dans ses bras et ne retiens plus mes larmes. Il me rattrape et me serre contre son torse.

— Je suis là, murmure-t-il à mon oreille.

C'est vrai. Je l'ai appelé, et il a accouru. À nouveau, il me prouve que je peux me reposer sur lui. Toutefois il ne sait pas encore ce qui se cache dans cet appartement de l'horreur.

Je me redresse et me détache de lui après avoir essuyé mes dernières larmes. Avec une pointe d'appréhension, je m'efface et le laisse entrer. C'est la première fois depuis la mort de ma mère qu'une personne extérieure à la famille pénètre chez nous. Des sentiments contradictoires s'emparent de moi, l'inquiétude du regard que Tobias pourrait poser sur ma vie et l'impression qu'il est tout à fait à sa place dans mon univers. Je n'ose pas me confronter à lui, préférant contempler mes chaussures. Le silence s'éternise, ne faisant que monter la boule de stress dans ma gorge.

Quand je lève les yeux, ce sont ceux de mon amant que je rencontre. Tobias attend que je lui dise quelque chose. Il ne porte aucun jugement sur ce qui nous entoure et ne prête même pas attention à mon père en train de comater à moins d'un mètre de nous.

— De quoi as-tu besoin ? souffle-t-il.

— De toi… Seulement de toi.

Cette réalité me frappe. Les quelques semaines où notre relation a évolué, Tobias est devenu ce qu'il me faut, ce dont j'ai besoin. Je peux vivre avec peu de choses, mais je suis incapable de vivre sans lui.

De ses douces mains, il entoure mon visage. Ses pouces caressent mes pommettes en faisant des mouvements circulaires, m'apaisant. Puis il m'attire à lui pour déposer un léger baiser sur mes lèvres.

C'est un baiser qui soigne, qui répare, et je l'accueille comme s'il était ma planche de salut.

— Je serai toujours là, Anna.

— Promets-le-moi, le supplié-je.

— Promis.

Un grognement de mon père rompt la magie de l'instant. Nous tournons tous les deux la tête vers lui. Il se redresse maladroitement et finit par se lever pour se traîner jusqu'au frigo, où il attrape une nouvelle bouteille de bière. Puis il fait le chemin inverse et retrouve sa place devant la télévision, qu'il allume avant de s'enfiler sa boisson en quelques gorgées. Je suis à la fois gênée et dégoûtée de l'image qu'il renvoie. Mon père ne semble même pas avoir remarqué la présence de Tobias, ou alors il s'en contrefiche. Une nouvelle fois, je n'ose pas regarder mon petit ami.

— Il ne s'en remettra jamais, Anna, assène-t-il en évoquant le décès de ma mère. Je sais ce que signifie cette journée pour ta famille, j'ai réalisé quel jour nous étions lorsque j'ai ouvert le carnet de réservations ce midi.

Je ne pensais pas qu'il s'en souviendrait. Son analyse est juste, mon père ne fera pas son deuil, mais je suis incapable de parler.

— On peut souhaiter très fort que les gens changent, mais s'ils ne le veulent pas eux-mêmes, c'est peine perdue, ajoute-t-il.

— Je l'ai compris il y a un moment déjà, mais ce n'est pas le cas de Maëlle. Ma sœur a fait de notre père sa mission. Ça fait des semaines qu'elle ne va plus à la fac, et cet appart est une vraie porcherie. Je ne peux pas la laisser là, Tobias.

— Tu ne peux pas non plus décider à sa place. Plus tu vas la contraindre, moins elle y verra quelque chose de positif.

Je hoche la tête, comprenant où il veut en venir. Maëlle est une fille intelligente, et je suis sûre que si je lui donne les bons arguments, elle saura faire le bon choix. Toutefois le climat est tendu entre nous, ne pas réussir à gérer mes émotions lorsque ma sœur rentrera me fait peur. Je suis toujours en colère qu'elle m'ait laissée seule ce matin, je suis déçue qu'elle n'aille plus en cours et je crains de découvrir la vie qu'elle mène dans le but de sauver notre père.

— J'aimerais qu'il se bouge, qu'il réagisse, avoué-je en regardant celui qui prenait soin de moi dans le passé.

— Mais tu as tout tenté, répond Tobias entre la question et l'affirmation.

— Exact.

— Tu ne pourras pas sauver tout le monde, Annabelle. Occupe-toi de toi et de ta sœur, vous en sortir sera votre meilleure revanche sur la vie.

Ses mots pleins de sagesse imprègnent mon esprit. Je sais qu'il a raison, que je vais devoir lâcher prise d'un côté à un moment, sauf que c'est plus dur qu'il n'y paraît.

Sans rien ajouter, Tobias se retrousse les manches et se dirige vers la cuisine pour attaquer le plus gros du chantier. Il commence par débarrasser l'évier pour faire un peu de place, puis il fouille les placards à la recherche de produit vaisselle et d'une éponge neuve. Le voir s'activer ainsi pour m'aider me réchauffe le cœur, et je murmure un « Merci » avant de moi aussi me remettre à l'œuvre.

Chapitre 30

Annabelle

Tobias est parti en fin d'après-midi pour assurer le service du soir. L'appartement brille de mille feux grâce à son aide. Il a briqué tout ce qui lui passait sous la main sans jamais se plaindre. Maintenant, je me retrouve seule dans ce lieu qui n'est plus mon foyer. Mon père s'en est allé sur le coup de 21 heures, sans doute pour trouver un nouvel endroit où boire tranquillement.

Il est 23 heures lorsque j'entends le bruit de clés qu'on insère dans la serrure. Je me redresse sur ma chaise et abandonne mon portable sur la table. Maëlle franchit le seuil et laisse tomber son sac dans l'entrée. J'ai un hoquet de surprise en découvrant ma petite sœur. Si je l'avais croisée dans la rue, j'aurais pu ne pas la reconnaître. Elle a maigri, encore, ses cheveux sont ternes et ses yeux cernés comme ceux d'une junkie. Elle sursaute en me repérant avant de grimacer.

— Qu'est-ce que tu fais là ?

Son ton est amer. Je ne suis pas habituée à tant de dureté de sa part. C'en est trop pour moi, si bien que je peine à retenir mes larmes qui menacent de couler.

— Je suis venue te voir.

— Tu n'aurais pas dû, assène-t-elle comme une gifle.

— Je crois que si.

Les épaules de ma sœur s'affaissent quand elle se décide à me rejoindre autour de la table. Plus je la regarde, plus mon cœur me fait mal. Je me sens coupable de l'avoir laissée mettre un pied dans cet engrenage. C'est mon rôle en tant qu'aînée de prendre soin d'elle, sauf que j'ai failli. Maintenant je dois l'inciter à revenir à l'appart avec moi sans pour autant la braquer.

— Comment tu vas ? demandé-je simplement.

— Je suis au mieux de ma forme.

Son ironie était à prévoir. Je me sens nulle de ne plus savoir communiquer avec elle, nous étions si proches et aujourd'hui un fossé nous sépare.

— Et le diabète ? insisté-je.

— On s'en fout, Anna ! Dis-moi ce que tu fais là, je pensais que tu en avais fini avec papa.

— Tu n'es pas venue au cimetière.

— Non, je ne pouvais pas. Je suis désolée.

Elle s'est adoucie à la fin de sa phrase. Son absence lui fait autant de peine qu'à moi, je le vois. Pourtant, je n'en saisis pas les raisons.

— Maëlle, s'il te plaît, parle-moi. On ne va pas passer l'heure qui suit à se tirer les vers du nez. Dis-moi pourquoi tu n'es pas venue pour maman, pourquoi tu n'assistes plus aux cours, comment va ton diabète. Dis-moi ce qu'est ta vie en ce moment.

Ma voix est suppliante, ce qui provoque une grimace agacée de la part de ma sœur.

— Qu'est-ce que tu veux savoir ? Tu veux que je te dise que ma vie est un enfer ? C'est le cas, Anna, sauf que je ne peux pas faire comme toi et claquer la porte sans me retourner. C'est papa dont on parle, celui qui a pris soin de nous quand nous étions malades. Alors aujourd'hui je ne veux pas être la fille ingrate et je lui rends la pareille.

— Maëlle, c'est son rôle de prendre soin de nous, toute sa vie et sans rien attendre en retour. C'est le principe d'une famille, c'est pour cela qu'on signe lorsqu'on devient parent.

Maëlle tape du poing sur la table d'un coup sec avant de se lever et de se mettre à crier.

— Mais tu t'entends ? Tu crois à ces conneries d'amour inconditionnel ? Et ton sens des responsabilités, il a disparu lorsque tu as claqué la porte ?

C'en est trop ! J'ai accepté d'y aller en douceur, de tenter de comprendre, mais pas de me faire traiter injustement. La colère bout en moi. Je me sens telle une cocotte-minute sur le point d'exploser. Je refuse que ma sœur me juge après tout ce que j'ai traversé pour lui offrir une vie décente.

— Ne me parle pas de responsabilité, Maëlle. N'oublie pas qu'un jour j'ai tout sacrifié pour toi, pour que tu puisses aller à la fac, que tu réalises tes rêves.

— Je t'ai remerciée un million de fois pour ça ! s'emporte-t-elle. Sauf qu'entre-temps je ne savais pas que tu laissais papa se noyer dans sa merde.

— Parlons-en de sa merde, et de son vomi qui tache le tissu du canapé un peu plus chaque jour.

Je me mets à hurler, ne retenant plus les mots que j'ai bridés depuis le décès de maman et la descente aux enfers qui a suivi.

— Tu crois que tu es la première à en passer par là ? Non, pendant de longs mois, et on pourrait même compter en années, je suis venue sans relâche aider notre père à retrouver sa dignité. Et tu sais quoi ? J'ai été jusqu'à le doucher tous les jours, parce qu'il se faisait dessus. Je n'ai pas rechigné à me retrousser les manches, car je pensais simplement le lui devoir. Sauf qu'un jour j'ai ouvert les yeux et j'ai dit stop. J'ai compris qu'il y avait des choses que je ne pouvais pas réparer ou reconstruire. Alors j'ai lâché prise pour me concentrer sur ce qu'il y avait de beau à sauver : toi.

Après ma tirade, je suis à bout de souffle. Néanmoins, je lis dans le regard de ma sœur que mes mots ne la feront pas changer d'avis. Même si je lui ai dit la vérité telle que je l'ai vécue, elle me voit toujours comme celle qui a renoncé.

— Rentre avec moi, ajouté-je dans une ultime tentative.

— Non. Je ne compte pas lâcher, je vais me battre, jusqu'au bout.

Sa réponse est déterminée.

— Et la fac ?

— J'ai demandé à suivre les cours à distance, j'irai uniquement pour les examens. J'aménage mon temps, ce qui me permet de travailler pour renflouer les caisses.

Je hoche la tête, vaincue. Je me lève, sachant que je ne ferai rien de plus ce soir. Je récupère mon sac et mon téléphone avant de me diriger vers la porte.

— Reste, murmure Maëlle dans mon dos.

Sa voix n'est qu'un souffle, et ses yeux me supplient, sauf que cette fois c'en est trop pour moi. Je suis incapable de demeurer ici et de lui tenir la main.

— Non, je n'ai rien à faire ici, ce n'est plus chez moi maintenant. Je respecte ce que tu essayes de faire, Maëlle. Dans un sens je te comprends. Promets-moi seulement de ne pas lâcher tes rêves et de ne pas te tuer pour ce qui ne peut être sauvé.

Elle ne dit rien avant que je sorte, et ça me brise le cœur, car si ma sœur garde le silence, c'est parce que ce n'est pas une menteuse qui fait des promesses irréalisables.

Chapitre 31

Tobias

Annabelle franchit le seuil de l'appartement complètement éteinte. Je suis venu ici dès la fin du service, et Colton m'a ouvert. Je voulais être là pour elle, pour la soutenir et lui offrir mon épaule si les larmes doivent couler à nouveau. Lorsque je découvre son visage pâle, marqué d'une tristesse infinie, mon cœur se serre. Personne ne la suit, j'en déduis que sa conversation avec Maëlle a été un échec.

Lorsqu'elle me voit, Anna s'arrête un instant. Je lis sur ses traits qu'elle hésite entre me demander de partir et se jeter dans mes bras. En tant qu'amie, elle ne l'aurait pas fait, elle aurait été chercher des cookies dans le placard et on se serait assis sur le canapé pour qu'elle me déballe ce qui la tracasse, enfin en partie. À y réfléchir, elle a toujours été floue dans ses propos, ce qui ne m'empêchait pas de la réconforter. C'est ce que nous avons fait un nombre incalculable de fois quand elle sonnait à ma porte à n'importe quelle heure. Alors aujourd'hui je ronge mon frein, car nous sommes plus que des amis, et elle a perdu ce naturel, cette aisance.

— Tobias…

— Ne me demande pas de partir, je ne le ferai pas, la coupé-je.

— Il va falloir que tu te mettes aux fourneaux, car j'ai bien besoin de deux douzaines de cookies pour survivre à cette soirée.

— C'était si terrible que ça ? l'interrogé-je en passant derrière le plan de travail pour me mettre à l'ouvrage.

— Maëlle est en train de gâcher sa vie, et le pire c'est qu'elle en a conscience. Sauf que son amour pour notre père est plus fort que sa raison.

— Ça me rappelle quelqu'un.

Anna baisse les yeux en soupirant.

— Ton amour pour ta sœur t'a donné une force indéniable, que j'admire et qui me fait t'aimer chaque jour davantage. Cet amour est également synonyme de sacrifice, de beaucoup de sacrifices. Tu t'es interdit de devenir la femme que tu souhaitais pour ta sœur.

— Tout ça pour qu'elle fasse la même erreur, murmure-t-elle.

Surpris, je hausse les sourcils et arrête de malaxer mon mélange de beurre et de farine afin de lever les yeux sur elle.

— Tu regrettes ?

— Non. Je suis simplement déçue de voir le résultat de ce sacrifice, répond-elle à bout de souffle et au bord des larmes.

Je pose les mains à plat sur le plan de travail pour y prendre appui. Le silence plane entre nous quelques instants. Je cherche les mots qu'il faut, ceux qui feront écho en elle.

— Tu sais, dans ma vie j'ai fait pas mal d'erreurs et de sacrifices. Je me suis mis en avant pour que ma sœur n'ait pas à subir les sévices de mon père, puis j'ai fui, ne supportant plus tant d'horreurs. J'ai laissé une gamine de cinq ans aux mains d'un monstre. Puis pendant dix-huit ans, j'ai fait comme si ça n'avait jamais existé. Un jour mon passé m'a rattrapé, et j'ai su que ma disparition avait jeté ma sœur en première ligne, qu'elle avait vécu la même chose que moi, que mon sacrifice était vain et que mon erreur lui coûtait cher.

Toutefois je ne pense pas que je changerais quoi que ce soit à cette histoire si je pouvais revenir en arrière, car ces choix m'ont conduit ici aujourd'hui avec une petite fille magnifique qui s'épanouit. J'ai également retrouvé ma sœur, qui va se marier avec un homme qui la protégera toujours. Ensemble, nous allons témoigner au procès de notre père dans quelques mois et l'envoyer en prison pour un temps certain. Ajoutons à cela que j'ai la chance de partager mon lit avec la plus belle rouquine des cinquante États du pays. Si tous ces sacrifices et ces erreurs n'avaient pas eu lieu, qui sait où je serais aujourd'hui, quelle serait ma vie ? Est-ce que j'en aurais une ?

Je fais une pause, cherchant la meilleure conclusion pour faire passer mon message. Annabelle me regarde, les yeux embués. Je sais qu'elle a compris où je voulais en venir. Elle contourne le plan de travail pour me rejoindre et se glisser au plus près de moi.

— Aucun regret et on continue d'avancer ? me demande-t-elle à voix basse en s'accrochant à ma chemise blanche.

— On continue d'avancer, répété-je.

Annabelle

Mon corps est déjà pressé contre le sien, et nos lèvres se frôlent. J'avance, je fais ce dernier pas pour que nos bouches se soudent l'une à l'autre. Ce baiser ne me sauvera pas de toute la noirceur qui emplit ma vie, mais à cet instant il m'empêche de sombrer moi aussi.

Mes bras viennent enlacer le cou de Tobias, le forçant à approfondir notre étreinte. Ses mains passent sous mes fesses et me soulèvent sans difficulté. Mes jambes enroulées autour de sa taille, il nous conduit dans ma chambre sans jamais rompre notre baiser. Après cette journée, Tobias m'offre ce dont j'ai besoin, il me soulage, me reconstruit avec son amour. Alors je m'abandonne sous ses caresses exquises. Il me dépose sur le lit et prend quelques secondes pour m'observer.

— Tu es tellement belle, déclare-t-il d'une voix grave empreinte de désir.

Ses mots me font oublier tout ce qu'il y a autour. Je m'accroche à son regard brûlant qui me dit tout ce qu'il pense de moi. Tobias est ma bouée de sauvetage et son corps mon ultime ressource.

Je me mets à genoux devant lui et m'attaque aux boutons de sa chemise en lui offrant un sourire qui ne cache rien de mes envies pour ce soir. Une fois que le tissu blanc laisse place à son torse musclé, je ne peux me tenir loin de lui. Un frisson me parcourt l'échine. J'embrasse chaque parcelle de peau, jouant dangereusement avec la limite de sa ceinture. Ma langue s'invite de temps à autre dans la partie, et mon beau blond grogne. Je souris tout contre lui, galvanisée par son plaisir. Je remonte peu à peu, venant titiller la zone sensible de ses tétons. Ce simple geste le fait vaciller, et Tobias me bascule contre le matelas. Il rampe au-dessus de moi en me faisant sentir son érection.

— Tu me rends fou.

— Et toi, tu me fais du bien, dis-je.

— Et qu'est-ce que ça te ferait si je te disais que, aujourd'hui, ici et maintenant, je suis légalement tout à toi ?

Il me faut quelques instants pour comprendre où il veut en venir, notamment quand son membre dur est en train d'échauffer mon intimité au supplice.

— Tu veux dire qu'aujourd'hui tu seras un homme célibataire quand tu vas t'enfoncer en moi ?

— Non, simplement que je ne suis plus un homme marié, car putain, je suis enchaîné à toi.

Au lieu de répondre par des mots, sans jamais trouver les bons, je préfère lui montrer ce que provoque cette nouvelle. Je tire sur sa ceinture et le débarrasse de son pantalon en un tour de main. Son boxer ne tarde pas à suivre le même chemin. Je me presse contre lui, mon corps appelant désespérément le sien. Sauf que Tobias prend son temps pour m'ôter mes vêtements, et lorsque je veux l'aider, il attrape mes mains et les fait passer au-dessus de ma tête.

— Laisse-moi profiter de ton corps.

— Tu en profiterais davantage si tu étais en train de me faire l'amour, grogné-je.

Tobias étouffe un rire devant mon air contrarié. Il attrape le bord de mon pantalon et de mon sous-vêtement en même temps, les faisant glisser, avec une lenteur exagérée, le long de mes jambes. Je suis à deux doigts de le traiter de tous les noms lorsque sa langue vient se glisser dans ma fente. Je crie de surprise et n'ai pas le temps de reprendre mon souffle, car Tobias a décidé de me lécher avec frénésie. Sa langue habile affole mes terminaisons nerveuses, me faisant voir des étoiles. J'enserre sa tête entre mes cuisses tandis que lui empoigne mes fesses pour me presser davantage vers son visage.

— Putain, Tobias…, gémis-je.

Je sens son sourire contre ma chair qui pulse. Tobias prend ma supplique comme une invitation pour aspirer mon clitoris entre ses lèvres, m'envoyant immédiatement au septième ciel. Je ne suis plus que sensations. Mes cris fendent l'air chargé de passion et mon esprit explose en mille morceaux.

Lorsque je redescends sur terre, Tobias s'est enfoui en moi et a entamé une danse lascive. Ses yeux noisette sont plongés dans les miens, et son sourire n'est que l'expression de son amour. Sans jamais quitter mon corps, il me murmure :

— Je t'aime, Annabelle Mahoney.

Chapitre 32

Tobias

Je suis tiré du sommeil par mon portable. Il est tout juste 10 heures, et j'aurais bien dormi une ou deux heures supplémentaires après cette folle nuit. Nous avons remis le couvert trois fois et j'ai offert un double orgasme à ma jolie rouquine, qui est encore assoupie. La sonnerie s'arrête, et j'espère retomber dans les bras de Morphée, néanmoins elle reprend quelques secondes plus tard. Je finis par décrocher sans regarder qui me contacte.

— Allô ?

— Tobias, j'ai reçu la lettre.

Les brumes du sommeil altèrent encore ma réactivité, si bien que je ne vois pas du tout où ma sœur veut en venir. Ce n'est pas son genre de m'appeler pour ouvrir le courrier.

— Quelle lettre, Cath ? grogné-je, insatisfait de ne pas comprendre.

— Celle du tribunal, souffle-t-elle à demi-mot.

Soudain, je suis tout à fait réveillé. Je ne m'attendais pas à ce type de nouvelles, du moins pas tout de suite. Habituellement, la justice met des mois, voire des années avant de traiter certaines affaires, surtout si le suspect est en préventive. Ça fait tout juste quatre mois que notre père a été arrêté, on ne peut pas déjà être convoqués.

Nerveux, je rejette les draps et quitte la chambre en attrapant mon jean resté au sol.

— Tu l'as ouverte ? questionné-je en refermant la porte derrière moi.

Ma démarche est raide jusqu'à la cuisine. J'aimerais me faire couler un café, sauf que je sais que je ne pourrais pas l'avaler.

— Non, je t'ai appelé directement. Je… Je me suis dit qu'on pourrait passer cette épreuve ensemble.

La voix de Cathlyn est tremblante, et ça me fait mal à l'intérieur. Chaque fêlure en elle n'est qu'une piqûre de rappel de mon abandon. J'ai eu beau dire à Annabelle hier que je ne regrettais pas mes sacrifices et mes erreurs passées, ça ne m'empêche pas d'avoir mal à cause de leurs conséquences. Aujourd'hui je me dois de soutenir ma sœur.

— Vas-y, tu peux l'ouvrir, je suis là, murmuré-je.

J'entends le bruit de l'enveloppe qui se déchire. Je retiens mon souffle jusqu'à ce que Cathlyn me dise ce que j'ai autant envie de savoir que d'ignorer.

— Le procès aura lieu dans cinq mois, le 17 juillet, assène ma sœur d'une voix atone.

Je m'accroche au plan de travail de toutes mes forces.

— Tobias ?

Je suis incapable de répondre. Je me sens oppressé dans mon propre corps, je dois user de toute ma concentration pour ne pas me laisser submerger par l'angoisse. Même enfermé, Samuel Turner aura ma peau.

— Je suis toujours là.

— Ils accélèrent la procédure du fait que le procès est médiatisé de toute part. Pour nous ça veut aussi dire que le cauchemar prendra fin plus vite, dit-elle pour tenter de me rassurer.

— Je ne suis pas sûr qu'il y ait vraiment une fin à tout ça.

Je sursaute lorsque des bras chauds viennent entourer ma taille. Je n'ai pas entendu Anna se lever, pourtant ma rouquine est bien là, collée à moi pour me réconforter.

— Cath, je dois y aller, ça va le faire pour toi ?

— Évidemment, Tyler est là pour moi, comme toujours.

— Parfait. Je t'aime, Cath Baby Cath, lui dis-je en utilisant ce surnom qui la faisait rire enfant.

— Moi aussi, frangin.

Je raccroche avant de me retourner pour serrer Anna dans mes bras. J'enfouis mon nez dans sa chevelure de feu afin de humer son odeur réconfortante.

— Désolé de t'avoir réveillée, murmuré-je.

— Ce n'est rien, je me suis dit que quelque chose ne devait pas tourner rond pour que je trouve le lit froid à mon réveil. Qu'est-ce qui ne va pas ?

— Rien d'important.

Pour couper court à toute réponse de sa part, je scelle ma bouche à la sienne. Annabelle me rend mon baiser, mais n'est pas dupe pour autant.

— Tobias, ne me mens pas. Tu as une ride qui creuse ton front quand tu te fais du souci, alors ne t'avise pas de me dire que ce n'est pas important. Tu as su être là lorsque j'ai eu besoin de toi, laisse-moi te rendre la pareille.

— Comme si tu n'en avais pas déjà suffisamment fait.

Elle hausse les sourcils avec un air de défi.

— Ce n'est pas toi qui me disais que c'était justement l'intérêt de former un couple ? Qu'on est là l'un pour l'autre, dans le bonheur et dans l'adversité et tout le tralala ?

Annabelle

J'ai besoin de savoir ce qui le tracasse. Tobias est au courant de toutes mes souffrances depuis qu'il est venu chez mon père, et je me sens mal de ne pas être autant au courant des siennes. Je ne suis pas idiote, je me doute que ça doit être en lien avec son père.

— Cath a reçu sa citation à comparaître pour le procès de mon père. Disons que ça fait un choc.

Je resserre mon étreinte. Je devine ce qui le traverse à cet instant et je veux être le roc sur lequel il peut s'appuyer.

— Tu angoisses pour ton témoignage ?

Tobias hoche la tête tandis que ses yeux se posent partout sauf sur moi.

— Tu sais que tu peux compter sur moi, je serai là pour t'épauler.

— Non ! crie-t-il brusquement.

Les bras de Tobias me relâchent, et il a un mouvement de recul. Je reste interdite devant lui, ne comprenant pas sa réaction. Je voudrais faire un pas vers lui, mais j'ai peur de son rejet. Je me sens encore vulnérable après la confrontation avec Maëlle, alors je préfère me préserver.

— Il est hors de question que tu assistes au procès !

— Je ne sais pas quoi répondre, je ne pensais pas que la question se posait.

— Elle ne se pose pas. J'irai seul, je ne veux pas que tu entendes tout ce qui se dira là-bas.

Son ton est sans appel, pour autant il n'est pas dans mes habitudes d'obéir sans broncher, surtout lorsque c'est quelque chose qui me tient à cœur.

— Pourquoi je devrais rester à distance ? Le pays entier va

suivre ton histoire de près. Alors, dis-moi pourquoi ta petite amie ne pourrait pas en savoir autant que le reste de monde ?

— Pour la simple et bonne raison que je me fous du reste du monde ! crie-t-il à nouveau.

Le silence occupe l'espace quelques secondes, puis Tobias fait un pas vers moi et prend mon visage en coupe. Ses traits sont tirés par la souffrance que lui provoque notre échange. Son front se colle au mien et nos respirations s'emmêlent. Il est si près de moi et pourtant si loin. Nous ne nous sommes jamais disputés durant toute notre amitié, je ne sais pas comment réagir. Mes bras pendent encore le long de mon corps, attendant que Tobias sonne la reddition.

— Il me serait insupportable de voir dans tes yeux la même pitié que celle que ces gens vont m'offrir.

Sa voix n'est qu'un souffle à peine audible. Je m'apprête à le contrer, mais il ne m'en laisse pas l'occasion.

— Ne me dis pas que ça ne changera rien entre nous, que jamais tu ne me regarderas autrement, ça serait mentir. Tu ne le feras pas volontairement, j'en suis certain, sauf que ce que je vais dire durant ce procès aura forcément une influence sur nous. Tu ne peux pas rester insensible et passer au-dessus. J'ai essayé, c'est impossible. On peut juste vivre avec.

Je déglutis pour faire descendre la boule qui s'est formée dans ma gorge. Mon cœur tambourine jusque dans mes tempes. Mes yeux accrochent ceux de Tobias, malgré l'émotion je ne flanche pas.

— Alors je vivrai avec, murmuré-je.

— Je refuse de t'imposer ça.

— Je fais mes propres choix, Tobias, affirmé-je avec douceur.

Je ne parviens cependant pas à le retenir, et il s'écarte en me fusillant du regard.

— Ce choix ne t'appartient pas, Anna, répond-il avec froideur.

— Mais comment veux-tu que je te connaisse et comprenne tes réactions si je ne sais pas ce qui t'est arrivé ?

— Mon passé ne me définit pas, ce ne sont pas les horreurs de mon père qui font ce que je suis.

Son ton est lourd de colère, et je sais que la conversation est finie. Il se dirige vers la chambre en claquant la porte derrière lui. Je me laisse choir sur un tabouret autour de l'îlot central, épuisée. J'ai toujours géré mes problèmes en solo jusqu'à il y a peu. Maintenant, Tobias prend la place de la béquille qui maintenait l'équilibre fragile de ma vie. Je me sens blessée qu'il ne m'autorise pas à tenir le même rôle auprès de lui. Je sais que son enfance n'a été qu'une succession de monstruosités, ce ne sera pas une découverte. Je souhaite être là pour le soutenir, lui montrer qu'il peut se reposer sur moi. Sauf que lui préfère jouer à l'homme fort qui n'a besoin de rien ni de personne. Je n'imaginais pas me sentir rejetée par Tobias avant aujourd'hui. Il m'a suppliée de faire un pas vers lui, vers nous pendant des semaines, et voilà que maintenant c'est lui qui recule.

Chapitre 33

Annabelle

— Qu'est-ce qui se passe ?

La voix de Colton dans mon dos me fait sursauter. Je pivote vers mon ami en tentant de masquer ce que je ressens à cet instant. Je ne dois pas être bonne comédienne, car Colton insiste. Je me laisse choir sur le canapé en soufflant.

— Apparemment rien d'important, réponds-je en haussant les épaules.

— À d'autres.

— J'ai besoin d'être seule.

Colton hoche la tête et rejoint son petit ami dans sa chambre. Je sais que ses intentions sont bonnes, toutefois je ne suis pas du genre à m'épancher.

Alors que je réfléchis à une solution pour faire changer Tobias d'avis concernant le procès, j'entends la porte de la chambre s'ouvrir. Je me retourne et découvre celui-ci habillé, prêt à partir. J'ai un pincement au cœur de savoir qu'il compte clore notre dispute en disparaissant. Après la déception vient la colère, c'est lui qui s'est énervé, il ne peut pas simplement claquer la porte et croire que je vais l'accepter.

— Alors, c'est tout ce que tu vas faire ? Rentrer chez toi sans rien régler, lancé-je, les poings sur les hanches.

Surpris, il se retourne. Ses yeux noisette trahissent encore la colère et la peur qui l'habitent.

— Je comptais aller travailler et je me suis même dit que puisque ce n'est pas ton jour de congé, tu allais m'accompagner.

Je me sens bête de l'avoir jugé à la hâte. Tobias n'est pas un lâche et il a toujours mis un point d'honneur à ne pas laisser les choses s'embourber. Il a peut-être raison, je ne serai sans doute pas capable de faire la part des choses une fois que je connaîtrai les détails de son histoire.

Tobias

Je ne suis qu'un con !

J'ai réagi bien trop brutalement lorsque Annabelle m'a parlé du procès. Après l'annonce de ma sœur, je n'étais pas prêt pour un nouveau débat sur le cas Samuel Turner. Tout a été trop vite, et je n'ai pas su gérer avec Annabelle. En même temps que je lui disais ne pas vouloir de sa présence au tribunal, des images défilaient dans ma tête. La ceinture qui claque contre ma peau jusqu'à la fendre et tacher le cuir de mon sang, les nuits enfermé au sous-sol de notre grande maison, et j'en passe. Tout m'est revenu en pleine figure, si bien qu'il a fallu que je m'isole pour ne pas péter les plombs.

Je n'ai encore jamais décrit à voix haute les horreurs que mon père m'a fait subir, du moins pas dans les détails que demande mon avocat, et je ne suis pas certain d'en être capable le jour J. Rien que d'y penser, je sens mon estomac se nouer.

Durant toute la journée, je n'ai que le procès de mon père à l'esprit, si bien que je ne parviens pas à travailler correctement. Je me suis trompé dans trois commandes pendant le service du midi. Le soir n'a pas été meilleur, notamment lorsque j'ai renversé ma ratatouille sur le sol de la cuisine. C'est la goutte d'eau qui a fait déborder le vase. J'ai envie de crier et tout envoyer valser. Je ne contrôle plus rien, ce qui ne fait qu'empirer mon humeur. Je nettoie en vitesse et bâcle la fin du service, heureusement, sans incident.

Tout le monde est parti depuis vingt minutes, je reste seul dans le vestiaire à tourner en rond. Mes nerfs sont à vif. Il est 1 heure du matin, et la fatigue ne se fait pas sentir, je suis incapable de rentrer chez moi et de me coucher dans cet état, je ne fermerai pas l'œil. Il faut absolument que la pression redescende avant que je récupère Sydney demain matin. Je ne veux pas que ma fille pâtisse de l'influence que mon père exerce toujours sur moi. J'ai fui à l'adolescence, aspirant à une vie meilleure, pour moi, mais aussi pour ma famille à construire. Mon objectif reste inchangé, j'ai seulement davantage à perdre qu'à l'époque.

Penser à Sydney me donne le courage nécessaire pour avancer. Aujourd'hui est la seule soirée que je m'octroie pour oublier les démons du passé. Sans réfléchir, j'attrape mon téléphone et compose l'unique numéro que je connais par cœur.

— Allô ?

Entendre sa voix me fait du bien. Nous nous sommes quittés il y a moins d'une demi-heure, mais c'est suffisant pour créer le manque.

— J'ai besoin de m'aérer l'esprit, ou de le noyer peut-être bien. Je me suis dit que tu pourrais m'accompagner si tu n'es pas encore au fond de ton lit.

— Je suis devant la porte du vestiaire, répond-elle avant de raccrocher.

Un léger sourire étire mes lèvres. Annabelle m'a attendu malgré notre dispute de ce matin, elle me laisse le temps de me reprendre sans broncher. Ça ne devrait pas me surprendre, elle a toujours fait de notre amitié une priorité.

Je me change en quatrième vitesse et ouvre la porte pour trouver ma rouquine préférée adossée au mur d'en face. Elle me sourit, les bras croisés sur sa poitrine. Je l'attire à moi pour lui offrir le baiser qu'elle mérite. Par ce simple geste, je lui communique mon amour et ma reconnaissance. Toutes les tensions de la matinée disparaissent tandis que nos corps s'appellent. Elle se détache de moi au moment où mon jean se fait trop étroit, son sourire m'avertit qu'elle a conscience de l'effet qu'elle me fait.

— Je connais un pub irlandais qui sert de la bière de qualité et où l'ambiance est assez festive pour te redonner le moral, annonce-t-elle, sachant déjà ce qu'il me faut.

Je lui attrape la main en la remerciant silencieusement, elle nous entraîne vers la sortie, et nous nous dirigeons vers la station de métro la plus proche.

La rame est presque vide. Les fêtards sont dans les clubs et les quelques passagers sont des bourreaux de travail qui n'arrivent pas à se déconnecter du monde des affaires. L'espace d'un instant, je revois mon père lors de mes plus jeunes années, avant qu'il se transforme en monstre. Déjà à cette époque, il se faisait absorber par Wall Street, il rentrait tard et ne lâchait jamais son téléphone, qu'importe que nous soyons en week-end en bord de mer ou au restaurant, il devait rester en lien perpétuel avec son bureau. J'ai envie de dire au jeune homme assis sur son strapontin de fermer son ordinateur et de profiter de tout ce que la vie peut apporter, à la jeune fille qui s'enregistre sur un dictaphone d'arrêter de réciter son rapport, qu'elle pourra l'écrire demain. On ne rattrape pas le temps qu'on perd, alors il faut faire le choix de ce qu'on vit à chaque seconde. Cette phrase est gravée en moi depuis que j'ai décidé de quitter la famille Turner. Ce jour-là j'ai acheté un carnet de route, pour retracer mon parcours jusqu'à ce que je trouve comment remettre ma vie sur les rails. J'ai écrit ces lignes sur la première page et chaque fois que ce que je faisais ne me semblait plus avoir de sens, je les ai relues. Aujourd'hui ce carnet prend la poussière au grenier. Lors de mon mariage avec Jessica, j'ai eu le sentiment d'être enfin arrivé à destination, qu'il était temps d'écrire le mot fin.

Je jette un œil à ma droite. Annabelle est pensive, ses yeux sont posés sur les autres voyageurs. Contrairement à moi, elle ne semble pas analyser leur vie ou les juger, elle les regarde avec douceur. Je serre sa main un peu plus fort, réalisant que je devrais ressortir mon carnet pour y inscrire les étapes suivantes, car j'ai repris mon voyage.

Nous avons à peine quitté la station de métro que nous pénétrons dans le bar. Annabelle n'a pas menti, l'ambiance est au rendez-vous. Dans un décor fait de vert et de trèfles, les clients s'enflamment devant la retransmission d'un match de rugby.

— À la fin de ce tour, l'Irlande est éliminée, m'annonce Annabelle avec nonchalance. En 1995, ils perdent les quarts.

— Un œil moins averti que toi pourrait croire qu'il se joue en ce moment une finale de coupe du monde.

— Les supporters viennent pour revivre les gros matchs de leur équipe, même des années après. C'est ce qui rend ce pub si chaleureux.

Je hoche la tête et lui offre un léger sourire, la ferveur des supporters commence déjà à avoir raison de ma mauvaise humeur.

— Comment as-tu découvert cet endroit ? questionné-je ma jolie rousse.

— J'y ai travaillé après le décès de ma mère. Je voulais aider mon père financièrement, alors j'ai trouvé un job et j'ai eu la chance d'arriver ici.

En tout juste vingt-quatre heures, j'ai oublié que je ne suis pas le seul à me trimballer des boulets aux chevilles. Annabelle porte aussi son propre fardeau familial. Je me sens soudain coupable et égoïste. Je l'attire à moi et embrasse le sommet de sa tête.

— Commandons deux bières et trinquons à nos familles et à toute la complexité des liens du sang.

Un instant après, deux chopes sont devant nous sur le comptoir. L'un et l'autre, nous entrechoquons nos verres et descendons les premières rasades sans respirer.

— Putain, ça fait du bien, lâché-je en reposant la chope.

— Je t'avais dit que la bière était bonne.

Si bonne que nous ne voyons pas nos verres se vider et se remplir. Deux heures passent, et nous ne comptons plus la dose d'alcool qui circule dans notre sang. Éméché, je me suis mis à chanter avec les sportifs l'hymne irlandais lorsqu'un autre match a débuté, et il n'a pas fallu longtemps avant que je me retrouve vêtu du maillot d'un joueur que je ne connais même pas.

La soirée défile, je bois, je ris, je chante, je bois et rebois encore. Anna n'est pas en reste, la bière coule dans ses veines bien plus que le sang. Cette fois l'Irlande gagne le match, et c'est l'euphorie dans le pub.

J'attrape Annabelle et la soulève tout en la faisant tournoyer. Son rire emplit l'espace, et je n'entends plus que ça. Ce simple son chasse tous les nuages à l'horizon tel un rayon de soleil. Je la repose au sol, et nos yeux s'accrochent. J'arrête de respirer, mon esprit s'éclaire et je sais ce que je dois faire, alors je ne retiens pas les mots qui quittent mes lèvres.

— Épouse-moi.

Chapitre 34

Annabelle

Je ne m'attendais pas à ça. Tobias me regarde de ses grands yeux amoureux et me demande en mariage. Je suis incapable de répondre. Plus le temps passe, plus je vois l'expression de joie se fissurer sur son visage. Je l'aime et depuis plus longtemps qu'il ne le pense. Sauf que notre relation est toute récente, il vient de divorcer, cela fait deux jours que c'est officiel, et moi je me fais à peine à l'idée qu'être en couple n'est pas un luxe dont je dois me priver. Tout ça va bien trop vite pour moi.

Je fais un pas en arrière, perdant la chaleur de ses bras. La bière qui me rendait si euphorique un instant plus tôt n'a plus le moindre effet. Cette soirée était légère jusqu'à présent ; après deux jours de montagnes russes émotionnelles, on a bien le droit de souffler. En une fraction de seconde, Tobias a tout gâché, mais il ne le sait pas encore.

— Non.

Ses bras tendus vers moi retombent, et je vois son cœur se briser juste sous mes yeux par ma faute.

— Non ? murmure-t-il.

— Tobias, comprends-moi bien, ce n'est pas un manque de

sentiment, simplement une question de timing. Ce n'est pas le bon moment.

Ma phrase est vide de sens pour un homme qui s'est fait éconduire, pourtant j'essaye de le rassurer. Sans succès.

— Pas le bon timing ? Tu es libre comme l'air et moi divorcé, qu'est-ce que tu veux de plus ?

— Du temps, Tobias, juste du temps. Ça va trop vite pour moi, admets-je sans le regarder dans les yeux.

Il serre la mâchoire et s'éloigne un peu plus de moi.

— Même à reculons, ça va encore trop vite pour toi, Anna. Je t'aime et j'accepte tes résistances, enfin c'était le cas au début. Merde, ça fait des semaines qu'on fait un pas en avant et trois en arrière. À ce rythme-là, tu vas vouloir qu'on redevienne de simples amis avant la fin de la nuit !

Je recule comme si je venais de prendre une gifle en plein visage. Les mains serrées contre la poitrine, je protège mon cœur, ou du moins ce qu'il en reste.

— Je ne veux plus de ça, Tobias.

— Quoi ? Qu'est-ce que tu ne veux plus ? s'empresse-t-il de m'interroger d'une voix paniquée.

La colère de Tobias s'est envolée, il est soudain tout blanc. Pour ma part, je suis déchirée entre mes sentiments pour l'homme en face de moi et ce que je dois faire pour ma famille et pour moi. Je ne suis pas prête à accélérer le rythme, comme je ne peux pas demander à Tobias de toujours mettre ses envies entre parenthèses pour me faire plaisir. Lorsqu'on aime, il faut savoir faire des sacrifices, il s'agit d'une leçon que je connais bien. Les mots qui quittent ma bouche à cet instant me brûlent les lèvres tant ils sont douloureux.

— Nous. Je veux qu'on arrête les frais avant qu'il soit trop tard.

— Je t'ai demandée en mariage et toi tu me dis que tu veux tout arrêter.

Je hoche la tête et recule d'un pas, puis d'un autre, avant de m'enfuir en courant le plus loin possible de celui à qui je viens de briser le cœur.

Tobias

Je suis toujours au milieu des fêtards, debout comme un con, les bras ballants et le cœur en mille morceaux. Je savais que la réaction d'Annabelle pouvait ne pas être à la hauteur de mes attentes et de l'euphorie qui s'est emparée de moi. Toutefois, j'étais loin de me douter qu'elle serait aussi virulente et enverrait tout valser en moins d'une minute.

Tout ce qui se passe autour de moi n'a pas d'importance, le brouhaha ne fait que renforcer ma bulle de solitude. Je suis comme anesthésié, la seule chose à laquelle je pense est la lionne à la crinière de feu qui a disparu en emportant tous mes espoirs d'avenir avec elle.

Au bout d'un moment dont je ne saurais déterminer la durée, mes jambes se mettent à fonctionner d'elles-mêmes et me conduisent vers la sortie. Ma démarche est hasardeuse ; malgré la douche froide offerte par Annabelle, je n'ai pas complètement dessoûlé. J'arrive à l'extérieur du pub par miracle et je dois m'accrocher au lampadaire pour ne pas tomber. Je suis une vraie loque, mais je m'en fous. À cet instant je peux bien ressembler à un homme pitoyable en train de s'asseoir sur sa dignité, ça ne me fait ni chaud ni froid. La seule chose que je veux, c'est comprendre. Comment tout a-t-il pu partir en vrille en si peu de temps ?

Mon cerveau est dans un brouillard total. Je marche, pose un pied devant l'autre, espérant rejoindre ma maison en un morceau.

Sur le trajet qui me semble interminable, je compose le numéro de ma sœur. Normalement, c'est Annabelle que j'aurais appelée, sauf que cette fois c'est différent.

— Allô ! dit Cath en décrochant à la deuxième tonalité.

— Salut, Cath Baby Cath, répliqué-je par habitude.

— Tobias, tu vas bien ?

— Merveilleusement bien, si on oublie le fait que ma vie part en *live*, réponds-je d'une voix traînante qui en dit long sur mon état d'ébriété.

— Qu'est-ce que…

— Annabelle, papa, Annabelle, toujours pareil, la coupé-je. Ce n'est qu'un éternel cercle, le chien qui se mord la queue. Putain, Cath, quand tout ça va s'arrêter ?

Je n'entends pas ce qu'elle me dit ou plutôt je ne l'écoute pas. Je suis arrivé sur le perron de ma maison et je ne pense qu'à une chose : dormir pour oublier cette journée de merde.

Quand j'ouvre les yeux, je ne me souviens pas m'être couché ni même comment je suis retourné jusque dans ma chambre. Il me faut quelques instants pour émerger tout en essayant de remettre en ordre les événements d'hier soir. Tout me revient d'un coup en pleine face lorsque je repère mon téléphone au sol au milieu de la pièce en compagnie de mes vêtements. Le pub, la joie, ma demande, la rupture, puis le chaos. J'aurais préféré rester dans le flou, ça fait moins mal.

Une seconde, j'hésite à retourner sous les draps, sauf que c'est impossible, car malgré mes sentiments mis à mal et mon cœur bafoué, je suis père. Sydney est et restera toujours ma priorité. Jessica est censée me la ramener en milieu de matinée. Je ne prends pas la peine de vérifier l'heure et m'habille en vitesse avant de quitter la chambre.

Mes pas me guident jusqu'à la cuisine, d'où se dégage une délicieuse odeur de crêpes. Juste une seconde, j'ai l'espoir d'avoir fait un mauvais rêve et de trouver Annabelle aux fourneaux. Néanmoins ce n'est pas une chevelure de feu que je découvre, mais des cheveux bruns noués dans un chignon décoiffé appartenant à ma petite sœur.

— Enfin réveillé, constate cette dernière, qui m'a senti arriver.

— Qu'est-ce que tu fais là ? demandé-je, étonné.

— Moi aussi, je suis ravie de te voir, frangin.

Je m'excuse et me rattrape avec politesse avant de reposer ma question.

— Tu m'as appelée hier soir, ivre mort, et tes paroles m'ont donné des sueurs froides. J'ai sauté dans le premier avion et je suis venue. D'ailleurs, ta charmante femme n'a pas semblé contente que ce soit moi qui lui ouvre la porte lorsqu'elle a déposé Sydney.

Surpris, je jette un œil à l'heure affichée sur le four. Il est 15 heures ! Je ne pensais pas avoir dormi si longtemps. Je me sens minable d'être en train de cuver la pire cuite de ma vie alors que je devais récupérer ma fille.

— Merci, murmuré-je. Et Jess est officiellement mon ex-femme.

— Qu'est-ce qu'on dit dans ces cas-là ? Félicitations ?

Cathlyn tente par tous les moyens d'alléger l'ambiance. C'est peine perdue, même lorsqu'elle glisse une assiette pleine de crêpes fumantes devant moi, je suis incapable d'esquisser le moindre sourire.

— Je suis également venue pour qu'on parle, Tobias.

— Tu n'aurais pas dû.

J'attrape ma tasse de café et la porte à ma bouche dans l'espoir que ma sœur abandonne l'idée d'une conversation.

— À voir ta tête, j'ai bien fait. Écoute, Tobias, on a assez perdu de temps. Je t'ai cru mort pendant ces dix-huit dernières années, j'ai souffert que tu ne sois pas là quand tout allait mal dans ma vie. J'aurais aimé avoir ton épaule pour pleurer et ton soutien pour me relever. Sauf que devine quoi, on ne refait pas le passé, la seule chose qu'on peut changer, c'est l'avenir. Alors aujourd'hui je suis là, car je ne conçois pas mon avenir sans créer ce lien fraternel qui m'a tant manqué.

Je ne sais pas quoi répondre, j'ai la bouche sèche et les yeux humides. Je pourrais pleurer si Cathlyn continue de parler. Heureusement, le silence s'étire jusqu'à ce que j'enchaîne :

— Disons qu'avec Annabelle tout s'effondre. J'ai eu la merveilleuse idée de la demander en mariage. Du coup, elle a rompu.

— Tu es un idiot, lâche-t-elle sans ménagement. Vous sortez à peine ensemble, et tu la demandes en mariage, c'est normal qu'elle prenne ses jambes à son cou.

Je grimace. L'idée qu'Annabelle puisse me fuir me fait de la peine. Elle n'est pas comme toutes les autres. Je sais que c'est la bonne, alors je ne veux pas laisser passer ma chance.

— C'est différent ! Annabelle n'est pas une inconnue, c'est ma meilleure amie, tenté-je de me défendre.

— Tu es sûr ?

Je regarde ma sœur, interloqué, je ne comprends pas où elle veut en venir. Depuis que nous nous sommes retrouvés, j'ai pu lui raconter le moindre détail de ma vie après ma mort supposée, alors elle sait mieux que personne la place qu'Annabelle y occupe.

— Ce que j'entends par là, c'est que lorsque tu as rencontré Annabelle, tu étais marié, donc inaccessible. Elle n'a pas eu d'autre choix qu'être ton amie pour faire partie de ton monde, et je pense qu'en fin de compte ça lui allait bien.

— Dis-moi clairement ce que tu insinues, Cath.

— Ce que je veux dire, c'est qu'Annabelle est folle de toi, ça se voit comme le nez au milieu de la figure. Sauf que c'est également une femme qui a ses failles et ses secrets. Elle n'est pas prête à se dévoiler. Tu m'as dit toi-même n'avoir vu son appart pour la première fois que récemment. Tu savais qu'elle avait des colocs ? Que sais-tu de sa famille ?

— Je ne lui ai rien dit de la mienne non plus !

— Justement. Votre amitié est fondée sur des mensonges et des non-dits. Finalement, c'est comme une première rencontre.

La claque que je me prends à cet instant est plus violente encore que celle d'hier. Ma sœur a balayé deux ans d'amitié d'un simple claquement de doigts. Le pire dans tout ça, c'est la véracité de ses paroles. Pendant tout ce temps je me suis persuadé qu'Annabelle était ma meilleure amie, celle qui me connaissait par cœur et inversement. Sauf qu'une fois encore ce n'est que du vent.

Chapitre 35

Annabelle

Ça fait trois semaines que je ne suis pas retournée travailler au restaurant. Je sais que je ne vais pas pouvoir me permettre encore longtemps de m'asseoir sur ma paye, sauf que croiser Tobias est au-dessus de mes forces. Depuis trois semaines, c'est silence radio. J'ai d'abord pensé qu'il me contacterait. Chaque jour où mon portable restait silencieux, mon cœur saignait un peu plus. Puis une semaine est passée, la deuxième a suivi et maintenant la troisième s'achève, il ne m'a toujours pas appelée. J'essaye de me persuader que j'ai cessé d'espérer, mais au fond de moi je sais pertinemment que c'est faux. J'ai compris que je me voilais la face lorsque mon téléphone a sonné, que j'ai traversé l'appartement en courant et me suis lancée tête la première sur le canapé pour l'attraper. J'ai finalement été déçue de voir que le message était de Colton.

Il est 17 heures, et je suis toujours en pyjama. Mes cheveux sont gras et pleins de nœuds, mes yeux sont bouffis à force d'avoir trop pleuré, ou bien c'est l'herbe que ramènent mes deux amis hippies. Chaque jour je grille mes neurones un peu plus. Je préfère être défoncée plutôt que de ressentir, car la seule chose que j'éprouve, c'est de la douleur, une douleur si profonde que je me demande si un jour elle s'arrêtera.

Dans mon lit, je me tourne de droite à gauche, cachée sous ma couette et mes deux oreillers. Les premiers temps j'ai cherché son odeur, le parfum doux et viril de Tobias est resté près d'une semaine, imprégné dans mes draps. Puis elle a disparu, et je n'ai fait que m'en souvenir. Je ne sors de ma chambre que par absolue nécessité, c'est-à-dire aller aux toilettes et fumer avec mes colocs. Rouler un gros pétard collectif est la seule astuce qu'ils ont trouvée pour me tirer de ma tanière et vérifier si je suis toujours en vie.

Depuis le début de mon hibernation, je n'ai pas dû manger plus de cinq repas et c'était chaque fois sous la contrainte. Je n'ai plus d'appétit, la moindre odeur de nourriture me rappelle Tobias et les plats qu'il nous cuisinait. En réalité, la moindre chose m'évoque un moment que nous avons passé ensemble et à chaque fois mon cœur se déchire un peu plus.

Les larmes que j'avais réussi à endiguer refont surface de plus belle. Je songe à nouveau à notre soirée au pub. Tout se déroulait très bien, ou du moins du mieux possible étant donné les circonstances, puis il a fallu qu'il fasse sa demande. J'aime Tobias, du plus profond de mon cœur, depuis deux ans, sauf que je ne suis pas prête. Le mariage, je n'y crois pas, ou pas encore suffisamment. Je viens tout juste de prendre goût à l'amour, je ne veux pas brûler les étapes au risque de me brûler les ailes.

J'ai déjà tant perdu que je ne pense pas pouvoir supporter de perdre davantage. J'ai pris une décision pour me protéger moi, pour une fois. Alors pourquoi suis-je dans cet état ? Pourquoi mon cœur me fait-il tant souffrir ?

J'aimerais que ma mère soit là. À coup sûr, elle trouverait les mots justes, ceux qui me permettraient d'aller de l'avant. Depuis sa mort, je nage à vue. J'ai beau m'inspirer de sa sagesse, le résultat n'est jamais à la hauteur de ce qu'elle aurait pu faire. Je me demande ce qu'elle me dirait en ce moment et ce qu'elle penserait de moi si elle me voyait au trente-sixième dessous. Elle s'assiérait sans doute sur le bord du lit et caresserait mes cheveux en me faisant réfléchir sur moi-même et mes envies. Sauf que je suis dans ma chambre et personne n'est là pour me guider et me conseiller. J'attrape mon téléphone et compose le numéro de la seule personne capable de m'apporter un peu de joie.

Ça sonne. Une fois, deux fois… Puis je tombe sur la messagerie.

« Salut, vous êtes bien sur le portable de Maëlle ! N'hésitez pas à me laisser un message et je vous rappellerai. »

Je raccroche avant d'entendre le bip et me rabats sur un SMS, simple et efficace.

Tu me manques. On se prend un café la semaine prochaine ? J'ai besoin de retrouver ma petite sœur.

J'attends sa réponse, scotchée à mon téléphone. Il est plus de 2 heures du matin lorsque je reçois un message. Je m'empresse de l'ouvrir sans regarder le destinataire, certaine que ça ne peut être qu'elle.

Je t'aime, on se voit bientôt.

Alors en même temps que je pleure mon chagrin d'amour, je pleure le manque de ma mère, l'absence de ma sœur et la maladie de mon père. Je laisse sortir toute la souffrance que je contiens en moi.

Je pleure.

Je crie.

Je souffre.

Chapitre 36

Tobias

La vie continue. Ça fait deux mois qu'Annabelle a mis un terme à notre relation. Deux mois que je maintiens mon quotidien comme si de rien n'était. Deux mois que je ne fais que mentir à la terre entière en prétendant que je vais bien. On dit que le temps atténue la douleur, qu'il efface peu à peu les choses pour laisser la place à de nouvelles. Pourtant, ça fait deux mois, deux putains de mois et c'est toujours là.

Le service du midi se termine au restaurant, et j'ai les yeux braqués sur Laura, une jeune étudiante en hôtellerie qui remplace Annabelle. Tout d'abord, ce n'était que temporaire, le temps qu'Annabelle revienne, puis il y a un mois j'ai reçu sa lettre de démission par la poste. Je ne m'y attendais pas, j'aurais pu m'y préparer étant donné la situation, mais le fait est que j'ai été surpris. Le pire dans tout ça n'est même pas sa démission, mais le fait qu'elle me l'ait envoyée par courrier et que ses premiers mots ont été « Je vous informe de ma démission » et que le dernier était « Cordialement ». J'ai immédiatement jeté la lettre à la poubelle, puis je lui ai adressé un texto lui disant que si elle voulait son dernier chèque, il faudrait qu'elle se déplace pour le récupérer. Elle n'est jamais venue. J'ai fini par le lui transmettre par courrier hier.

Je me suis fait une raison il y a déjà plusieurs semaines, tout est terminé entre nous. J'aurais pu faire un pas vers elle, peut-être qu'il y avait quelque chose à sauver, mais chaque fois les mots de Cathlyn sont réapparus dans mon esprit. Ai-je vraiment envie de sauver une relation fondée sur le mensonge ? La réponse est oui, sauf que je ne sais pas comment.

Puis les jours ont passé, puis les semaines, et rien. Pas un signe de vie en dehors de sa démission. Annabelle Mahoney a disparu des radars. Aucun des membres de la brigade n'a eu de ses nouvelles durant ces deux mois. Alex n'a pas cessé de me rassurer, de me dire que les mauvaises passes dans un couple ça arrive. À présent, même lui a perdu espoir, il se contente de me demander si ça va.

Aujourd'hui, je ne fais que penser à la Saint-Valentin qui a eu lieu il y a deux mois. Je ne me suis pas rendu compte de la date, car j'étais perdu dans mes problèmes. La convocation au tribunal m'obsédait, et la journée a défilé. Le soir nous étions dans un bar, ivres. Minuit était passé depuis longtemps, le 14 février avait déjà sonné lorsque j'ai demandé à Annabelle de m'épouser. J'ai toujours aimé cette fête, sauf que maintenant elle n'aura plus la même saveur, car je me suis fait larguer pour la Saint-Valentin. J'ai fini par passer le reste de cette journée avec ma sœur et ma fille.

Mon petit ange est l'unique raison qui me pousse à me lever chaque matin. Sans elle, je pense que j'aurais pu emprunter quelques travers à ma mère et me noyer dans une bonne bouteille. Pourquoi les gens malheureux cherchent-ils toujours du réconfort dans l'alcool ? Tout le monde sait que l'ivresse ne fait qu'apporter des problèmes supplémentaires ; pourtant, tout le monde se sert un verre, puis deux, quand tout part en vrille.

Annabelle

Je jette mon sac dans un coin de ma chambre et me laisse tomber sur le lit sans ôter mon uniforme de Tyrolienne. J'ai dû trouver un job en urgence lorsque j'ai démissionné du restaurant de Tobias et je n'avais pas le luxe de pouvoir jouer les fines bouches. Ça fait un mois et demi que je porte cet accoutrement ridicule tous les soirs.

On pourrait croire que je vais mieux, que je ne passe plus chaque minute de chaque heure à penser à Tobias. Pourtant, tous les jours je fonctionne en pilote automatique : je me lève, me prépare, je vais bosser et quand je rentre, je m'effondre sur mon lit pour laisser couler les larmes que j'ai retenues toute la journée, jusqu'à être engloutie par le sommeil. Tous les jours, c'est la même chose.

Je suis devenue égoïste, je ne décroche plus lorsque ma sœur m'appelle, ou du moins rarement. J'essaye de lui donner des nouvelles de temps en temps, afin qu'elle ne se fasse pas de souci. Elle a déjà mon père à gérer. D'ailleurs, d'une certaine façon, je peux comprendre ce qui l'a poussé à perdre la raison et le goût de vivre. Depuis la mort de maman, je ne cesse de le dénigrer, je le juge, pourtant ne suis-je pas en train de prendre le même chemin que lui ? Comme pour illustrer ma pensée, je saisis le reste de mon joint roulé de la veille. Je l'allume et inhale plusieurs bouffées. Je laisse mon corps s'alourdir et ma tête se vider.

Je tire une nouvelle taffe quand mon portable se met à sonner. Bruno Mars chante depuis le fond de mon sac, et je n'esquisse pas le moindre mouvement pour l'attraper. Au lieu de ça, je fredonne l'air de *The Lazy Song*, et je recommence chaque fois que mon correspondant insiste.

— Décroche ce putain de téléphone ! crie Kyle depuis la pièce voisine.

Ma réponse n'est autre qu'un grognement. Lorsque la musique retentit à nouveau, je fais un effort surhumain pour récupérer mon portable et le mettre en mode silencieux.

Maintenant qu'il est entre mes mains, je décide de regarder qui est l'idiot qui ne connaît pas l'usage de la messagerie. Je suis surprise de découvrir le numéro de mon père. Je m'assieds sur le lit tout en me demandant ce qu'il peut bien me vouloir.

Ça fait presque cinq ans qu'il ne m'a pas téléphoné, j'ignorais même qu'il avait toujours un portable. Lui qui ne sort jamais de son état comateux, il m'a appelée cinq fois. Je sens une boule se former dans mon estomac. Jamais il ne m'aurait contactée s'il n'était pas dans une merde noire. Je m'apprête à le rappeler lorsque je reçois un SMS :

Tu as 72 heures pour nous ramener l'argent ou c'est ta fille qui servira de remboursement. Si tu préviens la police, ce qu'elle subira sera pire que la mort.

Karlos

Le message que m'a transféré mon père est accompagné d'une photo de Maëlle, ligotée à une chaise dans ce qui semble être une chambre d'hôtel.

Mon cœur s'emballe, le rythme est effréné, si bien que j'ai peur qu'il explose. Dans ma tête, c'est la panique. Je pense à ma petite sœur qui doit être morte de peur aux mains de brutes. Puis je pense à mon père, il est sans nul doute le seul et unique responsable de cette situation. Une seconde, je suis incapable de faire entrer l'air dans mes poumons, la main sur ma poitrine, mon souffle se fait erratique.

Putain, Anna, ce n'est pas le moment de nous faire une crise d'angoisse.

Je ferme les yeux un instant et tente de me calmer. Je tirerais bien une latte de plus de l'herbe encore fumante, mais j'ai besoin d'avoir les idées claires si je veux aider ma sœur. Il faut que je rejoigne l'appartement de mon père en vitesse, sauf qu'à cette heure-ci aucun bus ne roule jusqu'à la banlieue de Chicago. Je songe à la voiture de mes colocs, mais comme un fait exprès, elle est chez le garagiste depuis une semaine.

La panique remonte, et mes larmes coulent de plus belle. Ma sœur est prisonnière, et je n'ai même pas de voiture pour lui venir en aide. La vie ne cessera donc jamais de me mettre à l'épreuve ?

M'apitoyer ne sert à rien, l'heure tourne. Je retrouve mes esprits et attrape mon sac avant de quitter l'appartement en faisant claquer la porte dans mon dos.

Chapitre 37

Tobias

Je suis en plein milieu d'un épisode d'*Esprits criminels* quand on tambourine à ma porte. Je sursaute, les coups s'intensifient. Il est tout juste minuit, et c'est l'un de mes rares jours de congé. Je n'attends personne et je suis presque inquiet, étant donné que Sydney dort à l'étage. J'avance lentement vers la porte. C'est là que je reconnais sa voix, ses sanglots, lorsqu'elle me supplie d'ouvrir.

Je pensais en avoir fini avec Annabelle, je me suis fait une raison et je commençais à croire que j'étais en train de tourner la page. Sauf qu'à cet instant, elle est sur le pas de la porte, en larmes. Je ressens toute sa souffrance et l'urgence de la situation, alors quitte à me faire piétiner le cœur à nouveau, je déverrouille la porte.

Le spectacle qu'elle m'offre me déroute. Je ne m'attendais pas à la découvrir si maigre, le visage marqué et déguisée en Tyrolienne. J'ai l'impression de voir un fantôme et lorsqu'elle s'effondre dans mes bras, j'ai peur de la briser si je l'étreins trop fort. En plus de ça, elle est trempée par la pluie glaciale. Je serre son corps frêle et l'attire à l'intérieur. Je prends son visage en coupe entre mes mains et plonge mes yeux noisette dans les siens.

— Annabelle, parle-moi.

Elle s'étouffe dans un sanglot avant de répondre, à bout de souffle :

— C'est Maëlle.

— Quoi, Maëlle ?

Tout ce qui concerne sa sœur est sensible et, d'après son état, ça ne s'est pas amélioré depuis notre rupture. Je garde mon calme, mais intérieurement sa souffrance me fait mal, mon corps brûle de réconforter le sien. Je voudrais ôter ce voile de douleur qui entoure son cœur à cet instant, même si j'ai conscience que ce n'est plus mon rôle désormais. Annabelle ne dit rien, alors j'insiste en répétant le nom de sa sœur.

— Elle a été enlevée, assène-t-elle subitement. Je ne sais pas quand exactement ni pourquoi. La seule chose dont je suis certaine, c'est que mon père n'est pas étranger à cette histoire. C'est lui qui m'a transmis le message des ravisseurs.

Sa voix s'éteint sur ces derniers mots et ses larmes continuent de couler. Tout son corps tremble tandis qu'elle tire son portable de sa poche et me le tend. Le message est court, mais clair, et la photo qui l'accompagne finit de me dissuader de faire appel aux forces de l'ordre immédiatement. Ces mecs ne rigolent pas, tant qu'on n'en sait pas plus sur cette histoire, il est préférable de suivre leurs instructions.

— Qu'est-ce que tu attends de moi ? lui demandé-je, prêt à démarrer au quart de tour.

— J'ai besoin de ta voiture pour aller chez mon père.

Annabelle essuie ses yeux du revers de la main et une détermination nouvelle naît sur son visage.

— Passe des vêtements secs et je t'y emmène.

— Mais je…

— Tu as besoin de moi, la coupé-je.

Elle hoche la tête, et ses yeux s'emplissent à nouveau de larmes. Je l'invite à rejoindre la salle de bains pour se sécher tandis que je vais dans ma chambre récupérer quelques vêtements qu'elle a oubliés ici. Je les ai rangés dans mon armoire tel un symbole prouvant que notre relation, si courte fût-elle, a existé. Je les lui rapporte alors qu'elle s'enroule dans une serviette. Je dois lutter de toutes mes forces pour ne pas contempler son corps sublime.

Je referme la porte rapidement et monte réveiller Sydney. Ma petite puce dort à poings fermés et je me sens coupable de perturber sa nuit. Toutefois, dans ces circonstances je n'ai pas le choix. Maëlle n'aurait pas été en danger, j'aurais repoussé cette balade à demain, mais je ne peux décemment pas laisser Annabelle gérer cette crise seule.

D'une main, j'écarte une mèche blonde du visage de ma fille, je lui caresse la joue avec douceur afin de la tirer des bras de Morphée.

— Debout, mon ange, chuchoté-je.

Elle se tortille dans son lit avant d'ouvrir légèrement les paupières.

— Pourquoi il n'y a pas de soleil, papa ?

— Parce que ce n'est pas le matin.

Ma fille me regarde, les yeux brillant d'incompréhension.

— Papa a une urgence, je dois rendre service à Annabelle et sa sœur, elles ont de gros problèmes. Pendant ce temps-là, tu vas rester avec maman, d'accord ?

Elle hoche la tête avant que je l'attrape dans mes bras. Nous descendons dans l'entrée, où je l'aide à enfiler son manteau et ses bottes. Anna nous attend devant la porte, la main à la bouche, se rongeant les ongles d'inquiétude.

— Tu n'aurais pas dû réveiller la petite, je pouvais y aller seule.

— C'est hors de question, réponds-je en serrant les dents

pour ne pas me mettre à hurler. On va passer chez Jess, c'est sur la route, déclaré-je tout en tapant un SMS rapide pour la prévenir de mon arrivée.

Annabelle acquiesce, puis plus personne ne dit un mot. Le silence perdure quand nous montons dans la voiture et s'éternise encore jusqu'à ce que je sonne à la porte de mon ex-femme. Jess apparaît en moins d'une minute, enroulée dans un peignoir en soie. Fut un temps où cette image m'aurait donné envie de la plaquer contre un mur et de plonger mon visage dans son décolleté. Aujourd'hui, le désir n'a plus sa place. Jess jette un œil derrière moi et repère Annabelle dans la voiture. Son regard devient noir et ses traits se durcissent.

— C'est pour elle que tu réveilles notre fille en pleine nuit, me crache-t-elle.

— Ça ne te concerne pas, mais rassure-toi, ce n'est pas pour m'envoyer en l'air que je te dépose Sydney. Anna a des problèmes.

— C'est quoi « s'envoyer en l'air », papa ? m'interroge Sydney sans que sa mère puisse répondre.

Je me maudis un instant de ne pas avoir réfléchi avant de parler. Quand Jessica est dans le coin, j'ai du mal à me contrôler, surtout après ce qui s'est passé lors de notre divorce. Je respire profondément, refusant de me laisser déborder et que notre fille soit aux premières loges pour voir ses parents se balancer des vacheries.

— C'est prendre l'avion, ma puce, me rattrapé-je.

Sydney tend les bras vers sa mère, qui la récupère. Le plus bas possible et en serrant les dents, cette dernière me dit :

— Je me fous que ta nana ait des problèmes, tu as voulu la garde de la petite, assume.

Puis elle me claque la porte au nez.

Annabelle

Lorsque nous arrivons chez mon père, je suis à bout de nerfs. Durant tout le trajet, je me suis rongé les ongles jusqu'au sang. Je saute de la voiture et me rue jusqu'à l'appartement fermé à double tour. C'est bien la seule fois où mon imbécile de père a pensé à verrouiller la porte. Je frappe sur le bois pourri et m'égosille jusqu'à me faire entendre.

— Putain, ouvre, papa !

Il ne tarde pas à s'exécuter. J'entre en trombe, suivie de Tobias. Ma première réaction est de gifler mon père en plein visage.

— Tu es un putain de gros enfoiré, papa ! Je sais que c'est de ta faute si Maëlle a été enlevée par des types louches. Ça ne peut être que toi.

— Annabelle, écoute-moi, balbutie mon père.

J'ai envie de continuer de hurler, de déverser ma haine. C'est la première fois qu'il se tient debout devant moi depuis des années. J'aimerais lui dire tout ce que j'ai sur le cœur, des choses que je lui ai déjà avouées, mais qu'il n'a jamais entendues tant il s'était perdu dans les méandres de l'alcool. Sauf que l'heure n'est pas aux règlements de comptes, la main que Tobias pose sur mon épaule me le rappelle.

— Je t'écoute, grogné-je en pensant à ma sœur.

Pour une fois il semble avoir dessoûlé, et j'ai besoin de l'entendre tant qu'il a les idées claires.

— J'ai des dettes, de grosses dettes. J'ai emprunté de l'argent à un type nommé Karlos. D'abord pour continuer à payer le loyer, et ensuite pour jouer afin de gagner suffisamment pour rembourser ma dette. Sauf que je n'ai jamais gagné et pendant ce temps ma dette ne faisait que s'accroître. J'ai naïvement cru que j'arriverais à me faire oublier, admet-il en regardant ses pieds. Aujourd'hui Karlos est venu réclamer son payement.

Je bous intérieurement et me retiens de ne pas assener une nouvelle gifle à mon père.

— Pourquoi s'en est-il pris à Maëlle ? demandé-je.

— Sans doute parce que je faisais la sourde oreille.

Son aveu est d'une telle nonchalance que j'explose, je lui hurle à quel point je le hais, je le méprise. Cet homme a gâché la vie de ma sœur et la mienne. Aujourd'hui, nous subissons encore les conséquences de ses actes. Mes larmes envahissent mes joues en même temps que toute force m'abandonne.

— Combien ? tonne la voix de Tobias tandis qu'il me soutient physiquement.

Mon père lève les yeux vers lui, comme s'il découvrait sa présence. Il le jauge, cherchant s'il peut lui accorder sa confiance. Tobias reste stoïque, aucune émotion ne transparaît sur son visage habituellement si doux et chaleureux. Tous deux se font face, comme s'ils étaient prêts à en découdre. L'impatience de Tobias se fait sentir, alors il répète d'un ton impérieux :

— Combien vous devez à cet homme ?

— Deux cent cinquante mille dollars.

Je crois m'étouffer en entendant la somme. Tobias tente de refouler un juron, alors que je réalise à quel point j'ai peu de chances de retrouver ma sœur en vie.

Chapitre 38

Tobias

Je ne sais pas ce qui me retient de mettre mon poing dans la figure de cet imbécile.

Deux cent cinquante mille dollars !

Qu'a-t-il bien pu faire avec autant d'argent ? Le loyer, OK ! Je doute néanmoins qu'il s'agisse de sa seule dépense. Il a joué encore et encore jusqu'à avoir une dette de plusieurs milliers de dollars, pourtant il ne s'est pas arrêté.

J'aimerais demander à Annabelle si son père a d'autres addictions que l'alcool, à la place je lui attrape la main et l'attire dans la cuisine à l'écart de cet homme. Toujours sous le choc, elle se laisse guider. Je la fais asseoir sur une chaise et m'accroupis entre ses genoux. Des larmes ruissellent le long de son visage. Du pouce, je les essuie et tente de capter son regard.

— Anna.

Des pleurs et encore des pleurs et mon cœur qui se brise un peu plus pour cette femme.

— Mon amour, s'il te plaît, tenté-je.

Elle secoue la tête, essaye de me repousser, sans jamais arrêter de pleurer.

— J'ai l'argent, on va tirer ta sœur de là.

Soudain Annabelle me regarde dans les yeux. Ses sanglots ont cessé ; immobile, elle attend la suite.

— Ma mère m'a laissé un gros héritage, que j'ai touché avant mon divorce. Je l'ai mis de côté pour les études de Sydney, car dans un sens c'est à elle que cette fortune est destinée. Mais tu en as besoin pour sauver Maëlle, alors cet argent est à toi.

— Et si ta fille veut aller à Harvard ? demande-t-elle de but en blanc.

Incapable de me retenir, je ris. Dans une situation aussi désastreuse, elle ne pense qu'aux potentielles universités que Sydney pourrait fréquenter.

— Si elle veut y aller, elle ira. En attendant, il y a d'autres priorités.

Annabelle se remet à pleurer, sauf que cette fois ses sanglots sont entrecoupés de remerciements. Je la serre contre moi pour la réconforter, lui murmurant des phrases bateau et totalement infondées telles que « Ça va aller ». En réalité, je fais comme tout le monde, je prie intérieurement pour que tout se passe bien.

Nous restons encore un moment dans les bras l'un de l'autre, jusqu'à ce que les larmes d'Annabelle se tarissent. Elle finit par se redresser et s'écarter de moi en chuchotant un timide « Merci », lorsque nous nous dirigeons vers le salon pour retrouver son père. Je la suis de loin, les mains dans les poches. Elle ne s'attarde pas auprès de lui, qui est toujours en panique, ma jolie rousse trace droit vers la porte d'entrée.

— On s'occupe de tout, balance-t-elle sans regarder son père. Tu peux retourner à ta petite vie misérable. Ta seule mission est de me donner un lieu et une heure.

Son père hoche la tête, mais ne prononce pas le moindre mot avant que nous partions. Je ne connais pas cet homme, pourtant il me déçoit, je ne perçois chez lui aucun amour pour ses enfants, aucune tendresse, simplement de la peur et peut-être un peu de tristesse. Il craint sans doute que les ravisseurs de Maëlle ne s'en prennent à lui après. Il ne mérite pas d'avoir deux filles aussi formidables.

Nous rejoignons la voiture en silence. Annabelle semble sonnée, incapable de réagir, et ça me fait mal au cœur de la voir dans cet état. J'aimerais qu'il n'y ait pas cette distance entre nous. Si nous étions amis, je saurais comment me comporter, sauf que nous ne le sommes plus, et que notre passé n'est qu'un tissu de mensonges. Je grogne et tape sur le volant, frustré de cette situation. Depuis le siège passager, Annabelle me regarde, surprise, mais elle ne dit toujours rien. Je prends le temps de respirer profondément avant de me tourner vers elle.

C'est le moment d'être son roc, Tobias !

— J'appelle la banque à la première heure demain, c'est promis. En attendant, on va retourner chez moi et se reposer du mieux possible.

Elle s'apprête à protester, mais je lève la main, l'intimant au silence.

— Les jours à venir seront durs, Anna, et je serai là pour toi, je ne t'ai jamais laissée dans la merde depuis qu'on se connaît, et ce n'est pas aujourd'hui que ça commencera. J'ai compris récemment qu'on se voilait la face tous les deux sur notre amitié. Pourtant, mes sentiments, eux, sont réels, et mon attachement à toi aussi, alors on va rentrer chez moi, dormir et affronter demain ensemble.

Elle acquiesce, et je démarre la voiture pour prendre la route. Il est déjà 3 heures du matin, si nous voulons nous reposer, il n'y a plus de temps à perdre.

La route est déserte, il ne nous faudra pas longtemps pour rejoindre le centre de Chicago. Par réflexe, je lance la musique, mon téléphone est connecté en Bluetooth, c'est notre playlist qui démarre avec l'air de Coldplay, *Something Just Like This.*

Annabelle soupire.

— Tu sais que ça ne changera rien entre nous ?

J'ai beau en avoir conscience, ça ne fait pas moins mal. Je serre les dents pour ne pas me laisser emporter une nouvelle fois. Pourtant j'ai envie de lui crier après, de lui dire que notre histoire en vaut la peine.

— Hum, hum.

— Je suis sérieuse, Tobias.

— Je sais bien. Une fois ta sœur hors de danger, nous redeviendrons des inconnus, je ne me fais pas d'illusions, réponds-je avec amertume.

— Je...

Elle hésite, mais ne finit pas sa phrase. Je ne peux dire si je suis déçu ou soulagé que le silence reprenne sa place dans l'habitacle. J'aurais aimé qu'elle se batte pour moi, pour nous. J'espérais naïvement que ces mois de séparation auraient fait évoluer les choses. Sauf que ce serait mal connaître Annabelle Mahoney, lorsque cette femme a quelque chose en tête, il est impossible de lui faire changer d'avis. Je voulais être l'exception à la règle, mais Anna en a décidé autrement. Plus un mot n'est prononcé jusqu'à notre arrivée.

Il nous reste peu de temps avant l'aube lorsque nous pénétrons dans la maison. Je suis épuisé et tiens à peine debout. Depuis deux mois je ne fais que survivre, ne dormant pas plus de quelques heures chaque jour. Je donne le change, pour ma fille et mes collègues, sauf que cette soirée est la goutte d'eau qui fait déborder le vase. Revoir Annabelle anéantit tous mes efforts. Bien que notre relation amoureuse n'ait duré que peu de temps, ça fait plus de deux ans qu'elle partage ma vie, et m'éloigner est l'une des choses les plus difficiles que j'aie eu à faire ces derniers mois. Même aller rencontrer mon enfoiré de père à Rikers n'a pas été aussi dur.

Je me laisse aller sur le canapé, et ma tête retombe en arrière. Je ferme les yeux et soupire.

— Tu peux prendre la chambre, je garde le canapé, indiqué-je à Annabelle.

— Merci.

Cette fois, c'est à mon tour de conserver le silence. Je ne sais pas si elle a rejoint la chambre lorsque le sommeil m'emporte.

Annabelle

Je referme la porte de la chambre de Tobias et m'y adosse. J'ai le souffle court et l'esprit en vrac. Je ne cesse de m'inquiéter pour Maëlle. Où est-elle ? A-t-elle peur ? Souffre-t-elle ? Que lui font ces hommes ? Les larmes me montent aux yeux une fois encore. S'ils lui font du mal, je ne pourrai jamais me le pardonner. J'aurais dû insister pour qu'elle revienne avec moi lorsque j'ai vu dans quelles conditions elle vivait. Au lieu de ça, j'ai cédé, privilégiant les conseils de Tobias. J'ai laissé passer mon histoire d'amour avant ma sœur et sa sécurité. Depuis des années je protège les miens et tiens à distance les hommes, car je savais que le jour où un bel étalon mettrait la main sur mon cœur, ça signerait le début de la fin.

J'ai fait pire que ça, je l'ai offert à Tobias. Aujourd'hui je m'en mords les doigts. Ce n'est pas de sa faute ce qui arrive, jamais je ne pourrai l'accuser d'une telle chose. Simplement, j'attire les problèmes comme la lumière attire les insectes, et maintenant il va débourser deux cent cinquante mille dollars pour réparer les conneries de mon père et sauver ma sœur. Cet argent qui ne pourra pas servir aux études de sa fille, car je sais pertinemment qu'une vie entière ne suffira pas pour rembourser ma dette.

Je me traîne jusqu'au lit sur lequel je me laisse tomber. Je fixe le plafond sans jamais cesser de sangloter. Je ne pensais pas avoir encore des larmes, j'ai tant pleuré ces derniers temps. Mais aujourd'hui ma sœur est aux mains de brutes, et pour la sauver, je suis obligée d'impliquer l'homme que j'aime et à qui j'ai brisé le cœur. J'enfonce à nouveau le couteau dans une plaie qui peine à cicatriser.

Chapitre 39

Tobias

Quand j'ouvre les paupières, Annabelle est assise dans la cuisine, une tasse de café fumante à la main. Je prends le temps de la contempler et l'espace d'un instant j'ai l'impression que notre rupture n'a jamais eu lieu, que c'est juste un mauvais rêve. Puis elle se tourne vers moi, et je découvre son regard vide et ses yeux cernés, tout me revient en pleine figure. Ma bulle éclate et la réalité me rattrape.

Nous n'avons pas une minute à perdre. Je saisis mon téléphone et compose le numéro de la banque. Je ne donne pas beaucoup de détails à la standardiste, il faut simplement qu'elle me confirme pouvoir débloquer l'argent.

— Monsieur Turner, ce que vous demandez là est assez inhabituel. Nous pouvons traiter votre requête dans la journée et convenir d'un rendez-vous pour demain.

— Non ! J'en ai besoin aujourd'hui, le plus tôt possible. C'est urgent.

Mon ton est sans appel, et je suppose qu'elle le sent à l'autre bout du fil.

— Très bien, vous pouvez venir dès maintenant, nous allons nous arranger.

— Merci.

Je coupe la communication et me tourne vers Annabelle, qui semble suspendue à mes lèvres.

— Je prends une douche, et on pourra partir, lui lancé-je en me levant.

Elle s'approche et me tend la tasse qu'elle tient entre ses mains.

— Je l'ai fait couler pour toi, je suis incapable d'avaler quoi que ce soit.

J'attrape le café en la remerciant avant de le descendre d'une traite.

— Je ne serai pas long, promets-je en lui rendant la tasse.

En dix minutes, je suis revenu, et nous voilà en route pour la banque. Annabelle ronge ses ongles sur le siège passager tandis que je serre le volant bien trop fort. La pression est telle qu'aucun de nous ne prononce le moindre mot. Je me gare sur le parking de la banque au moment où le rideau métallique se lève, je me détache, puis pivote vers Annabelle.

— J'entre, je récupère l'argent et je ressors. Je ne devrais pas en avoir pour longtemps. En attendant, trouve l'adresse du type à qui ton père doit tout ce fric.

Je ne lui laisse pas le temps de répondre et saute de la voiture avant de marcher d'un pas décidé vers l'entrée. Je passe le contrôle de sécurité et me rends au guichet.

— Monsieur Turner, vous êtes bien matinal, me dit le conseiller avant que je puisse ouvrir la bouche.

Je ne devrais pas être surpris qu'il connaisse mon nom, ce n'est pas tous les jours que le solde du compte d'un de leurs clients est multiplié par mille.

— C'est parce que j'ai un besoin spécifique et urgent que je suis là.

— Je me le suis laissé dire, suivez-moi dans mon bureau, qu'on voie ce que je peux faire pour vous.

Je lui emboîte le pas dans une pièce adjacente et refuse le café qu'il me propose. Nous ne devons pas avoir la même notion de l'urgence, toutefois je ne peux pas lui avouer que je dois retirer une somme astronomique pour répondre à un chantage.

— Dites-m'en plus, monsieur Turner.

— Je souhaiterais retirer deux cent cinquante mille dollars, déclaré-je sans détour.

M. Anderson, je lis sur sa plaque, semble s'étouffer avec la goulée d'air qu'il vient d'inspirer.

— Je peux me permettre de vous demander pourquoi ?

— Non, vous ne pouvez pas.

— Très bien. Vous savez qu'il y a une procédure pour un retrait aussi important ?

Il commence sérieusement à me taper sur les nerfs, et je lutte pour le masquer au mieux.

— Alors démarrons cette procédure dès maintenant, grogné-je.

Anderson s'agite sur sa chaise, mal à l'aise, et tire un document des bannettes situées à sa droite. Il me remet le feuillet et un stylo, m'invitant toutefois à lire attentivement chaque ligne du document. Je signe immédiatement la dernière page et lui tends à mon tour la montagne de feuilles.

— Je vois, dit-il, sceptique. Je vais enclencher la procédure.

Il se lève et quitte le bureau. Je suis nerveux, mon pied tape frénétiquement le sol et mes mains sont agrippées aux accoudoirs. Je suis tellement à cran que j'ai été désagréable avec ce pauvre Anderson qui ne fait que son travail. Je ne pensais pas un jour me retrouver dans ce genre de situation. J'espérais même avoir tout vécu lorsque mon père a fait de moi sa marionnette et que ma femme a dragué le fiancé de ma sœur. Mais je me suis trompé.

Le banquier revient une demi-heure plus tard, avec une mallette noire comme dans les films. Il la pose sur le bureau entre nous et l'ouvre afin de faire le compte devant moi. Je reste bouche bée devant autant de billets. J'ai vécu dans l'opulence les quinze premières années de ma vie, sauf que je n'ai jamais eu accès aux ressources de ma famille. Me faire passer pour mort était prémédité, et pour ça, j'avais mis de côté mon argent de poche pour me faire la belle : trois mille dollars. Rien à voir avec la somme qui s'étale devant mes yeux.

— Le compte y est, termine Anderson.

— Je vous remercie, monsieur, réponds-je en me levant. Et je tiens à m'excuser pour tout à l'heure, vous n'êtes pas le responsable de ma mauvaise humeur.

Il acquiesce, ne semblant pas m'en tenir rigueur. Nous nous serrons la main, et il me reconduit vers la sortie. Une fois dehors, je ne perds pas une seconde, je retourne à la voiture et donne la mallette à Annabelle. Ses yeux bleus traduisent son inquiétude et m'interrogent en silence. J'opine du chef.

— Tout y est.

Elle souffle et le poids sur ses épaules semble s'alléger un peu. Je m'attache en vitesse et m'insère dans la circulation.

— Tu as l'adresse du lieu de rendez-vous ? demandé-je nerveusement.

— Un hôtel. Je l'ai entrée dans le GPS.

J'approuve d'un mouvement de tête, et le silence retombe. La pression monte, nous approchons du moment fatidique, celui où nous reverrons Maëlle, même si nous ne savons pas encore dans quel état.

Annabelle

Je n'aurais jamais pensé me garer sur le parking du Four Seasons de Chicago un jour. Encore moins pour y rencontrer les ravisseurs de ma sœur. Mon cœur bat à mille à l'heure, et mes mains serrent fermement la mallette contenant la dette de mon père.

Nous sommes arrêtés depuis cinq minutes, ni Tobias ni moi n'avons bougé. Je sais qu'il attend que je descende de la voiture, mais je n'y arrive pas.

Toi qui voulais y aller seule il y a moins de dix minutes !

Depuis que nous avons quitté l'appartement de mon père hier, je ne fais que penser à l'implication de Tobias.

— Ce n'est pas ton combat, tenté-je une dernière fois.

— On en a déjà parlé, Anna, gronde-t-il. Il est hors de question que je ne t'accompagne pas.

En réalité, cela me rassure, car je serais bien incapable de me défendre si les choses tournaient mal.

Pourquoi je songe à ça ?

Pendant que je me fustige intérieurement, Tobias prend ma main dans la sienne. Son contact me fait du bien, sauf que je ne peux pas m'y habituer. Dès que nous quitterons cet endroit de malheur, nous reprendrons les vies que nous menons depuis deux mois. J'essaye de me dégager, mais il me retient, et je n'ai pas suffisamment de volonté pour me battre contre lui.

— Il faut qu'on y aille, Anna. Il nous reste peu de temps, ton père a dit 11 heures pile.

Sa voix se veut rassurante, mais il y a longtemps que j'ai appris à voir ce qui se cache derrière, lui aussi est mort de trouille. Sauf qu'il prend son courage à deux mains et tente de me faire bouger.

— D'accord, déclaré-je dans un souffle.

Lentement, nous quittons tous les deux la voiture. Je tiens la mallette tandis que Tobias m'attrape la main et nous conduit à la réception de l'hôtel. Dans le grand hall, tout semble normal, tout le monde vit sa vie sans penser que parmi eux, l'un des clients est un dangereux truand. Il y a une famille en train de monter ses bagages, un jeune couple qui s'embrasse, une femme pianotant sur son ordinateur avec l'air concentré. Toutes ces personnes ont une insouciance dont nous sommes privés. Eux sont là pour le plaisir ou le travail, alors que notre seul objectif est de sauver ma sœur et de rembourser une putain de dette.

— Arrête de regarder ces gens, ça ne t'apportera rien, murmure Tobias à mon oreille.

Je hoche la tête, et nous nous rendons à la réception. Nous faisons la queue derrière deux personnes. J'ai le sentiment que le temps s'étire et que la réceptionniste fait tout ce qui est en son pouvoir pour retarder notre passage. Je sais que je suis parano et qu'il s'agit simplement de mon stress grandissant. Notre tour vient enfin, et je devance la réceptionniste avant qu'elle nous sorte sa formule de politesse.

— La chambre de Karlos, s'il vous plaît, on a rendez-vous.

Son visage change, ses traits accueillants se rigidifient. Elle attrape le téléphone et compose ce que je suppose être le numéro de la suite.

Après quelques secondes, elle informe notre hôte :

— Ils sont là.

Le combiné grésille, puis elle raccroche avant de lever les yeux vers nous de nouveau.

— L'ascenseur de gauche, dernier étage. Il vous attend, ajoute-t-elle en nous tendant une carte magnétique.

Nos regards se croisent. Tobias hoche la tête et, d'un commun accord, nous prenons ce putain d'ascenseur.

Chapitre 40

Annabelle

Elle est la première chose que je vois : ma sœur. Elle est ligotée à une chaise et bâillonnée, elle ne porte presque rien, et je sais d'avance que ces vêtements ne sont pas les siens. Ils l'ont habillée d'une jupe en cuir qui ne couvre que la moitié de ses fesses et d'un haut en dentelle rouge qui s'apparente davantage à un sous-vêtement. Mon cœur tambourine dans ma poitrine. J'ai envie de courir vers elle pour la prendre dans mes bras, mais Tobias me retient. Maëlle m'aperçoit à son tour, et ses yeux s'emplissent de larmes. Je ne parviens pas à savoir si elle est soulagée ou anéantie de me voir ici. La seule chose que je devine, c'est sa douleur. Je serre les dents en imaginant ce qui a pu lui arriver ces dernières quarante-huit heures, car oui, mon père ne m'a prévenue qu'après une journée entière. Elle ne semble pas être marquée par les coups, cependant je suis certaine qu'elle souffre de blessures plus profondes.

Un gorille d'un mètre quatre-vingt-quinze fait son apparition sur ma droite et m'arrache la mallette des mains. J'ai un petit cri de surprise autant que de douleur, cet homme est loin d'être doux.

— Où est cet enfoiré d'Arthur ? demande un homme que je n'avais pas encore aperçu.

Du fond de la pièce, il rejoint ma sœur et met une main possessive sur son épaule. C'est lui Karlos, j'en suis certaine. Le voir poser ses sales pattes sur ma sœur me donne envie de vomir. Il est exactement comme je l'imaginais, grand, élancé, portant un costume valant au moins cinq mille dollars. Et surtout, son corps est couvert de tatouages, jusque sur son crâne rasé où il arbore une tête de mort dont les détails me font froid dans le dos. Ce mec me fout une trouille bleue. La main de Tobias ne m'a pas lâchée, il maintient la pression et c'est grâce à lui que je ne flanche pas à cet instant. Je ne parviens pas à détacher mon regard de ma sœur, elle est terrifiée et je suis incapable de l'aider.

Karlos perd patience face à mon silence, dégaine son revolver accroché à sa ceinture, et le pointe sur la tempe de Maëlle.

— Il faut que je vous menace de lui mettre une balle dans la tête pour avoir une putain de réponse ?

— Non ! crié-je, horrifiée. Mon père n'est pas là, il est chez lui.

— Pourquoi envoyer sa seconde fille alors que je détiens déjà la première ?

Sa question est rhétorique, je le sais, mais il a toujours une arme et en ce moment elle est braquée sur ma sœur, alors je lui indique :

— Parce que mon père est un abruti. Il aurait merdé à coup sûr.

Karlos semble être d'accord avec moi. Il hoche la tête et retire le canon de la tempe de Maëlle. J'ai à peine le temps de reprendre mon souffle qu'il la dirige droit sur Tobias.

— Et lui, qui est-ce ?

— Je…

— Son mec, réplique Tobias avant que je bégaye de trop.

— Intéressant.

Karlos s'avance vers nous, jouant avec son arme. Son sourire est malsain, on peut deviner les engrenages se mettre en route dans sa tête. Il réfléchit déjà à ce qu'il pourrait faire de cette information.

— Du coup, tu t'es dit que tu allais venir défendre l'honneur de ta chère et tendre.

— Surtout m'assurer qu'il ne leur arrive rien à toutes les deux, ose Tobias.

Karlos commence à rire comme s'il avait entendu la meilleure blague de sa vie.

— Parce que tu penses que toi, tu pourras faire quelque chose si je décide de les buter ?

J'ai un hoquet d'horreur, je ne m'attendais pas à ça. Il était convenu qu'on apporte l'argent et qu'on récupère Maëlle avant de filer à toute vitesse pour ne plus jamais recroiser sa route. Il n'a jamais été question d'arme, de sang et encore moins de meurtre.

Que tu es naïve, ma pauvre fille !

Quel gangster se promènerait sans flingue ? Ce type a enlevé ma sœur, alors pourquoi ne serait-il pas capable de nous tuer ?

— Il y a le compte, nous surprend la voix du gorille à l'autre bout de la pièce.

Sauvés par le gong !

— Tu es sûr ? s'inquiète Karlos, probablement étonné.

— J'ai compté deux fois. Tout y est.

— Parfait, mais j'aimerais m'amuser encore un peu, fait Karlos en se tournant vers nous avec un sourire carnassier.

Son acolyte acquiesce et remet l'argent dans la mallette avant de la glisser dans une valise de voyage. Puis il vient se positionner à droite de son patron, prêt à en découdre, ce qui ne me rassure pas.

Tobias

Le molosse adopte une posture d'attaque, le changement est imperceptible, car il n'a pas encore reçu l'ordre de me frapper, mais je sais ce qui va venir. Plus de dix ans à se faire mettre sur la tronche par son père doit bien servir à quelque chose.

Un signe de tête, et l'armoire à glace se jette sur moi. Son poing heurte directement mon visage et me fait reculer d'un mètre. Je suis sonné, pourtant je réussis à éviter les trois coups suivants et à en rendre un, mais le quatrième me prend par surprise. Le genou de mon adversaire s'enfonce dans mon ventre. J'en ai le souffle coupé et je tombe à genoux.

— Non ! entends-je Annabelle crier. Vous allez le tuer.

— Qui te dit que ce n'est pas notre idée ? jubile Karlos.

Il se fout d'elle, sauf qu'elle ne s'en rend pas compte. Ça ferait tache un cadavre dans un lieu comme celui-là, et s'il veut pouvoir continuer son business sans que le gérant de l'hôtel le foute dehors, il n'a pas intérêt à laisser des morts dans son sillage.

Je me relève avec difficulté, je sais que je ne fais pas le poids devant ce mec balèze, pour autant je compte bien me rebeller. Le gorille rit face à ma persévérance, néanmoins je suis le suivant à porter un coup, j'atteins ma cible en pleine face. Il ne rit plus du tout.

— Tu n'aurais pas dû, grogne-t-il avant de fondre sur moi.

Les coups pleuvent, et je ne suis pas de taille.

Annabelle

Je suis impuissante devant ce spectacle. Tobias a tenté de se défendre sauf que depuis cinq minutes il est à terre, et son assaillant n'a pas l'intention de lui laisser le moindre instant de répit. Un coup de pied dans les côtes le fait hurler, puis un au visage le réduit au silence. Ma vue est brouillée par mes larmes, et je ne discerne que du sang, beaucoup de sang.

— Arrêtez, supplié-je Karlos ou son acolyte, prise de sanglots.

Personne ne m'écoute, le molosse continue ses assauts tandis que Karlos se ressert un verre de bourbon tout en se délectant du spectacle. Je pleure à l'unisson avec ma sœur, qui n'en perd pas une miette. Maëlle se débat sur sa chaise, tente de hurler, mais cela n'a pas le moindre effet, Karlos l'ignore royalement.

Tobias ne bouge plus, étendu sur le sol. L'ont-ils tué à force de le rouer de coups ? A-t-il rendu les armes ?

Karlos tape dans ses mains et son larbin cesse de s'en prendre à l'homme que j'aime.

— Je pense qu'il a retenu la leçon, Aymeric, nous pouvons y aller.

Je suis stupéfaite. Alors ce n'était qu'un acte gratuit ? Ils ont tabassé un homme pour le plaisir sans rien attendre en retour. Je bous intérieurement, mais garde le silence. Je n'ai aucune envie que leur colère s'abatte sur moi, ou pire, sur Maëlle. Je suis lâche, mais je préfère les voir prendre la fuite plutôt que de trouver une nouvelle façon de se dégourdir les poings.

Karlos attrape la valise contenant la mallette et se dirige vers la porte avec son acolyte. Avant de s'engouffrer dans l'ascenseur, il se tourne vers moi et lance :

— Dis à ton père que sa dette est payée, mais s'il s'amuse à nouveau à tenter de me prendre pour un con, il le payera beaucoup plus cher.

Puis ils disparaissent, comme si rien ne s'était passé dans cette suite. À peine les portes de l'ascenseur closes, je me rue vers Tobias étendu au milieu d'une mare pourpre. J'ai un moment d'hésitation, je ne sais pas quoi faire, je suis tétanisée par l'angoisse. Je finis par me pencher au-dessus de lui et poser deux doigts sur sa carotide.

Boum-boum, boum-boum.

Je laisse échapper un soupir, rassurée. Je me redresse et l'abandonne un instant pour aller aider ma sœur toujours ligotée à sa chaise. Le sang bat dans mes tempes, et j'ai le souffle court. Je suis soulagée que ces deux enfoirés soient partis, mais j'ai peur qu'ils reviennent finir le travail. Je défais le bâillon, attrape son visage entre mes mains pour l'inspecter. Je ne remarque aucune blessure. J'embrasse son front et la serre contre moi tout en laissant mes larmes couler.

— Comment tu vas, ma puce ? Ils t'ont fait du mal ? Ils ont abusé de toi ? Où sont tes vêtements ?

— Non, avoue-t-elle en secouant la tête. Ils ne m'ont pas violée, si c'est ce que tu veux savoir. Ils m'ont seulement forcée à me déshabiller devant eux et à danser dans cette tenue de pute.

Sa voix est mal assurée, et je doute qu'elle me dise toute la vérité, mais pour cette fois, je n'insiste pas, je n'en ai pas la force.

— Je suis désolée, tellement désolée, lui murmuré-je à l'oreille.

Elle pleure en silence, mais ne répond rien. Je la contourne pour défaire ses liens. Elle se masse les poignets et donne un coup de menton vers Tobias, qui gémit au sol, pour que je m'occupe de lui.

Une fois que je suis certaine que Maëlle va bien, je m'empresse de rejoindre Tobias, qui a déjà trouvé la position assise. Il est couvert de sang, mais hormis sa lèvre fendue et son nez cassé, je ne décèle aucune plaie ouverte. Je suis soulagée, mais ce sentiment est vite remplacé par l'inquiétude quand je remarque qu'il se tient les côtes et tente de me sourire malgré la douleur.

— Arrête de jouer les héros. Je sais que tu souffres, ne fais pas semblant avec moi.

— Je ne fais pas semblant, pas avec toi, souffle-t-il en tendant la main pour remettre une mèche de cheveux derrière mon oreille. On a réussi.

Je me relève, furax.

— Tu trouves qu'on a réussi ! Tu te fous de moi ? Tu es dans un état lamentable, Tobias, j'ai même cru un instant que tu étais mort. C'est loin d'être une réussite.

— Il en faut plus pour venir à bout de moi, raille-t-il. J'aurais pu endurer bien plus pour toi.

— Non ! C'est déjà bien trop ! Tu ne comprends donc pas que c'est l'une des raisons qui font qu'entre nous c'est impossible ? Tu es un chevalier alors que moi, je veux juste me tirer de ma merde toute seule. Je ne veux pas que tu t'impliques dans mes problèmes, c'est à moi de porter ce fardeau.

Résigné, il ne dit rien. Je l'aide à se lever péniblement, nous faisons un détour par la salle de bains de la suite, à sa demande. Il ne souhaite pas descendre dans le hall dans cet état. Avec un gant, je nettoie ses plaies. Tobias ne me regarde plus, il se laisse faire, mais ses yeux sont rivés sur le sol. Le silence est pesant, mais je ne peux pas le lui reprocher.

N'est-ce pas moi qui veux le voir s'éloigner ?

Maëlle donne deux petits coups sur la porte puis entre dans la salle de bains. Elle qui a toujours eu un caractère bien trempé, elle semble toute timide à cet instant.

— Je voulais te remercier, Tobias, déclare-t-elle. Je sais que c'est grâce à toi que je ne suis plus aux mains de ces types. Tous les coups que tu as pris aujourd'hui étaient destinés à mon père. Jamais il ne te remerciera pour ça, alors c'est moi qui le fais.

Il lève les yeux vers elle.

— Si c'était à refaire, je le referais, répond-il avec sincérité. (Puis il se tourne vers moi.) Ramène-nous à la maison, il est temps de quitter cet hôtel de malheur.

— Tu veux dire à l'hôpital ?

Il grimace et fait non de la tête, ce qui a pour conséquence de lui provoquer de nouvelles douleurs.

— C'est bien ce que je dis, on va à l'hôpital.

Je passe son bras droit sur mes épaules tandis que Maëlle fait de même de l'autre côté. Tobias a beau protester, nous irons aux urgences.

Chapitre 41

Annabelle

Nous arrivons à l'hôpital central de Chicago en un temps record. J'aide Tobias à descendre, bien qu'il me repousse pour rester dans la voiture. On dirait un enfant qui ne veut pas aller chez le dentiste. Je finis par avoir raison de ses dernières forces. C'est à peine s'il tient encore debout lorsque nous franchissons les portes automatiques. Il est pris en charge immédiatement. Ses vêtements couverts de sang ont dû alerter les médecins. Deux hommes l'aident à s'allonger sur un brancard avant de l'emmener vers un long couloir. Je m'apprête à les suivre, mais une femme en blouse rose m'arrête dans mon élan.

— C'est réservé au personnel médical et à la famille. Vous êtes de la famille ?

— Non, réponds-je d'une voix à peine audible.

Je ne suis pas de sa famille, et c'est ma faute. J'aimerais hurler à cette femme que je suis la petite amie de Tobias, mais ça serait mentir. Ce constat me serre la poitrine, pourtant cette journée me conforte dans mon choix de le tenir à distance. Je préfère avoir le cœur en miettes plutôt que de le faire souffrir à nouveau.

Avec Maëlle, nous patientons près d'une heure dans la salle d'attente sans qu'aucun médecin vienne à notre rencontre. Je me lève pour interroger l'infirmière derrière le bureau quand l'un des hommes qui ont emmené Tobias refait surface. Je me jette sur lui et l'assomme de questions.

— Votre ami va bien. Un simple nez cassé et quatre côtes fêlées. Du repos, c'est tout ce dont il a besoin.

— Et moi, que puis-je faire pour lui ? l'interrogé-je, soucieuse.

— Rien, hormis le reconduire chez lui. Il est en train de signer les papiers.

Lorsqu'on s'est garés devant la maison de Tobias, il y a maintenant deux jours, il a presque sauté de la voiture pour aller s'enfermer chez lui. Je n'ai pas eu le temps de le remercier que la porte était close. Maëlle et moi sommes rentrées chez nous sans un mot, et nous avons dormi toutes les deux jusqu'au lendemain.

Quand j'ouvre les paupières, il est presque 10 heures. Ma nuit a été agitée, mais j'ai tout de même réussi à me reposer. Je me tourne sur la droite et regarde ma petite sœur. Maëlle est déjà réveillée. Comme depuis son retour, ses yeux sont vides et rivés au plafond. Elle n'a aucune séquelle physique de son enlèvement, pourtant ces quelques jours lui ont laissé des traces indélébiles. Elle ne sourit plus, parle à peine. Elle est épuisée, son diabète s'est complètement déréglé, et j'ai dû lui faire plusieurs piqûres d'insuline.

Sous la couette, j'attrape sa main et la serre dans la mienne.

— À quoi penses-tu ? chuchoté-je pour ne pas la brusquer.

— À quel point j'ai été conne de penser que je pouvais changer papa si toi tu n'y es pas parvenue.

— Ne dis pas ça. Il m'a fallu du temps pour me résigner, et je crois que chaque fois que je vais le voir, un léger sentiment d'espoir sommeille en moi, même inconsciemment. C'est toujours une déception, mais à chaque visite je croise les doigts pour qu'il y ait un changement. C'est normal que tu aies voulu essayer.

Maëlle serre ma main plus fort et tente de me dire quelque chose, mais rien ne sort. J'admire sa force, sauf que j'ai peur de ce qui pourrait la ronger. Vivre avec notre père n'est pas une partie de plaisir ; en plus de ça, elle vient de passer deux jours séquestrée par des mecs louches. Depuis que nous avons retrouvé la chaleur de l'appartement, elle n'a pas versé la moindre larme.

— Laisse-toi aller, l'encouragé-je. Je suis là pour toi, tu peux tout lâcher.

— Ils ne m'ont pas touchée, je te le jure, dit-elle après un instant de silence. Pourtant, je me sens sale et humiliée. Ils m'ont forcée à me mettre nue devant eux. Leurs yeux sur moi m'ont brûlée. Ils avaient envie de moi, je les ai vus bander et se frotter à travers le tissu de leur pantalon. Puis ils ont voulu que je me caresse devant eux.

Elle fait une pause, prise de sanglots. Je lâche sa main pour la serrer dans mes bras et caresser ses cheveux.

— J'ai refusé, mais Karlos a braqué son flingue sur moi, et je n'ai pas eu le choix. Alors je l'ai fait, je me suis caressée devant eux puis ils ont commencé à se masturber. Je n'ai rien vu d'aussi dégueulasse, un homme qui prend plaisir dans la honte d'une femme. Après j'ai dû porter la tenue dans laquelle j'étais lorsque tu m'as trouvée, juste pour leur plaisir. Je sais que ça aurait pu être bien pire, des centaines de femmes se font violer chaque jour, alors je ne devrais pas me plaindre, mais Anna, j'ai honte de moi.

— Il ne faut pas, ma puce, tu as fait ça pour ta survie. Tu as le droit de te sentir mal et humiliée. Certes, ils ne t'ont pas touchée physiquement, mais ils t'ont atteinte au plus profond de toi. Comparer ta souffrance n'a pas de sens, tu la ressens, c'est tout. Tu n'as pas à te justifier.

Maëlle se met à pleurer et est incapable de s'arrêter durant les heures suivantes. Je reste à ses côtés, la serrant contre moi pour lui apporter tout le réconfort possible.

Elle finit par se rendormir, et je décide de quitter la chambre. Nous avons toutes les deux besoin de répit.

Maëlle se plonge dans le sommeil tandis que moi je fixe mon téléphone posé sur le plan de travail de la cuisine. Je ne peux m'empêcher de penser à Tobias, je l'ai laissé dans un sale état en rentrant de l'hôpital. Je me sens coupable de ne pas l'avoir suivi pour m'assurer qu'il n'avait besoin de rien, qui sait ce qu'il s'est passé une fois la porte refermée. Peut-être a-t-il perdu connaissance à cause de la douleur. Tobias aime jouer les super héros, et s'il ne prenait pas ses médicaments ? Ou peut-être s'est-il fait mal en voulant attraper quelque chose hors de portée ? Le médecin lui a conseillé de se reposer, sauf que personne n'est avec lui pour veiller sur lui.

Arrête de tergiverser et appelle-le !

Et s'il ne décrochait pas ? Une fois encore, j'ai été odieuse pour le tenir à distance, mais c'était nécessaire. Toutefois, en ai-je vraiment envie ? Je ne suis que l'ombre de moi-même depuis que j'ai éjecté Tobias de mon monde. Un sentiment de regret m'écrase le cœur. J'ai voulu nous protéger l'un comme l'autre, mais je n'ai fait que nous rendre la vie plus douloureuse. Aujourd'hui, j'ai peur qu'il soit trop tard, après ce qu'il a fait pour nous et la façon dont je l'ai traité, j'ai peur qu'il me rejette. Je choisis donc le SMS pour prendre de ses nouvelles.

Hello, comment vont tes blessures ?

Sa réponse ne tarde pas, comme s'il attendait lui aussi devant son téléphone. Toutefois, elle est glaciale et impersonnelle.

Bien.

Quelques secondes après, un second message arrive.

Et Maëlle ?

Affreusement mal, mais elle est forte, elle va se relever. Je serai là pour affronter toutes les épreuves avec elle.

Puis plus rien, silence radio. Mon cœur se serre devant tant de froideur, il ne m'a pas demandé comment j'allais, il s'est contenté du strict minimum. Je sais que je l'ai mérité, pour autant ça ne fait pas moins mal.

Tobias

Ça fait un mal de chien !

Je peine à respirer, et j'ai la tête comme une pastèque, prête à exploser. J'ai demandé à Jess de garder Sydney plus longtemps de peur d'effrayer ma fille avec mon visage contusionné. Elle ne s'est pas fait prier ; malgré son cinéma de l'autre soir, elle est ravie de pouvoir passer des moments de complicité avec sa fille. Je lui ai promis de lui rendre la pareille le jour où elle en aurait besoin, et nos échanges se sont arrêtés là.

Je me regarde dans le miroir, je fais peur à voir. Cet abruti m'a pété le nez. Il y a longtemps, j'avais l'habitude de soigner ce genre de blessure tout seul, sans consulter un médecin. J'en ai gardé quelques cicatrices. Cette fois, le docteur a fait du bon boulot, je ne devrais pas avoir trop de traces si je fais mes soins correctement.

Pendant que j'effectue mon petit rituel, je repense aux

quelques mots échangés avec Annabelle par messages hier. Elle a fait un pas vers moi, ce pas que j'espérais voir venir depuis des mois, néanmoins j'en ai fait deux en arrière. Même si je lui ai assuré le contraire, j'ai cru que notre aventure changerait les choses. Sauf que non, elle m'a bien fait comprendre que j'étais de trop, elle avait besoin de moi à ce moment, pas dans sa vie.

Et, bordel, ça fait plus mal que le pied que je me suis mangé en pleine poire. Pour elle !

Jamais je ne lui renverrai au visage tout ce que j'ai fait ce jour-là, je ne le regrette pas une seule seconde. Si je devais le refaire sans que l'issue change, je recommencerais sans hésiter. Toutefois, je ne vais pas continuer à lui donner des munitions pour piétiner mon cœur.

Annabelle

Depuis trois semaines, Tobias appelle tous les lundis soir pour prendre des nouvelles de Maëlle et se tenir au fait de ses progrès. Mais dès qu'il a eu les infos qu'il souhaitait, il raccroche. Je ne peux pas lui en vouloir, car lui au moins me contacte et s'inquiète de ce qu'il advient de ma sœur. Ce n'est pas le cas de mon père. Ça va bientôt faire un mois qu'elle est de retour à la maison, et pas une fois il n'a donné signe de vie, ni pour nous remercier ni pour s'enquérir de l'état de sa fille. Ça me met les nerfs en pelote. Si je ne lui avais pas envoyé un SMS pour le prévenir que nous étions toutes les deux en sécurité, il ne saurait même pas que nous sommes encore vivantes. Elle n'a rien dit, mais Maëlle a désespérément attendu son appel des jours entiers. Rien.

Aujourd'hui, je compose son numéro.

— Allô ?

Je reste muette un instant, surprise qu'il réponde. Puis la colère reprend le dessus.

— Tu n'aurais pas oublié quelque chose, papa ? grondé-je tout en tentant de maîtriser ma rage et mon dégoût.

— Annabelle…

— Ta fille ! Tu sais, celle qui s'est fait enlever, car tu es un putain d'enfoiré !

Je l'entends soupirer à l'autre bout du fil.

— Que veux-tu que je dise ?

Je suis sidérée, sur le cul. Comment ose-t-il me répondre une chose pareille ? N'a-t-il pas de cœur ?

— Ce que je veux, on s'en fout, mais Maëlle avait besoin que tu appelles, que tu sois là pour elle au moins une fois dans ta vie !

— Je ne suis plus le même depuis la mort de votre mère…

— Ne te sers pas de maman comme excuse ! hurlé-je dans le combiné. Tu ne peux pas te cacher derrière ta souffrance éternellement. Tu ne te remettras jamais de sa mort, pas plus que nous, mais tu n'as pas le droit de gâcher nos vies pour autant.

— Je sais, souffle-t-il.

J'inspire profondément, m'apprêtant à prononcer les mots les plus difficiles de ma vie.

— À partir d'aujourd'hui, on n'existe plus à tes yeux, et toi tu n'existes plus aux nôtres. Chacun vit sa vie de son côté. Tu ne cherches pas à prendre des nouvelles, sous aucun prétexte, et nous ne viendrons plus te voir. Ni l'une ni l'autre. Tu es seul désormais. Adieu, papa.

Je raccroche avant qu'il puisse répondre, je ne suis pas sûre qu'il aurait trouvé quelque chose à dire de toute manière. Je me laisse tomber en arrière, et ma tête atterrit mollement dans mes oreillers. Une larme solitaire s'échappe, je n'en verserai plus d'autres pour l'homme qui jadis a été mon père.

Chapitre 42

Tobias

— Vous êtes sûr que ça va aller à la barre, monsieur Turner ?

C'est mon état de stress qui l'inquiète et non la minuscule cicatrice sur mon nez. Elle est à peine visible et le seul vestige d'une journée que je préférerais oublier.

— Oui. Ça fait des mois, voire des années que j'attends ce moment, réponds-je à mon avocat avec une fausse assurance qu'il perçoit sans mal.

— C'est une chose de l'attendre, c'en est une autre de raconter son histoire devant un jury. Je veux absolument que vous soyez prêt, toute l'accusation repose sur votre témoignage et celui de votre sœur, mais la défense va chercher des failles. Il faut que vous soyez prêt.

— Je le suis, affirmé-je à nouveau sans le moindre doute cette fois. Je ferai tout pour que cette ordure croupisse derrière les barreaux d'une cellule.

L'entretien avec Me Andrews se termine ainsi. Nous nous serrons la main, et je quitte son cabinet de Chicago. La prochaine fois que nous nous verrons, ce sera à New York, pour le procès de mon père dans tout juste trois semaines. Depuis un mois, nous travaillons sur mon témoignage, et les éventuelles questions de la défense, les plus basiques comme les plus déstabilisantes. La préparation de ce jour fatidique a le mérite d'éloigner Annabelle de mes pensées quelques heures par semaine. Pendant ce temps, je suis concentré sur mon père et tout ce que je peux dire pour qu'il écope de la peine maximale.

Maintenant je roule en direction de l'aéroport. Cathlyn et Tyler arrivent tout droit de Los Angeles, où ils ont emménagé après avoir définitivement coupé les ponts avec Vegas. Ma sœur ne supportait pas l'idée que je sois seul les dernières semaines avant le jugement de notre père. Alors elle ne m'a pas laissé le choix, avant d'embarquer son mec et de sauter dans un avion. En réalité, je suis soulagé qu'ils viennent à la maison, car les journées sont de plus en plus difficiles. Entre le stress qui ne cesse de monter et le manque d'*elle* que je ne parviens pas à combler, je suis en train de devenir fou.

Dans le hall des arrivées, on ne peut pas louper le couple star qui a tout juste débarqué de l'avion. Il n'y a pas de paparazzi, mais des fans incontournables de l'acteur Tyler Ross. Et depuis que Cathlyn a fait ses débuts au cinéma, elle commence à avoir son petit fan-club. Lorsque ma sœur me remarque, un peu à l'écart, elle abandonne ses admirateurs pour se ruer dans mes bras.

— Cath Baby Cath, lancé-je en refermant mes bras autour de son corps frêle. Tu m'as manqué.

— Toi aussi, frangin.

— Tu ne diras plus la même chose après avoir vécu un mois avec ta tornade de sœur, intervient Tyler en nous rejoignant, un sourire éclatant lui étirant les lèvres.

On se serre la main, puis nous marchons jusqu'à la voiture avant que les paparazzis soient avertis de la présence du couple qui met le feu à Hollywood.

*

En une semaine, Cathlyn a eu le temps de réorganiser tout mon intérieur trois fois. Oui, trois fois ! Elle refuse de l'admettre, mais le stress la bouffe petit à petit ; Tyler a beau se plier en quatre pour lui faire penser à autre chose et la rassurer, rien n'y fait. Alors je la laisse faire. Mon canapé n'a de cesse de changer de place, ainsi que mes tableaux et les photos de Sydney qui couvrent les murs de la maison. Celle-ci a l'air de s'amuser de la dernière lubie de sa tante et lui a même demandé de faire pareil avec sa chambre.

Quand Cathlyn redescend, je suis dans la cuisine, les yeux rivés sur mon téléphone comme tous les lundis. Je n'ai pas encore contacté Annabelle pour prendre des nouvelles de sa sœur. Je sais qu'elle va mieux, mais je continue d'appeler chaque lundi. En réalité, j'ai besoin de ça, ce petit rituel me tient la tête hors de l'eau et je conserve ainsi un lien avec elle. Je ne parviens pas à me résigner à l'oublier. Pourtant, je reste froid chaque fois, je ne lui demande jamais comment elle va. Il me suffit d'entendre sa voix, et mon monde se remet à tourner, au moins jusqu'au lundi suivant.

— Tu sais que ce n'est pas parce que tu le regardes avec cet air déprimé qu'il va sonner, déclare ma sœur en pénétrant dans la cuisine. Si elle ne t'appelle pas, prends les devants.

— Pour tout te dire, je cherche le courage pour ne pas l'appeler.

— OK, attrape ta veste, je t'emmène dîner dehors ! lance-t-elle subitement sans que j'aie le choix.

Elle fait un détour par la chambre qu'elle occupe avec Tyler pour lui demander de garder Sydney.

Dix minutes plus tard, nous sommes en voiture. Cathlyn me laisse décider de l'établissement où nous allons, puisque je connais toutes les bonnes adresses de la ville selon elle.

Nous atterrissons dans un restaurant italien aux allures d'antan, lumière tamisée, nappes à carreaux et musique d'ambiance. On nous installe dans un coin à l'écart où nous pourrons discuter tranquillement.

Cathlyn commande une bouteille de vin avec des *antipasti* pour commencer. Une fois que le serveur s'est éloigné, ses yeux se posent sur moi. Elle me dévisage un temps sans rien dire, attendant sans doute que je prenne la parole. Voyant que je n'en fais rien, elle m'interroge :

— Tu l'aimes ?

Si j'aime Annabelle ? À en crever !

— Oui, réponds-je simplement en m'amusant à faire tourner mon verre.

— Si peu ? insiste-t-elle.

— Où veux-tu en venir, Cath ? Je n'ai pas le cœur à jouer aux devinettes.

Ni à manger au restaurant, mais ça, je ne le lui dis pas. J'ai encore tant à me faire pardonner auprès de ma sœur que je suis incapable de lui refuser quoi que ce soit.

— Est-ce que ce qui se passe à l'intérieur de toi en son absence ressemble à un brasier qui anéantit tout sur son passage ? Est-ce que chaque organe te fait mal au point que tu souhaiterais tous les arracher pour ne plus rien ressentir ? Est-ce que chaque matin tu te lèves, le cœur plein d'espoir, avant qu'il se fracasse au sol ? Est-ce que chaque jour que Dieu fait est un putain de supplice ? demande-t-elle en se penchant vers moi. Parce que c'est absolument ce que j'ai éprouvé lorsque Tyler et moi nous sommes séparés l'an dernier. J'ai cru mourir de l'intérieur et j'ai tout fait pour m'anesthésier de l'extérieur. C'est ce qui se passe quand on est amoureux et qu'on ne peut pas vivre sans une personne, Tobias. Est-ce que c'est ce que tu ressens pour Annabelle ?

Je ne trouve pas les mots pour répondre à ça. Cathlyn s'est livrée à moi comme elle ne l'a jamais fait. Elle s'est mise à nue, a exposé ses faiblesses pour me venir en aide, et je reste comme un con.

Est-ce que j'aime Annabelle comme elle aime Tyler ? Je ne crois pas, tout simplement parce que je suis persuadé qu'il existe plusieurs façons d'aimer. Quand je regarde Cathlyn, son sourire à la fois douloureux et insouciant, je sais qu'elle aime de manière entière. Sans Tyler, elle ne pourrait vivre. Sauf que ce n'est pas mon cas, sans Anna je continue à vivre. *Ou peut-être survivre ?*

— Penses-y, Tobias, pas la peine de me dire quoi que ce soit. Tu as déjà l'air de te casser la tête avec cette histoire. Ne cherche pas d'explication logique, juste réfléchis à tes sentiments et écoute ton cœur.

Annabelle

Je regarde mon téléphone qui reste désespérément muet. Il sera bientôt minuit, et il n'a pas appelé. Chaque lundi c'est notre rituel, ce qui me prouve que tout cela est réel. Je ne sais pas s'il a oublié ou si c'est un geste délibéré. Peut-être a-t-il mis fin à notre histoire, brisé ce lien que j'ai trop tardé à vouloir reconstruire. Je suis là à attendre les quelques miettes qu'il veut bien me donner chaque semaine. Sauf que cette fois-ci c'est le silence absolu. Mon téléphone ne sonne pas, et nous sommes passés à mardi. Une larme, seule et unique, m'échappe pour venir s'écraser sur l'écran noir. C'est fini, il n'appellera plus.

Chapitre 43

Tobias

— Les passagers du vol UA3947 en direction de New York sont priés de rejoindre la salle d'embarquement, indique une voix féminine dans les haut-parleurs de l'aéroport.

C'est le dernier appel avant qu'on nous laisse sur le parvis. Je marche à reculons vers les portiques de sécurité. Demain débute le procès ultramédiatisé du « drame Turner », comme ils aiment le nommer. Demain je me retrouverai une nouvelle fois face au monstre qui a fait de mes quinze premières années de vie un enfer.

Lorsque je pose ma valise sur le tapis roulant, je repense au jour où j'ai tout quitté, ce jour où je me suis senti libre. J'ai profité d'un moment d'inattention de la part de mes parents pour nager vers le large. Je me suis caché dans une crique jusqu'à la tombée de la nuit et y ai récupéré un sac à dos que j'avais dissimulé là pour tailler la route. Un instant de paradis avant de redescendre sur terre, car être un ado de quinze ans qui fuit sa famille est loin d'être une partie de plaisir. J'ai passé des mois à marcher, dormir dans des endroits malfamés, me priver de repas pour ne pas voir mes économies partir en fumée. Puis j'ai atterri à Chicago et j'ai commencé à me reconstruire. Je suis resté dans la rue près d'une année ici, mais je ne quitterais cette ville pour rien au monde, car elle m'a sauvé. J'ai enchaîné les galères, les petits boulots mal payés, les banques alimentaires et les nuits dans les refuges. Mais pas une fois je n'ai perdu espoir, je savais que ma vie ne se résumerait pas à cette errance et qu'un jour je m'élèverais pour enfin avoir quelque chose de stable et durable. Aujourd'hui, je m'envole pour clore le passé. Je retourne là où mon enfer a commencé pour y mettre fin. Quand je reviendrai à Chicago, ce sera le cœur léger, je m'en fais la promesse.

Je monte dans l'avion à contrecœur, suivant ma sœur et son compagnon de près. Je m'affale sur mon siège et ferme les yeux immédiatement. J'inspire, j'expire. Je sais ce qui m'attend à New York et je ne suis peut-être pas aussi prêt que je le pensais. L'avion n'a pas encore décollé, mais je sens déjà les effets néfastes d'un rapprochement géographique avec mon paternel. La dernière fois que je me suis retrouvé près de lui, mon côté sombre s'est réveillé et j'ai peur qu'il ne se rendorme pas si je reste à proximité de ce monstre.

— Et s'il s'en sortait ? entends-je murmurer à côté de moi.

Cathlyn regarde Tyler, un air inquiet déformant ses traits. C'est la première fois qu'elle formule son angoisse à voix haute. Depuis le début de la procédure, elle a toujours été forte, jamais elle n'a laissé voir la moindre faiblesse. Aujourd'hui, je découvre que ma sœur n'est pas un roc à toute épreuve, que sa souffrance est encore bien ancrée en elle. Tant que notre père ne sera pas jugé coupable et enfermé, Cathlyn ne pourra pas panser ses blessures.

— Ce n'est pas possible, bébé. Tu es la preuve vivante que Sam Turner est un psychopathe sadique qui ne crée que le mal et la douleur autour de lui.

— Promis ?

— Promis, assure-t-il, comme si le résultat ne dépendait que de sa volonté à combler ma sœur.

J'ai envie de hurler qu'il ne peut pas faire ce genre de promesse, que Samuel Turner est un enfoiré qui a toujours un tour d'avance et qu'il est fort probable qu'il joue une carte qui le sorte de prison avant même qu'il ait vraiment goûté à la vie carcérale. Il ne sait pas encore ce qu'on fait aux pédophiles en prison. La préventive, c'est la cour de récré avant de passer au niveau supérieur. Il est venu implorer mon pardon après un petit passage à tabac de rien du tout, sauf qu'il est loin d'être au bout de ses peines s'il est transféré dans la cour des grands.

Le vol n'est pas assez long pour que je m'endorme, mais suffisamment pour que je me repasse mes entretiens avec mon avocat en boucle. Je connais sur le bout des doigts chaque mot que je prononcerai au procès de mon père. J'ai en tête chaque question qu'on pourrait me poser. J'ai à la fois peur et hâte d'être demain, je veux voir mon père s'effondrer. Quand nous quittons l'avion pour rejoindre le taxi, chacun est silencieux, je suis perdu dans mes pensées vengeresses, et l'ambiance est pesante.

L'hôtel que Cathlyn a réservé est le même que celui où nous avons séjourné pour l'enterrement de notre mère. Lorsque je lui ai demandé s'il y avait une raison particulière à ce que l'on revienne en ces lieux, elle a simplement haussé les épaules avant de répondre « J'ai réussi à me sentir bien ici ». Je n'ai pas relevé et je l'ai laissée rejoindre sa chambre avec son fiancé.

Il est tout juste midi, et je tourne en rond comme un lion en cage. J'ai l'impression que cette journée ne finira jamais. J'anticipe déjà celle de demain, chaque minute de ce jour maudit, pourtant je souhaiterais qu'il n'arrive jamais. Demain sera décisif, la terre entière découvrira mon histoire. Cette simple idée me soulève le cœur.

Un verre ! Il me faut un verre.

Au lieu de boire dans ma chambre comme un ivrogne, je descends au bar de l'hôtel.

Quand je pénètre dans cet endroit, j'ai l'impression que le temps n'existe plus. Il fait sombre, les rares fenêtres sont masquées par d'épais rideaux pourpres, seuls des centres de table lumineux ainsi que le contour du bar éclairent la salle. Il est facile de croire que la nuit est tombée, que l'heure de la fête a sonné et qu'il n'est pas indécent de s'enivrer avant même le début de l'après-midi. En somme, tout ce que je cherche en venant ici.

Je m'installe au bar et commande un gin tonic, sans tonic, juste du gin. Le barman pousse un shot devant moi et ne semble pas surpris de me voir le descendre cul sec avant de lui en demander un autre dans la foulée. Il n'avait même pas encore reposé la bouteille. Un, deux, trois puis quatre shots plus tard, mon nouvel ami place un large verre en cristal face à moi et y verse un liquide ambré.

— Il va falloir passer au gabarit au-dessus si vous ne voulez pas faire fumer votre compte en banque.

— Qui me dit que ce bourbon ne vaut pas plus de trente dollars le verre ? l'interrogé-je.

Il me pointe une carte en verre où le prix des boissons est gravé.

Qui a eu l'idée d'une carte en verre ?

Tout ce luxe me sort par les yeux habituellement, mais pas aujourd'hui. Aujourd'hui, je me pose des questions inutiles pour éviter de m'en poser des plus sérieuses. J'attrape le verre devant moi et en bois une première gorgée. J'ai toujours mis un point d'honneur à savourer un bon whisky. Celui-ci n'est pas mauvais, mais pas suffisamment délectable pour que je ne puisse pas me bourrer la gueule avec.

L'ivresse gagne peu à peu du terrain, sauf qu'elle ne me permet pas d'oublier mes problèmes, à cause d'elle ils me reviennent tous en pleine face. Je ne parviens pas à me défaire de mes démons. Le procès. Annabelle. Ma culpabilité, silencieuse et perfide. Est-ce qu'un jour j'arriverai à me reconstruire entièrement ? Arrêterai-je de rebâtir sur des cendres encore chaudes ? Je l'espère, car putain, je le mérite cet avenir meilleur ! J'ai beau chercher, je ne vois que du noir dans le futur, pas une once de lumière si ce n'est les petites taches grises apportées par Sydney, ma fille, mon univers. Ça fait peut-être de moi un père indigne, mais j'ai besoin de plus pour être pleinement heureux. Mon petit ange est un rayon de soleil, sauf que je ne suis pas de ceux qui ne vivent qu'à travers leurs enfants. Que ferai-je lorsqu'elle sera chez sa mère comme aujourd'hui ? Ou quand elle aura dix-huit ans ? Le jour où elle partira de la maison ?

— Un autre, demandé-je au barman quand je me rends compte de mes divagations.

Tu ne peux pas remettre toute ta vie en question, Tobias !

Pourtant, c'est ce que je fais depuis des mois. Ça a commencé quand ma mère est morte et que je l'ai appris aux infos. J'ai renoué avec ma sœur et perdu ma femme par la même occasion. Puis j'ai redécouvert Annabelle et l'amour.

Je souris à mon verre en repensant à notre voyage vers la Floride, notre petite halte chez les Ford. À nos soirées pâtisserie dans son appart, pour le plus grand bonheur de ses deux colocs. Des fous rires, des baisers, nos corps qui s'entremêlent. Les images se bousculent, et je m'y accroche fortement. Je tire mon portable de la poche arrière de mon jean et fais défiler les quelques photos de nous que j'ai prises. Si j'avais su que notre idylle finirait aussi vite, j'aurais fait le plein afin de pouvoir les regarder, encore et encore. Jusqu'alors, je m'étais interdit de le faire, mais à quoi bon les interdits ? Ça ne m'a rien apporté de bon jusque-là.

Je m'arrête sur un cliché que j'ai capturé à son insu, un soir au restaurant après la fermeture. Toute l'équipe est là, réunie autour d'une bière, et Annabelle rit aux éclats. Elle paraît si insouciante, et son tempérament à la fois joueur et franc masque à merveille les douleurs de sa vie privée. Plus je regarde la photo, plus je me demande pourquoi on n'est pas ensemble à l'heure qu'il est. Pourquoi son drame familial est-il un obstacle à sa vie à elle quand tout le monde semble poursuivre son chemin ? Maëlle est retournée à la fac et est en passe de devenir l'une des scientifiques les plus intelligentes du pays. Son père a choisi l'alcool, le jeu et le risque pour tenter de survivre. Ce n'est pas la meilleure décision, mais c'est la sienne. Alors pourquoi Annabelle reste-t-elle dans un entre-deux ? Pourquoi n'y a-t-il pas de place pour moi ?

Sans réfléchir et mû par une énergie nouvelle, je tape son numéro et lance l'appel. Les battements de mon cœur accélèrent à chaque tonalité et plus le temps passe, plus la pression monte. Et si elle ne décroche pas ? Je n'ai pas besoin de connaître la réponse à cette question, car la voix qui m'a tant manqué résonne à mon oreille.

— Allô ?

— Anna, murmuré-je. Pourquoi ?

— Tobias ?

— Pourquoi n'ai-je plus ma place auprès de toi ? Pourquoi ne me laisses-tu pas rentrer dans ta vie et m'y installer ? Qu'est-ce que j'ai fait pour ne pas être assez bien pour toi ?

Ma voix est pâteuse et mal assurée, je suis certain qu'elle l'a remarqué. Les mots qui sont sortis de ma bouche ne sont pas ceux que j'avais prévus, toutefois ils reflètent toutes les questions avec lesquelles je me torture l'esprit. Je retiens ma respiration en attendant sa réponse.

— Tobias…

L'entendre prononcer mon nom me fait autant de bien que de mal. J'aimerais qu'elle me le murmure dans d'autres circonstances, qu'elle le gémisse, me supplie de lui faire l'amour. Sauf que pour l'instant, c'est moi qui la supplie en m'enfilant un énième verre.

— S'il te plaît.

— Tu sais très bien pourquoi on ne peut pas être ensemble, répond-elle.

— En fait, non, je ne sais pas, je ne sais rien, Anna, m'emporté-je au milieu du bar, comme si j'étais seul au monde. Tu as fui en me disant simplement que ça allait trop vite, sauf que c'est plus que ça, j'en suis certain. Du coup, je n'ai pas eu d'explication crédible, alors non, je ne sais pas !

Elle reste silencieuse durant un long moment, sa respiration pour unique preuve de sa présence.

— Je ne sais pas, Tobias, finit-elle par avouer. Enfin, je ne sais plus. Au début, je voulais te tenir à l'écart de toutes les merdes de ma vie. Tu étais mon seul rayon de soleil. Tu ne savais rien de mon histoire, hormis ce que je voulais bien te montrer, c'est-à-dire pas grand-chose, mais tu m'as tout de suite offert ton amitié sans compromis. Je suis tombée amoureuse de toi le premier jour, il m'a fallu des mois pour m'en rendre compte et deux ans pour l'accepter.

— Alors pourquoi ? demandé-je à nouveau.

— Parce que ça me fait peur, admet-elle. J'ai vu l'amour de mes parents détruire mon père. J'ai vu tous les sacrifices qu'on peut faire lorsqu'on aime, tu me l'as encore prouvé il n'y a pas si longtemps. J'ai peur, peur de te perdre et de ne pas y survivre.

— Et alors ? Tu y arrives là, à survivre ?

Mon ton est amer. Je ressens un mélange de colère et d'angoisse. Je ne suis pas certain de vouloir connaître la réponse à cette question. Si elle m'avoue s'en sortir, je peux affirmer qu'il n'y a pas assez d'alcool dans ce bar pour anesthésier la douleur que cette révélation me causera. Mais si elle dit non, qu'est-ce que ça signifie, et surtout qu'est-ce que je peux faire ?

Trop ivre et sans doute trop anxieux, je raccroche sans lui laisser le temps de rebondir.

Annabelle

« Et alors ? Tu y arrives là, à survivre ? »

Ce sont ses mots, et je suis restée muette une seconde de trop, il est parti. J'ai envie de hurler « Non ! Je n'y arrive pas, j'en suis incapable », sauf que Tobias a raccroché, me laissant seule avec ma réponse.

Je regarde mon téléphone posé sur mon lit, devant moi, et cherche à déterminer si cet appel m'a fait du bien ou du mal. Sans doute les deux. Sa voix rendue pâteuse par l'alcool m'a brisée, ses questions m'ont torturée. Pourtant, savoir qu'il pense à moi m'a redonné espoir. L'espoir que tout n'est pas encore perdu. Et c'est à moi de reconstruire ce qui est détruit. De nous sauver.

Chapitre 44

Tobias

Le réveil est rude, ma tête va exploser, et mon estomac est sens dessus dessous. Il me faut moins d'une minute après que j'ai ouvert les yeux pour me ruer aux toilettes et me vider de tout mon soûl. Je ne sais pas combien de litres d'alcool j'ai engloutis avant de venir m'effondrer sur mon lit en fin d'après-midi. J'aurais préféré oublier la journée d'hier, mais je me souviens de tout, de chaque seconde passée dans ce bar. En temps normal, j'aurais ressassé le fiasco de la veille, sauf que nous sommes le jour J, celui où Samuel Turner, grand nom de Wall Street, va répondre de ses actes devant la justice.

Je me glisse sous une douche bien chaude afin de me libérer des dernières brumes d'alcool. J'ai besoin d'être en pleine possession de mes moyens pour détruire la vie du premier homme à avoir détruit la mienne. Une fois sec, je me rase avant d'enfiler le costume que Cath a choisi pour l'occasion. Selon elle, il me donne un air combattant et sûr de moi, tout ce que je ne suis pas, mais ne dit-on pas que seules les apparences comptent ? Si mon père en me voyant a le sentiment que j'ai confiance en moi, alors j'aurai gagné la première bataille.

Le marbre du tribunal confère une ambiance glaciale

au lieu. Je ne suis jamais rentré dans un palais de justice, et l'atmosphère qui y règne est surréaliste. Selon le camp auquel on appartient, tout semble différent. Les accusés écoutent attentivement leurs avocats, donnant les dernières consignes, certains paraissent trop calmes, si bien qu'on devine qu'il ne s'agit pas de leur premier passage devant le juge. Du côté des victimes, le tableau est tout autre. Toutes sont stressées et le manifestent à leur manière. Certaines pleurent, d'autres posent mille et une questions à leur avocat, tandis que d'autres avalent café sur café. Pour ma part, je fais les cent pas devant la grande double porte menant à la salle d'audience. Je suis incapable de m'installer sur un banc comme Cathlyn, qui serre la main de Tyler en buvant les paroles de Me Andrews. Mes nerfs sont à deux doigts de lâcher, et si je m'assieds, j'ai peur d'exploser.

9 h 50, les portes s'ouvrent et nous sommes invités à prendre place. Le silence qui règne ne me rassure pas, il s'agit du calme avant la tempête.

Cette tempête arrive exactement neuf minutes plus tard, lorsqu'ils font entrer mon père par la porte des accusés. Il est vêtu d'un costume bleu marine, taillé sur mesure ; ses cheveux gominés et impeccablement coiffés me hérissent le poil. À quoi bon se mettre sur son trente et un pour se faire dire qu'on passera le reste de sa vie en prison ? Y a-t-il un espoir qu'il s'en sorte ? Pense-t-il que son argent ou sa notoriété peut dévier la justice ?

10 heures pile, le juge sonne la fin de mes tergiversations et le début de mon calvaire. Cathlyn est assise à ma gauche, le plus loin possible de notre père. Elle ne lui a pas jeté le moindre regard depuis qu'il est entré, elle fait comme s'il n'existait pas. Toutefois, je la sens trembler à côté de moi, je ne saurais dire si

c'est de la peur ou de la colère. Ma sœur est une femme forte, et elle l'a prouvé plus d'une fois. C'est elle qui a eu le courage de révéler, devant tout le monde, lors de l'enterrement de notre mère, les sévices de cet homme. Elle a fait ce que je n'ai jamais été capable de faire. Alors je suis certain qu'une fois qu'elle aura remporté cette bataille, elle se relèvera, qu'importent les coups qui lui seront portés par la partie adverse. Et moi ? Je ne peux que suivre son exemple. C'est ce que je me répète durant les deux premières heures dans cette salle d'audience.

Si ta petite sœur peut le faire, tu peux le faire.

Le juge nous accorde un moment de répit quand il décrète une pause. Nous laissons l'équipe de vautours qui travaille autour de mon père quitter la salle les premiers, sous étroite surveillance. Puis vient notre tour, lorsque la pièce est pratiquement vide.

Une fois dans le couloir, j'étouffe, je suis bien trop près de mon père, et il est loin d'être menotté, alors j'ai besoin de mettre le plus d'espace possible entre nous. Je me dirige vers l'entrée d'un pas pressant, et il me faut du temps pour entendre la voix qui m'appelle derrière moi.

— Tobias !

Cette voix. J'ai l'impression de rêver, ça ne peut pas être elle, elle ne peut pas être là. Pourtant lorsque je me retourne, je la vois, Annabelle, dans son joli pantalon fluide couleur caramel et sa chemise blanche presque transparente. Je me frotte les yeux comme si c'était un rêve et que cela ne pouvait être réel. Quand je rouvre les paupières, elle est toujours là, plus proche. Si elle fait encore un pas, je pourrai la toucher.

— Tobias, répète-t-elle plus doucement.

J'attrape sa main et la tire vers la sortie avec moi. Ses talons claquent sur le sol, alors qu'elle essaye de me suivre. Une fois dehors, je respire, enfin. Je pivote vers la femme que je ne pensais pas revoir à part dans mes rêves.

— Qu'est-ce que tu fais ? Je t'avais demandé de ne pas venir, dis-je sans la moindre amertume.

— Hier, quand tu m'as appelée, j'ai senti que tu avais besoin de moi. Alors je suis arrivée à 9 heures ce matin.

Ma bouche devient sèche, je prends du temps pour répondre, mais surtout du temps pour l'observer. Elle a encore changé depuis notre dernière rencontre. Annabelle Mahoney n'a plus que la peau sur les os. Malgré sa maigreur et ses cernes, elle reste sublime. Je n'ai jamais vu une femme aussi belle lorsqu'elle se sent plus bas que terre. Plus je la regarde, plus j'ai envie de l'embrasser. Je fais un pas vers elle et attrape son visage entre mes paumes. Mes yeux sont plongés dans les siens quand je murmure :

— J'ai toujours besoin de toi.

— Tobias, hier tu m'as demandé…

— Pas maintenant, Anna, la coupé-je. Je veux d'abord en finir avec toute cette merde avant de me consacrer à toi, à nous. Le procès dure deux jours, deux petits jours, on peut attendre, non ? Après tous ces mois l'un sans l'autre, on peut faire ça ?

Annabelle hoche la tête pour toute réponse. Me Andrews vient interrompre ce moment pour annoncer la reprise de l'audience. Avant que je retourne à l'intérieur et sois à nouveau confronté à mon père, une dernière question me taraude.

— Tu es prête ? Ce que tu as entendu ce matin n'était qu'une mise en bouche, ce que tu t'apprêtes à entendre, c'est le pire de mon histoire et de celle de ma sœur. Il y aura des détails, très sales, il y aura des larmes, de la douleur. Samuel Turner est un monstre qui plaide l'innocence et dont nous allons nous évertuer à prouver la culpabilité.

— Je suis prête, Tobias, je te le promets, affirme-t-elle avec une assurance nouvelle dans la voix.

Chapitre 45

Tobias

Jour deux du procès de l'enfoiré en chef, Samuel Turner. Hier, c'était lui qui se défendait derrière la barre, aujourd'hui c'est à nous de rentrer en scène, et plus précisément à Cathlyn, qui est assise dans le petit carré à la gauche du juge. Ma sœur a les yeux rivés sur Tyler, elle ne le lâche pas une seconde ; il est sa bouée de sauvetage.

Pendant près de trois heures, j'écoute ma sœur raconter ce qu'elle a subi depuis ses cinq ans, le tourment qu'a été sa vie jusqu'à l'arrestation de notre père. Elle dit tout, les viols, les coups, les humiliations, son infertilité. Elle parle de son habitude de compter chaque seconde de ces moments de torture et de les additionner au nombre précédent pour tomber sur 679 jours 22 heures 18 minutes et 37 secondes. Un souffle d'horreur s'élève de la salle d'audience.

Vous n'aviez pas encore compris que vous aviez affaire à un monstre ?

À ce temps, Cathlyn ajoute les magouilles pour faire tomber son petit ami aux mains du FBI et la marier de force à un autre. D'ailleurs, l'homme en question est présent dans l'assistance. Il vire à l'écrevisse lorsqu'elle le montre du doigt, assis juste derrière l'accusé qui était son patron. Elle donne tous les détails possibles et imaginables avant de conclure :

— Ma vie a été un enfer à cause de cet homme, et même si

aujourd'hui vous le condamnez, il continuera à me faire du mal. Ses actes passés ont des répercussions sur le futur.

Elle pose enfin les yeux sur lui, des yeux brillants de colère, des yeux qui souhaitent la mort.

Cathlyn retrouve sa place auprès de moi en respirant bruyamment. Elle vient de mener le combat le plus important de sa vie, et elle semble avoir retenu son souffle durant tout ce temps. J'attrape sa main sous la table et la serre. Ce geste se veut rassurant autant pour elle que pour moi, car inconsciemment j'y puise mon courage.

— Tobias Turner est appelé à la barre.

C'est l'heure, le moment que je redoute depuis des semaines. Je serre une dernière fois la main de ma sœur. Elle me murmure des encouragements que je n'entends pas, trop focalisé sur ce qui va se passer à présent. Je me lève avec lenteur puis aligne un pas devant l'autre pour me positionner à gauche du juge, face à l'assemblée. L'espace d'un instant, j'ai le souffle coupé lorsque je découvre toutes les personnes tournées vers moi, pendues à mes lèvres. Je tremble et je mets une seconde de trop à le cacher, mon père l'a remarqué et ça provoque un sourire pervers sur son visage. Le simple fait de le voir encore capable de m'attaquer à distance me permet de reprendre mes esprits. Je me redresse, respire, avant de pivoter vers l'avocat qui se tient en face de moi.

— Je suis prêt à commencer.

Annabelle

Mon cœur accélère lorsque Tobias s'installe. J'ai déjà entendu tout ce que ce salaud a fait à sa fille et mon estomac en a été tout retourné. Sauf que là, il s'agit de Tobias, l'homme que j'aime, celui que je suis venue autant soutenir que reconquérir. Plus rien n'existe dans cette salle du tribunal de New York hormis lui. Je ne le lâche pas des yeux. Je n'ai pas compris la question que lui a posée l'avocat lorsqu'il se met à parler.

— Vous dire quand et comment ça a commencé est compliqué, Maître. La première gifle ? Trois ans. Le premier viol ? Six ans. Les premières humiliations en public, mais suffisamment subtiles pour que je sois le seul à m'en rendre compte et à me sentir comme un moins que rien ? Depuis toujours. Je pense que mon père ne m'a jamais aimé.

— On ne vous demande pas ce que vous pensez, l'interrompt l'avocat de la partie adverse. Simplement des faits, monsieur Turner.

— Vous voulez des faits ? Soit. L'anniversaire de mes six ans. Un jour heureux, ma mère avait mis les petits plats dans les grands et invité mes camarades de classe. Il y avait une montagne de cadeaux, et j'avais hâte de les ouvrir. Un pur moment de bonheur pour un petit garçon. Sauf que ce jour-là, mon père voulait m'offrir son cadeau en premier. J'étais tout excité en descendant dans la cave de notre maison, je n'ai pas vu les choses venir.

Il fait une pause pour reprendre son souffle. Il a l'air absent, comme s'il était replongé vingt-sept ans en arrière.

— Mon père m'a suivi, poursuit-il. Et il a fermé la porte dans son dos. J'ai parcouru la pièce des yeux à la recherche de la surprise qu'il comptait m'offrir. Sauf qu'il n'y avait rien de différent dans cette cave. Des bouteilles de vin, des caisses pleines de vieilleries, des vélos, mon père et moi. Je me souviens de la phrase qu'il m'a dite à ce moment-là, quand il s'est approché de moi en débouclant sa ceinture, « Tu es assez grand maintenant ».

Je suis prise de haut-le-cœur. Je ferme les yeux et prie pour que son récit se termine au plus vite. J'aimerais ne pas entendre lorsqu'il explique qu'il a dû s'agenouiller face à son père à moitié nu, ou encore quand il a fini à quatre pattes en pleurant.

— Puis il est parti, me laissant seul, nu et en sang dans la cave. Il m'a fallu deux heures avant de remonter avec mes camarades. La fête battait son plein, personne ne s'était rendu compte de mon absence. Pendant une heure, je suis resté au milieu de mes petits copains d'école, sans vraiment prêter attention à tout ce qui se passait autour de moi. J'étais mort de l'intérieur. Et devinez quoi ? Je n'ai jamais ouvert le moindre cadeau reçu ce jour-là. Vous voulez également que je vous raconte toutes les fois où il me faisait entrer dans son bureau, le soir, en rentrant du travail ?

Le silence qui s'ensuit est pesant, l'assemblée entière est mal à l'aise, et je peux voir l'un des jurés à deux doigts de tourner de l'œil. Le juge, tout aussi sonné par le récit de Tobias, décrète qu'il est temps de faire une pause. Je suis la première à quitter la salle pour me ruer aux toilettes et recracher mon petit déjeuner.

Les larmes coulent sur mon visage. Je souffre pour ce petit garçon qui a perdu toute innocence avant même d'atteindre l'âge de raison. Je souffre pour l'homme qu'il est aujourd'hui, obligé de se confier devant une foule d'inconnus, de faire face à son bourreau et de revivre l'un des pires moments de sa vie.

Au bout d'un certain temps, on tape à la porte, je ne sais pas si ça fait cinq, dix ou quinze minutes que je suis assise sur le sol glacé des toilettes. Quand j'ouvre, je suis surprise de tomber nez à nez avec Tyler Ross.

— Tu vas bien ? s'inquiète-t-il.

Je hoche la tête mollement. Ni lui ni moi ne croyons à ce mensonge.

— Je sais ce que c'est de découvrir ce qui est arrivé à la personne que tu aimes le plus au monde. Ça fait un mal de chien, et très vite on a envie de tout casser autour de nous, de la venger. J'ai vécu ça avec Cathlyn, l'année dernière.

Je suis surprise de son aveu. J'avais oublié que je n'étais pas la seule dans cette situation, Tyler aussi doit faire face aux horreurs commises sous le toit de la famille Turner. Il y est d'autant plus exposé du fait que c'est sa fiancée qui a saisi la justice et déclenché un raz-de-marée médiatique.

— Qu'est-ce qu'on peut faire ? demandé-je, frustrée de me sentir impuissante.

— Être là. Rien de plus, rien de moins. Dans toute cette merde, tu te dois d'être le pilier de Tobias.

— Mais j'arrive après la bataille, murmuré-je.

Son rire sonore résonne dans la pièce carrelée, comme si je venais de lui raconter la meilleure blague du monde.

— Et tu penses que ça va être le dernier moment compliqué de votre vie ? Désolé de te l'apprendre, mais ça ne sera jamais fini avec ces deux-là. Même s'ils avaient eu une enfance normale, la vie ne fonctionne pas comme ça. Les épreuves, il y en aura d'autres, l'important, c'est que tu sois là.

Tyler parvient à me redonner espoir. Cet homme que j'ai vu plus souvent sur un écran qu'en chair et en os croit en ma relation avec Tobias. Pour lui, nous affronterons les épreuves de la vie ensemble. Alors que je pleurais les minutes précédentes dans les toilettes de ce tribunal, me voilà à sourire et relever la tête.

— Je rêve où je viens de me prendre une leçon de vie par un gamin de même pas vingt-cinq ans ?

— Affirmatif !

Tobias

Il est 18 heures passées quand le juge nous fait revenir dans la salle après la délibération du jury. Ils se sont confinés dans la pièce derrière la salle d'audience moins de trois heures. Mon témoignage a été le dernier avant les plaidoiries des avocats, qui s'adressaient directement aux jurés.

Nous nous levons pour accueillir le jury. J'attrape la main de ma sœur et ne la lâche pas tant que le verdict n'est pas tombé. Je retiens mon souffle quand le greffier transmet le petit papier contenant notre avenir. Je ne respire toujours pas lorsque le juge le déplie et le lit. Il ne laisse rien paraître. Ses yeux se posent sur nous, puis sur notre père, avant d'annoncer la sentence.

La seule chose que je retiens de ce moment est le mot « coupable » et le mouvement de foule dans mon dos. Des cris de victoire, des embrassades, des larmes. J'aimerais demander à notre avocat pour combien d'années ferme il a pris, mais j'en suis incapable, je ne fais que respirer et croiser *ses* yeux. Un sourire étire mon visage et le sien y fait écho. C'est le dernier jour, le dernier où mon père a eu de l'emprise sur moi, mais c'est aussi le premier jour, le premier de ma nouvelle vie avec elle.

Chapitre 46

Annabelle

Tout le monde est parti, il ne reste plus que lui et moi sur le parvis du tribunal. L'ambiance est surréaliste, entre la gêne, l'amour, la honte et la peine. On se regarde comme deux adolescents incapables de faire le premier pas.

— Je…, lâchons-nous bientôt en même temps.

— Non, vas-y, dis-je en lui laissant la primeur tandis que de son côté il joue les gentlemen.

— Commence.

Nous rions, embarrassés. Puis finalement il s'avance vers moi, passe son bras derrière mon dos et m'attire à lui pour m'embrasser. La sensation de sa bouche contre la mienne est divine. Je pensais ne jamais éprouver ça de nouveau en dehors de mes rêves. Je m'accroche à sa nuque et tente de me fondre en lui. Je le sens sourire tout contre moi, puis sa langue vient quémander l'accès à la mienne. J'entrouvre les lèvres et laisse le ballet commencer. Tout ce qui nous entoure disparaît, il n'y a plus de tribunal, plus de jour sombre où Tobias s'est mis à nu. Il ne reste que nous et le bonheur de se retrouver enfin.

Bien trop vite à mon goût, Tobias interrompt notre baiser. Je fais un pas vers lui en couinant, de peur qu'il ne m'échappe, cette fois je n'y survivrais pas.

— Du calme, je ne vais nulle part, pas sans toi en tout cas.

À ces mots, mon cœur se réchauffe, et je ne cache pas mon sourire. Tobias saisit ma main et m'entraîne à sa suite pour descendre les marches du tribunal.

— Ce n'est pas le lieu pour risquer un attentat à la pudeur, déclare-t-il d'un ton moqueur.

S'il plaisante, c'est bon signe, n'est-ce pas ?

Et sa langue dans ta bouche, c'est bon signe ?

Je me fustige intérieurement pour mes questions débiles. Je voudrais que mon cerveau cesse de tout tourner dans tous les sens et qu'il profite du moment pour une fois. La seule solution ? Que Tobias repose sa bouche sur moi, et vite !

Une fois que nous sommes au bord de la route, il hèle un des célèbres taxis jaunes et m'ouvre la portière lorsque le véhicule s'arrête. Il grimpe sur la banquette et annonce l'adresse que je devine être celle de son hôtel. Nous roulons à peine un quart d'heure dans un silence chargé d'électricité. Pas une seule fois Tobias n'a relâché sa prise autour de ma main. La voiture se gare au pied d'un édifice prestigieux et si haut qu'il me donne le vertige. Tobias règle la course et m'attire à lui.

— Tu auras tout le loisir de contempler l'architecture new-yorkaise quand on aura rattrapé le temps perdu, dit-il avant de poser un baiser appuyé sur mes lèvres.

Nous pénétrons dans l'hôtel. Je ne regarde pas autour de moi, mes yeux sont trop occupés à observer l'apollon qui m'entraîne vers sa chambre. Nous devons partager l'ascenseur avec une dame d'une soixantaine d'années, tirée à quatre épingles, dont la rigidité se lit sur le visage. Tobias appuie sur le bouton du vingt-deuxième étage et le supplice commence. J'ai l'impression que le temps défile au ralenti, que nous n'arriverons jamais. Mon corps est bouillant d'impatience et chaque lumière indiquant l'étage franchi qui s'allume me provoque un nouveau frisson. Ou alors c'est la main de Tobias dessinant la courbe de mes fesses à travers le fin tissu de ma jupe patineuse. Peu à peu, le tissu remonte, et ses doigts rencontrent la dentelle de mon tanga. Un gémissement manque de m'échapper quand il écarte l'étoffe précieuse et caresse ma fente. Je jette un œil à son visage qui semble innocent. Comment fait-il pour me toucher ainsi et paraître impassible ?

Je suis en train de devenir folle de désir lorsque les portes s'ouvrent sur le dixième étage et que notre compagne de voyage descend en nous regardant de façon méprisante. Les portes à peine refermées, Tobias pénètre mon intimité de deux doigts, et j'ai l'impression d'éclater en un million de morceaux. Il ne se cache plus et remonte largement ma jupe. Son pantalon de costume est déformé par une bosse imposante, et j'en ai l'eau à la bouche. Ses doigts s'agitent en moi, m'arrachant un cri de plaisir.

— Putain, tu m'as manqué, grogne-t-il, ses lèvres contre ma peau.

Nous passons le vingtième étage, et je ne suis pas prête à mettre fin à ce moment. J'appuie avec urgence sur le bouton d'arrêt, avant de relever le menton de mon amant pour me saisir de sa bouche. Plus ma langue s'emmêle à la sienne, plus il joue de ses doigts. Je pousse mon bassin vers lui, le forçant à s'enfoncer davantage.

— Tu me rends fou.

— Tu n'as encore rien vu, lui assuré-je.

Je m'échappe de sa délicieuse torture et m'accroupis devant lui tout en libérant son membre de son boxer. Il est érigé devant moi, et je ne résiste pas à l'envie de l'engloutir tout entier dans ma bouche. Tobias grogne, gémit et pose les mains contre le miroir de l'ascenseur. Avec ma langue, je cajole son gland juste avant de le prendre plus profondément. Le va-et-vient humide de mes lèvres se cale sur le rythme de sa respiration. Je veux le faire jouir avec ma bouche, je le sens au bord du précipice, mais il refuse, me redressant sur mes deux pieds.

— Je veux apprécier chaque instant, mais surtout quand je jouirai, je serai au plus profond de toi, me promet-il.

À chacun de ses mots, une nouvelle décharge secoue mon intimité. Il réactive la montée de l'ascenseur. Une fois que nous sommes à son étage, il n'attend pas que les portes s'ouvrent totalement pour me tirer vers sa chambre, qu'il déverrouille avec sa carte magnétique. Dès que nous sommes seuls, la patience de Tobias s'envole, il me soulève pour me conduire entre ses draps.

Nos vêtements disparaissent en moins d'une minute, et ma peau brûlante va à la rencontre de la sienne. Je soupire d'aise d'enfin le sentir. Alors que nous sommes étendus sur le lit, l'un sur l'autre, je joue du bassin pour que son sexe emplisse le mien. Je n'en peux plus, mon corps frissonne ; excitée, je cherche la délivrance. Tobias le comprend et me sourit avant de me pénétrer d'un coup de reins.

— Putain ! lâché-je.

Le rythme de nos ébats s'intensifie, et je commence à voir des étoiles, celles que je veux rejoindre dans ma jouissance. En sueur ensemble, nous laissons l'orgasme nous gagner. Des cris, des souffles courts, puis le silence lorsque Tobias retombe à mes côtés. Nous restons immobiles tellement longtemps que le sommeil finit par nous emporter.

Quand j'ouvre les yeux, le soleil se réfléchit sur les énormes fenêtres de la chambre. Je me sens heureuse ce matin, légère, comme ça ne m'était pas arrivé depuis des mois. J'hésite à bouger, de peur de rompre le charme, mais lorsque sa voix rauque résonne à mon oreille, je ne peux pas résister à l'envie de le voir.

— Salut.

Il est allongé sur le ventre, regardant dans ma direction, un sourire étirant ses lèvres charnues.

— Salut, réponds-je.

— Tu vas tenter de t'échapper ? demande-t-il calmement.

Je secoue la tête. Je ne compte plus prendre la fuite, j'ai essayé de vivre sans lui, mais je n'ai fait que dépérir. Sans Tobias à mes côtés, je ne suis que l'ombre de moi-même, une fille sans âme, sans vie, sans couleur.

— J'ai quelque chose à te proposer, Anna.

Je le contemple, à la fois curieuse et impatiente.

— Et si on ne se mariait jamais ? Et si on s'aimait toujours ?

Épilogue

Annabelle

Plus que deux minutes à attendre. Le temps semble s'étirer depuis que je suis assise sur le rebord de la baignoire. Tobias est dans la cuisine en train de préparer des cookies au chocolat blanc avec Sydney. Je regarde encore une fois ma montre. Plus qu'une minute quarante. Selon les instructions écrites sur la boîte du test de grossesse, je dois patienter cinq minutes interminables pour savoir si un petit être grandit dans mon ventre.

J'ai du retard ce mois-ci et je n'ai pas le souvenir d'avoir eu mes règles la fois d'avant. Avec tout ce qui s'est passé ces derniers temps, mes hormones font du yoyo. Et maintenant que les choses se tassent, nous sommes de moins en moins prudents avec Tobias, et nous faisons l'amour très régulièrement. Je rougis rien qu'en pensant au sublime orgasme qu'il m'a offert ce matin.

Depuis que nous sommes rentrés de New York, Tobias et moi ne nous lâchons plus. Je n'ai pas encore officiellement emménagé chez lui, mais j'y passe toutes mes nuits, alors c'est tout comme. Maëlle me pousse à faire mes valises et quitter la coloc, son amie Leslie est déjà prête à reprendre ma chambre.

Je suis toujours hésitante. Cependant, peut-être que le choix se fera de lui-même dans quelques secondes.

Le temps est écoulé. Mon cœur tambourine dans ma poitrine et mes mains tremblent quand j'attrape le test. Je ferme les yeux et respire profondément avant de les rouvrir.

Positif.

Je suis sous le choc, je ne réagis pas tout de suite. Puis les larmes montent et l'émotion me saisit.

Je suis enceinte !

Mes pensées se bousculent, je me pose mille et une questions. Je n'imaginais pas devenir mère un jour avant de tomber amoureuse de Tobias, et malgré ça, je ne l'envisageais pas avant plusieurs années. Pourtant, j'ai un drôle de sentiment. Je ne panique pas, il n'y a que de la joie, comme si les choses étaient telles qu'elles devaient se passer.

Je prends une minute pour m'imprégner de la nouvelle avant de quitter la salle de bains. Je remonte l'escalier jusqu'au rez-de-chaussée, où j'entends les voix de Tobias et Sydney depuis la cuisine. Je les rejoins. Sydney est la première à me remarquer. Son visage poupon est habillé d'un sourire qui s'efface lorsqu'elle me voit.

— Pourquoi tu pleures, Annabelle ?

Tobias se retourne et m'observe avec un air interrogateur.

— Parce que je suis contente, ma poupée.

— Papa avait dit que tu allais pleurer aujourd'hui.

Je lève un sourcil en lançant un regard au principal intéressé. Il hausse innocemment les épaules alors qu'un sourire malicieux étire ses lèvres.

— Qu'est-ce que tu ne me dis pas, Tobias ?

Au lieu de me répondre, il fait un signe de tête à sa fille, qui saute de sa chaise pour me rejoindre. Elle tire sur mon bras pour que je me mette à sa hauteur. Soudain elle fait la timide, les mains accrochées dans le dos, elle se balance. Elle est adorable. Ses petits yeux bleus finissent par se planter dans les miens.

— Annabelle, tu veux bien te marier avec mon papa et devenir ma belle-maman ? Tu aimes mon papa aussi fort que moi, et tu es super belle.

Les mots me manquent, et pour la deuxième fois de la journée j'ai le souffle coupé. Je lève la tête vers Tobias, qui s'est approché. Une bague repose dans un écrin qu'il tient au creux de sa main.

— Alors ? Tu veux bien ? me demande-t-il.

Son amour se lit dans chacun de ses traits et chacun de ses gestes. Ces dernières semaines, je pensais l'avoir rassuré sur mes sentiments et ma résolution à m'engager, pourtant il me semble discerner du doute dans son regard noisette.

— Tu es censée dire oui, me chuchote Sydney.

— Oui, soufflé-je.

C'est au tour de Tobias de pleurer de joie. Le voir ému gonfle mon cœur. Il m'enlace et me murmure des mots doux à l'oreille. Sydney se glisse entre nous pour participer au câlin. Ses petites mains me chatouillent les cuisses tandis que celles de son père me maintiennent fermement.

Au bout d'un moment, Tobias se détache pour inspecter mon visage.

— Tu pleurais déjà avant de devenir ma fiancée, affirme-t-il. Pourquoi ?

— Parce que tu vas une nouvelle fois être papa.

Le sourire de Tobias sonne comme une promesse d'avenir.

Tobias

Il m'aura fallu traverser l'enfer, tomber amoureux deux fois, retrouver ma sœur, avoir deux enfants et plus de trente ans pour être enfin heureux.

Avertissement

Le bonus que vous vous apprêtez à lire est réservé aux personnes averties. Il peut heurter votre sensibilité par sa violence ou les réactions des différents personnages. Il n'est pas indispensable pour connaître la fin de l'histoire. Annabelle et Tobias vécurent heureux et eurent beaucoup d'enfants. Si cette fin vous convient, arrêtez-vous là. Si vous souhaitez rester encore quelques minutes avec nos héros et toute leur noirceur, je vous invite à découvrir les quelques pages suivantes.

Bonus

Samuel

Je contemple le plafond en béton de ma cellule. Allongé sur la couchette supérieure, je me repasse le fil de cette première semaine dans l'unité de haute sécurité de Rikers. Une semaine qu'un putain de juge m'a condamné à croupir ici pour le restant de mes jours, ou avec un peu de chance, seulement pour les trente prochaines années. Autant dire que je ne tiendrai pas jusque-là.

Mon équipe d'avocats est partie en courant quand je leur ai annoncé que je voulais faire appel. Même agiter des millions sous leur nez n'a pas suffi à les remettre au travail.

Bande d'incompétents !

J'ai toujours réussi à m'élever au-dessus des autres, je suis Sam Turner, ce nom fait trembler tout New York, et depuis quelques mois le pays entier. Sauf qu'entre ces murs, les règles sont différentes, et si l'argent m'a maintenu en vie durant la préventive, aujourd'hui le fric ne me sert plus à rien. J'ai été reconnu coupable, et c'est tout ce que ces enfoirés retiennent.

La légende dit que les pédophiles en prison vivent au centuple ce qu'ils ont fait à leurs victimes.

Ce n'est pas une putain de légende !

J'ai pris mes nouveaux quartiers lundi midi, le soir même mon codétenu m'a fait comprendre qu'il était au courant. On ne peut pas avoir de secrets en prison, tout le monde sait pourquoi vous êtes là. Le lendemain dans les douches, j'ai pu goûter à ce que mes camarades ont appelé « la spéciale Turner ». Tour à tour, ils s'en sont pris à moi, à mon cul, me frappant, m'humiliant, en toute impunité. Si vous vous faites violer en prison, aucun maton ne bougera pour vous aider. Le mercredi, l'un d'entre eux est venu dans ma cellule, celle que je n'osais plus quitter de peur de me faire prendre à partie. Sauf que lui aussi a voulu me montrer ce qu'il pensait de moi en se servant de sa matraque. C'est ce jour-là que j'ai compris que je ne serais en sécurité nulle part. Même après que chacun s'est défoulé sur moi, ça n'a pas cessé. Les jours sont passés et le cauchemar a continué.

Je regarde l'heure sur l'horloge numérique incrustée dans le mur de la cellule. 10 heures. Je me lève et prends mon courage à deux mains pour me jeter dans la fosse aux lions. Mon objectif, le téléphone fixé au mur au centre de la cour commune. Un pas après l'autre, je surveille mes arrières tandis que personne ne prête attention à moi. Je fonce sur l'appareil une fois qu'il est à ma portée et compose le seul numéro que j'ai en ma possession.

Décroche, Tobias, décroche.

Malheureusement, ma prière restera sans réponse. Je voudrais remonter aussi discrètement que je suis descendu, mais c'est compter sans mes nouveaux amis qui m'encerclent. Je distingue des sourires carnassiers, des lames rouillées, des poings américains. Tout l'équipement pour un passage à tabac dans les règles.

Rien à voir avec la préventive !

Je ferme les yeux et encaisse le premier coup, puis le deuxième et tous les autres. Je discerne qu'on me perfore le flanc, du sang s'écoule, et je ne fais pas le moindre geste pour limiter l'épanchement de ma blessure. Mes dents volent lorsque le métal du poing américain s'abat sur mon visage. Ils sont dix, je suis seul et je n'ai pas la volonté de m'opposer à eux ; si je me laisse faire, ils se lasseront forcément plus vite. Toutefois, quand je sens un objet coupant au plus près de mon œil, je crie.

— Tu fais moins le malin, entends-je dire l'un de mes assaillants.

Je hurle et me débats de toutes mes forces, comprenant ce qui va arriver ensuite. Quatre de ses complices me maintiennent au sol, immobilisant mes bras et mes jambes de tout leur poids. Le fou furieux à la lame tranchante se rapproche à nouveau, et cette fois il ne s'arrête pas et passe son arme de fortune derrière mon globe oculaire avant de m'arracher l'œil dans une douleur sans nom. Après ça, tout cesse, sauf mes cris brisant le silence enfin revenu. Je finis par entendre des pas pressants et des rires qui se dispersent.

Je ne me souviens pas des heures qui suivent, et je n'en ai rien à foutre. J'ai été reconduit dans ma cellule, et la nuit est déjà tombée quand je me réveille. Le monde est à moitié noir. Je tente de toucher mon œil, ou plutôt là où il devrait se trouver. À la place, un trou béant. Et ça finit par se produire, je craque : des larmes s'écoulent de mon œil restant. Un flot ininterrompu. Je pleure la misère qu'est devenue ma vie. Je suis parti du sommet pour arriver en enfer. Sauf que Sam Turner n'a pas sa place dans un enfer sur terre.

Tel un robot, je me lève de mon lit, mon codétenu grogne et me regarde, de ses deux yeux. Il surveille le moindre de mes gestes, mais je n'y prête pas attention. Je tire mon drap et l'enroule afin qu'il ressemble davantage à une corde. Josh m'observe et un sourire se dessine sur son visage lorsque j'accroche le drap blanc au barreau de la couche supérieure. Avec l'autre extrémité, je fais un nœud coulant que je passe autour de mon cou.

J'inspire, j'expire. Puis, après une minute debout, immobile, à contempler le mur gris, je me laisse aller. Mes jambes s'effondrent et l'étau se resserre autour de ma gorge. L'air me manque rapidement, mon corps se débat, n'acceptant pas ma volonté, mais mon mental a toujours été mon point fort, alors je tiens bon. La dernière chose que je distingue avant de rejoindre à jamais l'obscurité, c'est le regard de mon codétenu et son sourire édenté. Cet enfoiré prend plaisir à me voir crever.

Tobias

Mon téléphone me réveille dans la nuit. Sans réfléchir, je décroche. Si on m'appelle à cette heure, c'est forcément important.

— Bonjour, monsieur Turner, je suis Bill O'Brian, le directeur de la prison de Rikers où votre père est incarcéré.

— Je vous ai dit que je ne voulais pas de ses nouvelles à moins qu'il soit mort, grondé-je, énervé d'avoir été sorti du sommeil pour rien.

— Justement, il est décédé cette nuit.

J'arrête de respirer l'espace d'un instant. Je ne m'étais pas préparé à ça. Je m'extrais du lit pour ne pas réveiller Annabelle qui dort paisiblement. Je pense à mon père qui nous aura fait chier jusqu'au bout. Je quitte la chambre avant de reprendre le fil de la conversation.

— Comment est-ce arrivé ?

— Il s'est suicidé, après avoir été amoché dans une rixe.

— Lâche jusqu'au bout, murmuré-je entre mes dents.

— Pouvez-vous répéter ? me demande mon interlocuteur.

— Je vous remercie de m'avoir prévenu.

Le directeur de la prison semble ravi de pouvoir raccrocher. J'aurais sans doute dû voir les questions administratives avec lui, mais je suis encore sonné par ce qu'il m'a appris. Samuel Turner s'est suicidé. L'enfoiré n'a pas supporté le retour de bâton. Malgré la situation et ma déception, je souris. C'en est enfin fini.

Cathlyn

Je suis en train de profiter du beau temps sur un transat au bord de la piscine de notre villa, lorsque Tyler me rejoint, mon portable à la main. Son air grave ne me dit rien qui vaille. J'espérais innocemment savourer ma liberté retrouvée. Mon atelier de photographie est en plein essor, Los Angeles est la ville rêvée pour les photographes. Puis la maison que Tyler a trouvée est un vrai bijou, et je prends plaisir à me réveiller ici tous les matins. Le soleil inonde chaque pièce, sauf qu'apparemment un nuage est en train d'arriver depuis les mains de mon futur mari.

— C'est M. O'Brian, de Rikers, me dit-il.

Je récupère l'appareil et mets le haut-parleur, je veux que Tyler ait toutes les infos au cas où je partirais en vrille. En rentrant en début de semaine, je me doutais que Sam n'en resterait pas là. Il n'a jamais su s'arrêter. Fébrilement, je prends l'appel.

— Bonjour, monsieur O'Brian, que puis-je faire pour vous ?

Il s'éclaircit la voix depuis l'autre côte du pays. Il est gêné, je le sens, et ça ne présage rien de bon.

— Allez droit au but, je suis prête à l'entendre, dis-je pour qu'il accélère.

Mon cœur ne va pas tenir très longtemps face à ce suspense. Tyler attrape ma main et tente de capter mon regard. Sur ses lèvres, je peux lire « Je suis là ». Il l'est et le sera toujours. Jamais, dans une vie entière, je ne pourrais suffisamment le remercier.

— Très bien, je voulais vous informer du décès de votre père, annonce O'Brian subitement.

Tout s'arrête, je pense avoir mal entendu, alors je l'invite à répéter.

— Pardon ?

— Votre père est mort, mademoiselle Turner, je suis désolé.

— Ne le soyez pas, rétorqué-je avec un sourire qu'il ne peut que deviner. Comment ? Comment le grand Sam Turner, enfoiré de première, est-il mort ?

Je sens le malaise d'O'Brian à l'autre bout du fil lorsqu'il m'explique que c'est un suicide après un règlement de comptes.

— A-t-il souffert ? l'interrogé-je.

— J'aimerais vous dire que non.

— Je préférerais entendre un oui.

Tyler fronce les sourcils et secoue la tête avec désapprobation. Bien qu'au fond je sache qu'il est aussi ravi que moi. Lui qui a perdu son père de façon tragique, et qui s'en est toujours voulu, il se sent obligé de se contenir à l'annonce de la mort du mien. Samuel Turner était un connard de première classe, et je ne verserai pas une larme pour lui. Jamais !

— Il était dans un état critique, avec de multiples contusions et… et un œil arraché, conclut-il.

— D'accord, me modéré-je sans pour autant me défaire de mon sourire.

— Encore une chose, mademoiselle Turner. Que souhaitez-vous pour les obsèques ?

— Balancez-le à la mer, donnez son corps à la science ou

faites-en un dessert pour vos dix-sept mille détenus, je m'en fiche. Il ne mérite pas d'avoir une sépulture.

Puis je raccroche. Le silence perdure entre Tyler et moi, il ne sait pas comment réagir, je le vois. Il s'attend à ce que j'explose comme si souvent, je suis une bombe à retardement, et il en a conscience. Mon comportement déluré des minutes précédentes n'a rien fait pour le rassurer. Sauf que cette fois il n'y aura pas de crise de nerfs, aucune assiette qui vole, pas de larmes, juste un sourire.

— Il est mort, annoncé-je, comme s'il n'avait pas suivi toute la conversation.

— Je sais.

— Un suicide, il paraît que c'est de coutume chez les Turner, plaisanté-je.

— Alors vivement que tu changes de nom, répond-il du tac au tac avec un sourire.

Tyler se détend quand il sent que l'orage ne s'abattra pas sur nous. Il se rapproche de moi, me caresse la joue avec tendresse avant de remplacer sa main par ses lèvres pour embrasser chaque parcelle de peau dans mon cou.

— Comment tu veux fêter ça ? demande-t-il entre deux baisers, lui qui me connaît par cœur.

— En baisant, buvant, chantant et dansant, à la gloire de notre liberté !

Mon père est mort, et mon cœur est gonflé de bonheur. Je peux enfin vivre sans avoir peur d'être à nouveau brisée. Je suis en vie. Je suis heureuse. Et il n'y a plus la moindre ombre au tableau.

— Fais de moi ta femme, Tyler. Je suis une nouvelle personne, et pour ça il me faut un nouveau nom.

Évidemment, il m'a simplement soulevée pour me ramener à l'intérieur et me faire l'amour comme un dieu. J'ai pris mon mal en patience, ou plutôt mon pied un bon nombre de fois avant qu'il me passe la bague au doigt trois mois plus tard.

La Playlist « Good Day »

Glad You Came – The Wanted
Something Just Like This – The Chainsmokers & Coldplay
Tik Tok – Kesha
Loca – Shakira
Teenage Dream – Katy Perry
Iridescent – Linkin Park
Boyfriend – Justin Bieber
Stay the Night – James Blunt
Mr. Saxobeat – Alexandra Stan

Remerciements

Il arrive un moment où le mot « fin » se fait sentir mais où l'envie de quitter ses personnages ne vient pas. C'est une situation qu'on vit en tant qu'auteur, mais aussi en tant que lecteur. C'est de là qu'est né ce roman. Vous avez été nombreux à me poser des questions sur la vie de Tobias. Au lieu de vous répondre à chacun individuellement, j'ai décidé de vous offrir un morceau de son histoire.

Alors je voulais remercier les lecteurs de m'avoir permis de vivre quelques mois supplémentaires auprès de ces personnages. Vous êtes ma motivation, d'abord sur Wattpad, puis sur Fyctia et aujourd'hui chez HarperCollins. J'espère que ce spin-off vous fera autant d'effet que son grand frère et que vous le porterez aussi loin. Sans vous, les auteurs n'existent pas. Donc merci, un million de fois.

Après les lecteurs il y a les éditeurs, sans qui Tobias vivrait toujours dans l'ombre de sa sœur. Je voudrais remercier Florence, une correctrice adorable qui m'a permis de progresser sur ce roman. Merci à Marie, pour avoir cru en moi une nouvelle fois, je lui remets avec une confiance aveugle mon cher Tobias. Merci à l'ensemble de l'équipe éditoriale qui fait un boulot monstre pour chaque auteur.

Puis il y a des remerciements plus personnels pour lesquels il est difficile de trouver les mots. Je voudrais remercier Laura, Alicia, Angélique et Ludivine pour leur soutien indéfectible et leurs conseils avisés.

Je veux également remercier Elo, qui depuis plus de dix ans vit chacun de mes rêves à mes côtés. Celui-ci est l'un des plus beaux, et je sais que je pourrai compter sur elle pour tous les suivants.

Merci à Sara aussi, ma bêta (qui exceptionnellement n'a pas

travaillé avec moi sur ce livre et le découvre en même temps que vous) et amie sans qui j'écrirais des « mais » à toutes les phrases. Une rencontre autour d'une passion.

Merci à ma famille, qui suit mon avancée de près et qui est toujours là.

Puis un merci à mon homme, qui a vécu avec moi ma première sortie et qui est là à chaque étape. Pour le meilleur et pour le pire. Merci à lui pour les recherches de vocabulaire, et d'avoir discuté avec moi autour des scènes compliquées.

Comme toujours je vais oublier du monde, alors je vais à tous vous dire merci. J'ai hâte de pouvoir échanger avec vous sur les réseaux sociaux ou dans de futurs salons. Je répondrai à toutes vos questions restées en suspens et surtout je vous donnerai toutes les *news* à venir.

Je vous embrasse !

Facebook : Emma Berthet

Instagram : emma.berthet

Composé et édité par HarperCollins France.

Achevé d'imprimer en mai 2022.

CPI
FIRMIN-DIDOT

à Mesnil-sur-l'Estrée (Eure)

Dépôt légal : juin 2022.

Pour limiter l'empreinte environnementale de ses livres, HarperCollins France s'engage à n'utiliser que du papier fabriqué à partir de bois provenant de forêts gérées durablement et de manière responsable.

Imprimé en France